どんなことでも
褒めてくれて、
過保護で
溺愛してくる
大魔法使い様

「これは良い抱き枕……いや、弟子まくらぁ……」
「精神統一の……修行？」
エイト
魔法嫌いながら、世界一の大魔法使いの初めての弟子になった少年。
レイミア
通常
世界一の大魔法使い。初めてできた弟子が可愛すぎて……。

『体の調子は……どうかな？』
『学院生活、楽しみだね～っ？』
レイミア
魔力解放
レイミア
お姉さん

「彼は……エイトは、本物の強さを持つ
〝魔法使い〟です！」
アリス
《魔法学院セプテントリオン》
で首席を務める少女。

「もはや学院に収まる器ではない……
一足飛びで、わたくしの直属として
召し抱えましょう」
リザ
《七賢》の一人で《生命の国《ハート》》
を統べる女王。

『…………』
???
死者の少女。

シス
《四の叡智・死》を極め、
死者をも自在に操る
魔法使い。
「キャハハハッ……キャハハハッ！
これがワタシの
カワイイ〝愛弟子《おにんぎょう》〟さんとの、
師弟の絆なの！」

CONTENTS

donnakotodemo hometekurete,
kahogode dekiaishitekuru
daimahoutsukaisama

どんなことでも褒めてくれて、過保護で溺愛してくる大魔法使い様

初美陽一

ファンタジア文庫

3304

口絵・本文イラスト　狐印

どんなことでも褒めてくれて、過保護で溺愛してくる大魔法使い様

donnakotodemo hometekurete,
kahogode dekiaishitekuru
daimahoutsukaisama

《Prologue》

時を止め、空間を砕き、次元を超越し——世界の四つや五つ程度、容易に滅ぼせる。

そんな世界一の《大魔法使い》には、たった一人だけ、弟子が存在する——

「我が弟子、エイトよ……我が《魔法》の秘奥《ひおう》を極めるための〝修行〟は、まだ始まったばかり。覚悟は、出来ているか？　……まさか疲れたなどとは、言うまいな？」

《大魔法使い》という物恐ろしい異名とは裏腹の、絶世と呼べる美貌を持つ彼女だが、その切り裂くような眼光と言葉は、厳格なる師そのものだ。

そうして過酷な修行を促す彼女——レイミアへ、弟子エイトは真剣な眼差《まなざ》しで返す。

「もちろんです、お師匠さま。どんな過酷な修行でも、俺はやり遂げてみせます。疲れたなんて、全然ありません。今日もご指導、お願いします！」

「ほう。殊勝な心掛けだが……嘯《うそぶ》いたな。私の……師の目を誤魔化せると思ったか？」

「……えっ⁉　そんな、俺は何も誤魔化してなんて……ほ、本当です、お師匠さま！」

エイトは本気で戸惑っており、嘯いたつもりもなさそうだ。が、相手は世界一の《大魔法使い》。それこそエイト自身さえ無自覚な〝何か〟を見抜いているのかもしれない。

そう、彼女は《大魔法使い》。ただ一人で世界さえ戯《たわむ》れに滅ぼせる、恐るべき《魔法》の巨魁《きょかい》。そんな彼女が、瞳を鋭く輝かせ、弟子へ向けて声高に言い放ったのは——！

「〝疲れなんてない〟と言いながら——起床してからこの正午に至るまでの生活の分だけ、体力を消費しているではないですか！　ええい、常日頃から気になっていたのだっ……今すぐ休憩です！　さあ、エイトくん……この師が、膝を貸してあげましょう！」

「いえそれで休んでたら日常生活も送れませんよ⁉　そんな微々たる変化に気付くのは、すごいですけど……うわあもう正座してる⁉　た、立ってくださいお師匠さまー⁉」

それも《魔法》だろうか、レイミアは不可視の速度で正座し……正座の魔法って何だろう……とにかく正座し、ぽんぽんと自身の太ももを叩《たた》いて弟子を招く。

けれどエイトは首を横に振り、生真面目にも修行を求める。圧倒的に弟子が正しい。

「あの、お師匠さま！　俺は本当に大丈夫ですから、とにかく《魔法》の修行を……」

「むー。だが私の方こそ、大切な弟子が心配過ぎて、身が入らぬ……なら魔法でも使うか。

たとえば世界に生命エネルギーを充満させ、疲労を感じた瞬間に注《そそ》ぎ込む仕組みの……まあ生ける屍《しかばね》とか蔓延《はびこ》りそうだが、我が弟子のためなら、些細《ささい》なことですね……よし」

「何一つ〝よし〟じゃないんですよ！　俺なんかのために、そんな気軽に世界に干渉しちゃダメですってば、お師匠さまー⁉」

「ふむ。ならば我が弟子よ、キミが選びなさい。死をも忘れる生命力に満ちた世界か、疲労という概念自体を世界から消し去るか……この私に膝枕されて癒《いや》されるか……！」

「こんな不自由な選択肢あります⁉　わ、分かりました、休憩します、しますから！」

弟子の疲労（微量）で危機に陥る世界もあれば、弟子が膝枕されて救われる世界もある。

気軽に世界の命運を左右できる《大魔法使い》のスケール感は異常だが、当のレイミアは聖母のような微笑《ほほえ》みを浮かべ、膝枕されている弟子の頭を優しく撫《な》で始めた。

「おぉ……我が弟子は温かいな。何だか心がふわふわするぞ。ずっと撫でていたいなぁ……おっと、疲労を癒すのだったね。回復魔法をかけてあげよう、気持ち良いかい？」

レイミアが言うと同時に、彼女の絹のように美しい手に、温かな光が浮かぶ。エイトは、成り行きとはいえ美貌の師に膝枕されて気恥ずかしそうだが、素直に答えた。

「あ……は、はい。じんわり温かくて、心地よくて、落ち着いて……体の芯から、癒されていくようです。その、わざわざ回復魔法までかけてもらって、すみませ――」

「まあこれ、瀕死《ひんし》の重傷者でもたちまち全快させ、死者をさえ蘇生《そせい》させる程度の魔法だけどね。手の平で軽く使っているから、こんな簡素な回復魔法で、ごめんね？」

「いえやりすぎで逆オーバーキルだと思うんですよ。そもそも大して疲れてないのに、これがコップの水なら溢《あふ》れまくりですってば。お師匠さま、あの……お師匠さまー⁉」

弟子が呼ばわるも、師は恍惚《こうこつ》としたまま撫で続け――回復魔法を注ぐ。

――これから師弟を待ち受けるのは、想像を絶する苛烈な運命。

けれど今はまだ、どこか珍妙で、穏やかな日々の一幕……ただ、それこそが。

「……我が弟子、我が弟子。ちょっぴり、軽《かる》〜くだけ、エイトくんに永続的な回復魔法をかけてあげようか？　ひとまず、寿命が千二百年くらいは延びると思いますよ？」

「ひとまずで延びていいレベルじゃないんですってば、もう、お師匠さま〜⁉」

二人にとって、何よりも大切で、かけがえのない――永遠よりも尊い一時。

これは、《魔法》が全ての世界において――最強の《大魔法使い》である師匠と弟子が、やがて〝最後の魔法使い〟に至る、運命の物語――

《episode：1》

――其処《そこ》には、世に遍《あまね》く総《すべ》ての魔法を識《し》る、世界一の《大魔法使い》が棲《す》むという。

鬱蒼《うっそう》と茂る木々に陽光は遮られ、まだ昼間だというのに、周囲は宵のように薄暗い。

魔力を含んだ濃霧は、生けるものを惑わし拒絶する。迷いの森と化した山中は、虫の鳴き声さえ聞こえてこず、不気味なほどの静けさだ。

人里からは遠く離れた、峻厳《しゅんげん》なる山奥に――物々しく、巨大な屋敷《やしき》が鎮座していた。

この屋敷が、世界一の《大魔法使い》の住処《すみか》なのだろうか。少なくとも、入り口の扉を抜けた広いエントランスホールにて、地の底から響くような重い声を発する存在は。

『……このような険しき山道を越えてまで、一体、何を求めて我が下へ訪れた？　無尽の魔力か、それとも果て無き知啓か。疾《と》く、疾く、己《おの》が望みを述べるが良い』

重苦しい言葉を紡《つむ》ぐ、顔のあるべき中心には――全てを呑《の》み込むかのように渦を巻く、禍々《まがまが》しい〝闇〟だけが広がっていた。そこに在るのは人ならざる異形の姿、漆黒に染め上げられた巨大なローブに身を包む、威圧感に満ちた〝魔〟の象徴。

明らかに人間離れした容貌の、恐ろしい《大魔法使い》の前には――三人の青少年が訪れている。

まず初めに一人の少年が、他の二人を押しのけて、我先にと前へ進み出た。いかにも活発な雰囲気の彼が、明るい口調で述べる《魔法》への想《おも》いとは。

「自分は、魔法が大好きっす！　国の人達を守るため、誰よりも強い魔法を覚えて、魔物や敵を倒して……いつか必ず、歴史に名を刻むような大英雄になってみせます！　大魔法使い様、どうか自分を弟子にして……最強の魔力を与えてください！」

『…………』

明朗な物言いは、前途が洋々と開けているのを、確信しているかのようだ。

次に二人目の青年が、悠々と前へ出る。三人の中では恐らく最年長で、理知的な印象の彼が、くい、と指先で眼鏡を押し上げながら口を開いた。

「僕は、魔法を愛しています。愛する魔法を研究し、魔法の全てを解明し、必ずや世界の発展に貢献してみせます。もちろん貴方《あなた》にも、決して損はさせません。大魔法使い様、どうか僕を弟子にして……この世の総ての魔法を教えてください」

『…………』

落ち着いた口調だが、その言葉からは確固たる自信が感じ取れる。

そして最後の、三人目の少年は――

「…………」

先の二人とは違い、すぐに口を開こうとはしない。俯《うつむ》いて顔を伏せ、前へ出ることもせず、ただ静かに佇《たたず》んでいた。

弟子入りを望む他の二人が、いい加減に焦《じ》れてきた頃。

三人目の少年が、顔を上げると同時に――言い放ったのは。

「俺は――《魔法》なんて、大嫌いだ」

一瞬、場が呆《ほう》けるような空気に包まれる。何を言ったのか分からない、とばかりに、他の二人は呆気《あっけ》にとられ、あんぐりと口を開けていた。

《大魔法使い》の顔の代わりにある闇は、何を思っているかなど分からない。けれど三人目の、陰鬱とさえいえる雰囲気の少年は、恐れもせず言葉を続けた。

「《魔法》なんて、大嫌いだ。御大層な名目を掲げて、好き勝手に暴れ回る奴《やつ》も。高尚ぶったコトを口にして、それを有難《ありがた》がるくだらない連中も。《魔法》なんて、人の手に余る代物で……驕《おご》り高ぶって、他人を不幸にする、自分勝手な馬鹿も」

《大魔法使い》の闇へ、鋭い視線を向けながら——三人目の少年は、言い切った。

「《魔法》なんて、大嫌いだ——この世から、消えてなくなればいいとさえ思ってる」

少年の言葉と同時に、《大魔法使い》の渦巻く闇が、微《かす》かに揺らいだように見える。

きっと怒りを覚えているのだろう、当然だ、と他の二人は含み笑いの顔を見合わせた。

「……ぷっ！　何言ってんだアイツ……わざわざこんな所まで来て、わざわざあんなこと言いに来たのか？　頭オカシイんじゃないか？」

「理解に苦しむな……魔法が全ての今の世で、魔法が大嫌いとはね。真面目にやっている人間には、いい迷惑でしかない。冗談を言いに来ただけなら、さっさと帰って——」

『……ほう？』

「「ひっ」」

闇の中央から短く発せられた声は、それだけでも周囲を威圧するほど、低く、重い。

怖《お》じる二人には構わず、《大魔法使い》は三人目の少年へと、押し潰すような重圧感のある声を放つ。

『我を前にして、〝魔法が大嫌い〟などと良く言えたものだ。我は《大魔法使い》、この世に遍く総ての《魔法》を司《つかさど》る者。最早《もはや》〝魔法そのもの〟とさえ呼んで過言ではない、そんな我に、その物言い――今から自分がどうなるか、理解しているのか？』

「…………」

怪物の如《ごと》き存在の脅し文句に、少年は何も言わず、けれど強く睨《にら》み返す。

怖じぬ様子の少年に、《大魔法使い》の渦巻く闇が、ぐるぐると勢いを増した。

『くっ……ふっ、ははっ！　よかろう。その言葉の意味、これから我が、おまえの身をもって教えてやろう！　覚悟せよ――』

巨大なローブが左右に広がり、暴風が吹き荒れる。屋内で嵐が巻き起こったような異常事態に、弟子入りを望んでいた一人目と二人目は、怯《おび》えるばかりだ。

そして《大魔法使い》が、一歩も退《ひ》かない三人目の少年に放った、決定的な一言は。

『〝魔法が大嫌い〟などと言った少年よ――おまえを、我が弟子として迎えよう！』

「――――」

まるで、先ほどの意趣返しだ。三人目の少年が〝魔法なんて大嫌いだ〟と口にした時と同様、その場にいる誰もが呆気に取られている。

一方、《大魔法使い》だけは場の空気など一切気にすることもなく、三人目の少年へと言葉を続けた。

『それで、少年よ。おまえの名は、何という？　疾く、疾く、我に聞かせよ』

「……はっ、えっ？　え……エイト。エイト＝マインド……」

『ふむ、ふむ……そうか、うむ。良い……いや、よろしい。では、これからは――』

三人目の少年――エイトと《大魔法使い》の間で、話が早々に進んでいく中、納得できない二人分の声が割り込んでくる。

「ちょちょ……ちょっと待ってくださいよ！　な、なんでそんな、魔法をバカにしてるような奴が……そんな奴と同じに扱われるなんて、自分、納得できないっすよ！」

「ふ、ふん。全く、理解に苦しむね……でも、構わないさ。これから同じ師の下で学ぶのだから、その過程で……身の程を弁《わきま》えさせてやろう」

「そ、そうだな。こんな魔法嫌いの変人に、負けるわけないし――」

『……貴様らは、さっきから何をほざいている？』

「「……へっ？」」

素っ頓狂な声を漏らした二人に、《大魔法使い》は、威圧感だけではない――比喩ではなく、本当に凍り付いてしまいそうな言葉を放った。

『勘違いするな。貴様らを弟子にするつもりなど、毛頭ない。そんなことは一言も口にしていない。先程から耳障《みみざわ》りな雑音ばかり漏らしおって……不愉快だ、今すぐ〝黙れ〟』

「「！　……⁉　‼　⁉」」

二人は、何か喋《しゃべ》ろうとしているようだが、声が出ていない。《大魔法使い》が〝黙れ〟と発した一言が、何らかの魔法だったのだろうか。

声も出せずパクパクと口を開閉するばかりの二人に、かけられる追い打ちは容赦なく。

『貴様らの面など、見る価値もない――〝失《う》せよ〟』

「「――……‼」」

〝失せよ〟と、《大魔法使い》が発した次の瞬間には、二人の姿は影も形もなく消えてしまっていた。一人、残されたエイトは戸惑うばかりだ。

「なっ、あ……き、消えた？　いや……消され、た？」

『ふう。……ああ、心配は無用だ。奴らは〝空間転移《テレポート》〟の魔法で山の外側まで飛ばしただけだ。まあ次元の狭間《はざま》にでも、ぶち込んでも良かったのだがな……弟子を得ようという記念すべき日を、無意味に穢《けが》すのは幸先《さいさき》が悪いだろう？』

「えっ？　あ、そう……ですね？　……⁇」

『ん？　どうした、何か気になることでもあるのかな？』

エイトは、違和感を覚えていた――目の前の、相変わらず恐ろしい重低音の声を響かせる《大魔法使い》の印象が、何かちぐはぐに思えるのだ。それが一体何なのか、理屈では分からないが。

ただ、他の疑問があるのも確かで、エイトは《大魔法使い》に問いかける。

「あの、どうして俺を……〝魔法が大嫌い〟なんて言った俺を、弟子にしようと？　さっきの二人は、魔法が好きだとか、愛してるだとか言ってたのに……」

『うん？　……ははっ、なんだ、そんなことか。なに、簡単なことさ……見え透いていたのだよ。奴らの腹の底も、先行きも、な』

大して面白くもなさそうに、《大魔法使い》は先の二人について話し始めた。

『まず最初の、魔法が大好きだとかほざいた奴は……その大好きな《魔法》を使って、他者の生命を奪うことに、何の躊躇《ためら》いも持たぬだろう。国の皆のためなどと大義名分の言い訳があれば、人間の命でさえも名誉の贄《にえ》だ。唾棄すべき、取るに足らん低俗な人格さ』

あまりにも容赦のない批評は、二人目の青年にまで及んでいく。

『あと、次の……魔法を愛する、だったか？　虫唾《むしず》が走る、論外だ。奴は、その愛する魔法とやらを研究するためならば、他人を犠牲にすることも厭《いと》わぬだろう。魔法の発展のために犠牲は付き物だ、とかぬかしてな。他者の痛みに無神経な、自分勝手な愚物だ』

よほど気に入らなかったのだろう、表情は読めなくとも不機嫌さが伝わってくる言葉が、止まることなく連連と続いた。

『詰まる所、奴らが好むのは《魔法》ではなく――崇《あが》め、称《たた》えられる、己自身なのだ。仮に、そのための手段が《魔法》でなければ、喜んでそちらに飛びつくだろうよ。そもそも……奴らは自力で此処《ここ》へ辿《たど》り着いていない。エイトよ、おまえに付いてきただけだぞ』

「俺に？　……そ、そうなんですか？」

『そうさ。この屋敷《やしき》へ至るまでの山中には、〝魔法を使えば辿り着けなくなる〟《魔法》を施していた。だからこそ、〝魔法の時代〟とさえ言える現在で、〝魔法が大嫌い〟とまで言い、《魔法》を使わなかった者だけが、惑わされることなく辿り着けたという訳だ。……ふふっ、そうそう。〝魔法が大嫌い〟という、その答えの意味もな』

今までの不機嫌が一転し、どこか愉快そうな《大魔法使い》が、エイトに言及する。

『世界一の《大魔法使い》たる我に、媚《こ》びることもなく、恐れることもなく、〝魔法なんて大嫌いだ〟と言ってのけた。それは、先程の邪魔者共のような、寝惚《ねぼ》けた頭で分不相応な夢を口走るのとは、まるで違う……確かな現実を知る者だからこそ、出た言葉だろう』

「！　……そんなの」

当然だ、とエイトは思う。《魔法》なんかに、甘美な夢など抱くものか、と。

ぎり、と歯噛《はが》みするエイトが振り返るのは――《魔法》によって全てを奪われた、過去の悪夢だった。

■■■

今より一年前、エイトが十五歳になって間もない時分。

エイトは元々、孤児だった。故郷は物心つくかどうかという頃に、〝魔法が原因の未曽《みぞ》有《う》の大災害〟によって、滅んでしまったのだという。

既に《魔法》を嫌悪《けんお》して当然のエイトだったが――孤児院での暮らしは、充実していた。

決して裕福ではなかったが、慎《つつ》ましくも平穏で、互いに互いを思いやって。

けれど、そんな日々を破壊したのは――またしても〝魔法国家〟による侵略戦争。世界を七分する〝七つの国〟の内、好戦的な国の一つが起こした侵略戦争に、巻き込まれたのだという。ほとんどが噂《うわさ》で、詳細は、ほとんど知られていない。

それほど、一瞬の出来事だったのだ――それほど、ほんの一瞬で、容易《たやす》く、あっさりと――滅ぼされてしまった。消えてしまった。道端の蟻《あり》を踏み潰すように、何でもない事のように、ついでのように。

そんな悪夢のような出来事を、けれどエイトは、はっきりと覚えている。

炎に包まれる街並みを。崩落する孤児院を。悍《おぞ》ましく不気味な兵士達の進軍を。

そして……身を挺《てい》して庇《かば》っていた、たった一人の妹の。

『……ニーナ、ニーナ……大丈夫だ。兄ちゃんが……守ってやるから……』

『……お兄ちゃ、ん……』

冷たくなっていく体温。力が失われていく、小さな手。閉じていく瞼《まぶた》。

そして、そして、最後に……エイトへと、向けられた。

『……ありが、と……大好き、だよ……』

『――――』

精一杯の笑顔と、言葉を残して——静かに、呼吸を止めた。

それがエイトの覚えている、最後に見た光景。薄れゆく意識の中、悔しさに歯噛みしながら、辛《かろ》うじて吐き出した一言は。

『……《魔法》なんて……《魔法》なんて、大嫌いだ……！』

自分から、全てを奪ったもの——《魔法》への、純粋な嫌悪だった。

■■■

その後、エイトは奇跡的に保護され、生き延びた……が、目を覚ました時、妹の姿はどこにもなかった。倒れていたエイトの周囲には、誰もいなかったのだという。

人づてに聞いた話に過ぎないし、詳しいことは、ほとんど分からない。ただ、自分から全てを奪った《魔法》への鬱憤が募るだけの月日を、過ごすしかなかった。

そう、保護されていた町で、《大魔法使い》の噂を聞くまでは。

——其処《そこ》には、世に遍《あまね》く総《すべ》ての魔法を識《し》る、世界一の《大魔法使い》が棲《す》むという。

それこそ世界に鳴り響く威名だが、邂逅《かいこう》できた者は数えるほどしかおらず、容姿も定《さだ》かではないため、一部では伝説上の存在とする地域もあるほどだ。

会える可能性など皆無に等しかったが、それでもエイトは、この険しい山道を越え——今こうして、《大魔法使い》と対峙《たいじ》している。実際に対面した得体の知れない風貌と、〝魔法を使うと辿り着けない〟という話を聞けば、伝説扱いされるのも納得できるが。

忘れえぬ怒りを湛《たた》え、鋭く睨《にら》むエイトに——何気なく、不意打ちのように。

『それでも』

相変わらずの重厚な声で、《大魔法使い》が問いかけるのは。

『おまえは《魔法》を選んだ——此処へ来たのは、我にやり場のない怒りをぶつけるためだけではないだろう。故郷を滅ぼされ、家族を失い、全てを奪われても……それでもなお、《大魔法使い》の下を訪れ、《魔法》を望むのは……なぜだ？』

「！　な……なんで、俺の過去を……」

『分かるさ。《大魔法使い》だぞ、我は。心に表層化した記憶を読み取る《魔法》など、造作もない。ああ、だからこそ……おまえが《魔法》を選んだ理由も、聞くまでもない』

まるで心を見透かしたような《大魔法使い》が、構わず続ける言葉は。

『おまえは《魔法》の恐ろしさを、誰よりも知っているのだ。だからこそ、こう思うのだろう――〝もしも自分に、《魔法》が使えたなら〟。恐るべき力を持つ《魔法》で――〝大切なものを護《まも》ることが、できたのに〟、と』

「――!!」

エイトは〝その通りだ〟と思い――そして同時に、衝撃を受けている。

今しがた《大魔法使い》が指摘した〝魔法を選んだ理由〟は、エイト自身、直前まで自覚していなかったのだ。今、言語化されて初めて、己の想《おも》いを理解したのである。

目の前にいる得体の知れない存在に、少しだけ〝師〟としての輪郭が、見えた気がする――……いや、違う。比喩ではなく、明確な〝輪郭〟が浮かび始めていた。

『《魔法》の恐ろしさを知り、《魔法》が大嫌いだと言い……それでも《魔法》を選んだ。誰かを不幸にしないため、大切なものを護るため。だからこそ、おまえは《魔法》を、正しく使うだろう。そんな、おまえだからこそ……いや』

《大魔法使い》の、顔の代わりに渦巻いていた、禍々《まがまが》しい闇が――緩やかに、霧散していく。〝闇〟の向こうに隠れていた〝真実〟が、少しずつ、少しずつ、現れて。

そうして、浮かび上がってきた唇から紡《つむ》がれる言葉は、先ほどまでの重苦しい響きとは打って変わり、鈴を転がすような涼やかな美声で。

「そんな、キミだからこそ――私は、弟子にしたいと思ったのだ」

薄暗闇を切り裂いて、銀色の光が溢れ出した――そう錯覚してしまうほど、現れ出《い》でた長い銀髪は艶《あで》やかで、星をちりばめたように煌《きら》めいている。

目鼻顔立ちは、神が気まぐれに創ったのかと思うほど端麗で、度を越した美しさ。

数秒前までの〝得体の知れない怪物〟の造形はどこへやら、入れ替わるように現れた、〝絶世の美女〟の姿――だが、エイトはその瞬間。

「……………あっ」

つい先ほどまで覚えていたちぐはぐな違和感が、氷解した。どこか寛容だった言動は、今の美女の姿と声音なら、しっくりくる。

エイトが納得している事には、気付いているのかいないのか、美女の正体を現してきた《大魔法使い》が話を続ける。

「キミは今まで、《魔法》の齎《もたら》す醜い側面を、否応《いやおう》なしに見せられてきたのだろう。《魔法》を大嫌いと口にしてしまうのも、当然だ。けれど、だからこそ……私はキミに、教えてあげたい。《魔法》の全てが、悪ではないのだと。《魔法》の、正しい在り方を。そして……そして、いつか」

ふっ、と微笑《ほほえ》みながら、《大魔法使い》の美女が、優しく紡いだ言の葉は。

「《魔法》が大嫌いなキミに――〝魔法が大好きだ〟と、言わせてみせよう。だから、エイトくん――《大魔法使い》たる私の、弟子になってはくれないか？」

それは、今はまだ遥《はる》か遠《とお》く、叶《かな》うかも定かではない、可能性の話。

けれど彼女の眼差《まなざ》しは、その日は必ず来るのだと、信じ切っているようだった。だからとて、そんな未来が訪れるなどと、今のエイトには到底思えなかった、が。

「……俺が《魔法》を好意的に思うだなんて、とても考えられない。けど、もう俺は、何も分からないまま……《魔法》に何かを奪われるのは、イヤだ。だから……《大魔法使い》さん。貴女《あなた》が俺に、《魔法》の正しい在り方を、教えてくれると言うのなら」

〝魔法が大嫌い〟なエイトでも――彼女の笑顔は、少しだけ信じてみたくなった。

「《魔法》を教えてください――俺を、弟子にしてください！　……お願いします！」

「――――！」

エイトの言葉に、はっ、と目を見開いた《大魔法使い》の表情には、素直な喜色が浮かんでいる。本当に、先ほどまでの渦巻く闇とは、印象が大違いだ。

微笑みを絶やさぬ《大魔法使い》が、おもむろにエイトに歩み寄り、口を開く。

「私は《大魔法使い》レイミア……レイミア＝ワイズ＝マージ・ロード。世界でキミだけが知る、私の真実の名だ。エイトくん……いや、今はあえて、こう呼ぼう。んんっ」

口元に絹のような美しい右手を当て、軽く咳払《せきばら》いした彼女が、更に歩み寄り……何やら距離感がやけに近い気はするが、とにかく、次に取った行動は。

「これから、よろしくな――我が弟子っ」

「は、はい！　……んっ？」

レイミアは、手を――大きく横に広げていた。手を広げた瞬間、大きな胸元が強く揺れたが、それはともかく……それではまるで、ハグでも求めているかのようである。

エイトは、困惑していた。ハグの要求だとすれば、距離感がおかしすぎる。否《いな》、あるいは罠《わな》ではないか、試されているのでは、とエイトが悩んだ末、返した答えは。

「……よ、よろしくお願いします、師匠」

広げていた両手の、右側を摑《つか》み、握手する……と、レイミアは。

「む？　……ああ、こういうものか。初めの挨拶は、こうするのが普通なのだな？　すまないな、こんな山奥に引きこもって《魔法》の研究ばかりしていると、どうにも人馴《ひとな》れしなくてな。握手なんてしたのも、ええ、生まれて初めてでして。うふふ」

（！　そうか、師匠は……握手の仕方を知らなくて、やけに近かったり、手を広げちゃったりしたんだ。早まった真似《まね》をしなくて、良かった……俺の行動は正解だったな！）

「まあ別に、こう……ぎゅっ、としても、別に……別に、良かったのですけれど？」

（？　もっと強く握手しろ、ってコトだろうか。意外と情熱的なんだな……）

試しにエイトが、ぎゅっ、ぎゅっ、と断続的に力を込めると、ぎゅっ、ぎゅっ、とレイミアは握り返していた。こだまでしょうか。何にせよ、《大魔法使い》は上機嫌です。

「んふ。これはこれで、いいな。いいかも。んふふ……まあ私の目的は、これでも十分に果たせますし」

「へ？　目的、って……あの、一体何の話で――」

「──はい、これで契約成立だ。我々の師弟関係は、もう切っても切り離せないぞ」

「け、契約？　……あ、熱っ!?　え、えっ？」

エイトが不意に感じた熱に右手を引くと、その手の甲には、見たこともない紋様が。熱はすぐに冷めたようだが、エイトが首を傾《かし》げていると、レイミアが軽めに説明した。

「ふふっ、案ずることはない。それは師匠たる私が、弟子の位置を常に把握するためのもので……まあただの、うん……マーキングのようなものです、ええ」

「ああ、なるほど……いえ案じますよね。何でこんなコトを……あっ、まさかさっきの咳払いの時、この魔法の準備を!?　というか握手にしてなかったら、体にこの紋様が!?」

「体にというか、全身にね？　ほら、範囲が広い方が、効果も強まると思いますし、ね？まあそれは残念ながら、実現しなかった訳ですが……それはともかく。〝何でこんなことを〟という我が弟子の質問に対する、師の……師の！　答えですが」

やたらと〝師〟を強調してくるレイミアが、こほん、と咳払いして続けた言葉は。

「これからキミを待つのは、過酷な修行の日々だ。だからこそ、そこから弟子が逃げ出さないようにするための……師匠として、当然の措置なのです。ええ、そうなのです」

「いや、そんなコトしなくても、逃げたりしませんよ！　俺は、本気で修行を──」

「……さて、それはどうかな？　これからキミに待ち受ける、あまりにも過酷すぎる筆舌に尽くしがたい想像を絶する修行もそうだが……私には、面倒な客も存在していてね」

「え……客、って？　まさか他にも、弟子入り志望が？」

「だったら迷わせて辿《たど》り着けないようにするだけ、なんだけどなぁ……言ったろう、面倒な客、と。そうもいかない、面倒くさいのがいるのさ」

「面倒くさいの、って……──⁉」

エイトが重ねて問おうとした、まさにその直後──屋敷《やしき》が、大きく揺れる。地震だろうか。それにしては、異変は揺れだけではなく……めきめきと、建物ではない〝何か〟が、軋《きし》むような音が響いていた。

音は、外から──外からだ、と気づいたエイトが、慌てて扉を開き、飛び出すと。

「なんだ⁉　何が、起き……てっ？　………な、あ？」

広がっていたのは、想像を絶する光景だった。

空間が、崩壊している。……比喩でも何でもなく、空が、何もないはずの景色が、ひび割れ、砕ける音を立てて、崩れ落ちているのだ。

異変、などというレベルではない──それはもはや、世界の終わりの光景。

そして、崩壊する空の中央には──人影が、浮かんでいて。

『…………』

「まさか、あれは……人？　人間が……たった一人で、こんなコト……？」

本来なら〝ありえない〟。けれど〝ありえない〟を覆《くつがえ》せるのが《魔法》なのだ。とはいえ、いくら何でも、これほどの現象を起こせるのは。

あまりにも規格外の、それこそ〝世界一の大魔法使い〟でもなければ――

「――《七賢》だ」

「……え？　し、師匠？　今、なんて……？」

レイミアが口にした《七賢》、その呼称の意味は、魔法が大嫌いなエイトでも知っている。むしろ今の世で、知らぬ者はいない常識と言えるほどだ。

――《魔法》の世界に、至高の領域とされる〝七つの魔法〟あり。

それを《七つの叡智《えいち》》と人は呼ぶ。

《一の叡智・生命》

《二の叡智・時》

《三の叡智・空間》

《四の叡智・死》

《五の叡智・運命》
《六の叡智・次元》
《七の叡智・星》
これらの叡智を各々《おのおの》に習得し、かつて世界を滅ぼす〝魔王〟なる脅威を討伐し、世界を救ったとされる七人の傑物。
その名も《七賢》――今は〝七つの国〟それぞれの頂点に立ち、世界を七分して覇を競い合っている、名実共に世界最高峰の魔法使い達だ。
そんな《七賢》の一人が現れたのだ、とレイミアは言った。けれど、なぜ、と困惑するエイトの心中を見透かすように、レイミアが《七賢》の思惑を推測して語る。
「自分達を最も高き〝王〟としている《七賢》にすれば――〝世界一の大魔法使い〟である私は、目障《めざわ》りなのだろう。ゆえに、私は奴《やつ》らから命を狙われている――《七賢》などと称《たた》えられようと、私が存在する限り、奴らは一番には成り得ないのだから」
「なっ……そ、そんなの、いくら何でも、自分勝手すぎじゃ……うわっ⁉」
エイトの言葉を遮るように、空間は更なる崩壊を続け――中空に佇《たたず》む《七賢》に、何やら変調が起こり始める。

『……う、あ……あ、ああ……あ』

崩壊する空の中央、遠くに見える《七賢》の姿は、よくよく見ればあまりに異常だ。

起伏に富んだ全身の、至る所が拘束具で締め付けられた、囚人のような痛ましい様相。

美貌が想像できる顔立ちだが、双眸《そうぼう》は厚手の目隠しで覆われ、表情も窺《うかが》えない。

かつて世界を救い、今や一国を統《す》べる存在とは、とても思えない出で《い》立ちだが――レイミアは特に疑問も抱いていないらしく、確信を持って断言する。

「紛れもなく、奴こそは《七賢》――世界さえ滅ぼせる《七つの叡智》の大魔法を扱える者の一人。取り分け〝空間〟の全てを理解し、〝空間〟の全てを操るに至った傑物」

『あ……あ、ア、アア……Ａｈ――』

「シルメリア――《三の叡智・空間》を極めた《七賢》だ――」

レイミアが言い終えた、次の瞬間。

唯一、自由になっているシルメリアの小さな口が、縦に大きく開かれると。

『――Ａａａａａａａｈ――』

甲高いソプラノの美声が、歌うように――あるいは悲鳴のように、響き渡り。

ガラス細工を砕くような気軽さで、空間が、空間が、空間が、崩壊していく。もはや、ひび割れていない箇所を探すほうが困難なほどに、崩壊は進んでゆき。

ついに、エイトやレイミアの周囲にまで、破壊が及んでしまい。

「ぁ。う、ああ……——っ！」

空間ごと、自身の五体が引き裂かれるのを想像しながら、エイトは目を閉じた。

ああ、やはり、《魔法》は恐ろしいのだと——最期《さいご》を確信したエイトに、届くのは。

「——大丈夫だ。我が弟子よ、恐れず目を開けなさい」

「…………えっ？」

レイミアの落ち着いた声に促され、恐る恐るエイトが、目を開いてみると。

「あ、あれ……俺達の、というか……屋敷の周りの空間だけ、無事？　なんで……一体、何が起こって……」

状況が掴めないエイトに、けれどレイミアは当たり前のように言い放つ。

「どうやらキミは、まだ心からは理解していないようだ——ならばこそ、改めて教えてあげよう。私が一体、何者なのかを——私が一体、何と呼ばれる存在なのかを」

空間崩壊が屋敷の外側で、依然として続いている中で――エイトの前に出たレイミアが、おもむろに両手を広げ、天を仰ぎ。

「――空間よ、修復せよ」

何気なく口にした、刹那、彼女の体から光が放たれ。

言葉通り――崩壊していた空間を、修復し始めていく。

「……な。何が、今……起こって……」

信じられない光景に唖然《あぜん》とするエイトだが、レイミアの声は相変わらず冷静で。

「これも《三の叡智・空間》さ。空間を破壊するだけが能ではない。極めれば距離など関係なく跳躍できるようになるし、強力な守護結界を展開することも可能だ。……まあ空間修復ごときなら序の口レベルで、別に大したことはない――」

「⁉　え……じゃ、じゃあ師匠は、《七つの叡智》の一つを使えるほどの《大魔法使い》、ってコトですか？　師匠って、本当にすごい人なんですね……！」

「えっ、すごい？　……ふ、ふふっ。これくらい、本当に大したことでもないのですよ？……さーて、これだけでは何ですし……お次は、これでもお見せしましょうか」

「えっ、次？　……って、《七賢》が……っ」

エイトが素直に師を称賛している間も、当然、敵が待ってくれるはずもなく。

修復されていく空間とは別に、一部の空間を切り取り、刃《やいば》の砲撃のように放ってくる。

切り取られた空間の質量など想像もできないが、対面するレイミアは慌てもせず、軽く手を前にかざし、ぼそりと呟《つぶや》いた。

「時よ、停止せよ」

やはり言葉通り、襲い来る空間の刃は、レイミアの輝く手の直前でピタリと停止する。

しかし今、彼女は何と言ったのか――〝時〟と、そう述べた口で、更に紡《つむ》ぐのは。

「これは《二の叡智・時》。この通り、限定した狭い範囲の〝時〟を操作するなら、大して魔力も使わず節約できるぞ。もちろん、もっと広範囲に……それこそ世界に影響を及ぼすことも可能だ。まあ、まず習得できる者が限られているのが、多少の難点だが」

習得できる者が限られている――などというレベルではない。それは〝《七賢》の内の一人にしか習得できなかった〟はずだ。

いや、そもそも、《七つの叡智》はその全てが至高の領域、《七賢》でさえ各一人ずつ、適応する叡智しか修められなかったはずで――同時に〝二種類〟を行使できる存在など、世界中の何処《どこ》にも、歴史上でさえ、聞いたことがない。

ただ、事実としてそれを成している者――《大魔法使い》は、言う。

「世に遍《あまね》く総《すべ》ての魔法を識《し》る者が、ただ識るだけの者だと思ったか――否《いな》、否だ。見よ、そして覚えておけ。私が一体、何者なのかを。キミは、何者の弟子となったのかを」

「……えっ？」

「私は、この世でただ一人――《七つの叡智》の全てを単独で行使できる、真実の《大魔法使い》。そう……私こそが」

レイミアが、細く美しい右手を水平に構え、左腕側へと持っていき。

すう、と深く息を吸い――カッ、と目を見開くと。

「世界一の――《大魔法使い》のお師匠さま、レイミアだ――！」

クールな印象に似つかわしくない、威勢の良い名乗りを上げたのと、ほぼ同時に。

彼女の右手から、眩《まばゆ》い閃光《せんこう》が迸《ほとばし》り――

「次元よ――断ち切れ――！」

『――！』

真横に一閃《いっせん》、右手を薙《な》ぎ払うと。

《七賢》シルメリアの居た空間ごと、真横に真《ま》っ直《す》ぐ裂け目が生じる。

エイトの目には、もはや空間が裂けていることしか確認できない。《七賢》はどうなったのか、それは師たるレイミアが口にした。

「ふむ。〝空間転移《テレポート》〟で逃げたな。まあ《空間》は《七つの叡智》の中でも最高レベルの防御性能だし、当然か。あの程度で倒せるほど、ヤワな相手でもないし。……とはいえ暴れるだけ暴れて帰るとは、はた迷惑だな。空間よ、修復せよ」

ものついでのように、裂けた次元の断層が、崩壊した空間が、修復されていく中――

やれやれ、と頭を振りながら、レイミアは改めてエイトと向き合った。

「まあこの通り、私こそが正真正銘、世界一の《大魔法使い》という訳さ。だがそれ故に《七賢》から命を狙われている。今の姿を普段から隠し、この屋敷《やしき》に人を近づけないのも、それが理由だ。いちいち今のような戦いを繰り広げるのも、面倒だからな」

レイミアの物言いは軽いが、彼女がいくら〝世界一の大魔法使い〟といえど、《七賢》という強大な魔法使い達から命を狙われているというのは、あまりにも不遇だ。

かつて《魔法》に全てを奪われたエイトにしてみれば、師・レイミアが置かれている現在の境遇に、沈痛な面持ちを隠せない。

「そんな……いくら《七つの叡智《えいち》》全てを使えるからって、あんなとんでもない魔法の使い手に、命を狙われてるなんて……あまりにも、それは……」

「ん？　おいおい、何を他人事《ひとごと》のように……キミだって、もう無関係ではないぞ？」

「あ……そ、そっか。俺も《大魔法使い》さんに、弟子入りするんだから……《七賢》との戦いなんて、何の役にも立てないですけど……でも修行は、精一杯頑張ります」

「ふむ。その勤勉な姿勢は、感心だ。が、やはりまだ、分かっていないらしい。……そうだね、実はコレ、私と《七賢》しか知らないことなのだけれど……」

ぴっ、と人差し指を立てたレイミアが、やや軽い口調で明かした事実は。

「そもそも《七賢》達は……私から、《七つの叡智》を学んだらしくてね」

「えっ。……えええ⁉　じゃあ《七賢》は師匠の、元・弟子ってコトですか⁉」

「むっ。……いいや、それは違う。《七つの叡智》を、ある者は私から盗もうとし、ある者は私と戦って身に付け、ある者は私を見ただけで術理を解《かい》したのだという。私に師事した事など、一度として無い。つまり、私の弟子は唯一……エイトくん、キミだけだ。いいかい、大事なことだからね。そこだけは、決して間違えないように」

「あ、え、っと……は、はい。分かり、ました？　⁇」

　レイミアの妙に強い圧に、ついエイトも戸惑ってしまう。が、〝唯一の弟子〟の理解を得たレイミアは、満足そうに頷《うなず》いて話を続けた。

「よろしいっ。……しかし、いやだからこそ、だ。私の弟子でもない人間が《七つの叡智》を我が物顔で揮《ふる》い、王などと僭称《せんしょう》する厚顔無恥……分からせねばなるまい。エイトくんだけが、《大魔法使い》の正当なる弟子である事を。そう……つまり！」

「……ま、待ってください！　なんかちょっと、イヤな予感が――」

　制止しようとするエイトに、けれど《大魔法使い》である師匠は聞く耳持たず――軽くウインクしながら言い放った。

「世界最高峰の魔法使いにして、それぞれ一国の主たる《七賢》の連中は、全て。

　――《大魔法使い》の唯一の弟子であるエイトくんが、ぶっ倒すのです！」

「――――――」

　この日、一番の絶句を見せたエイトだが、とんでもないことを言い出したレイミアは、マイペースな調子を崩さず話を進める。

「そう、言うなればこれは、我が唯一の弟子であるエイトくんによる〝代理戦争〟――エイトくんがあの面倒な《七賢》達をぶっ倒す事で、己の分を弁《わきま》えさせるのだ。いいかい、エイトくん。これは師から弟子への、厳命ですよ――」

「……はっ⁉　い、いや何を言ってるんですか！　自分で言うのも情けないけど……俺、《魔法》は今まで忌避してきたから……本当に、素人《しろうと》同然で……！」

「だからこそ、私がいるのだろう。なあに、安心したまえ。今日からキミには、世界一の《大魔法使い》である私が、付きっ切りで修行をつけてあげるから。まあだからこそ、修行は想像を絶するほど過酷だろうし……安全性は保証できないけどね、ふふっ」

「軽い調子で怖いコト言わないでくれませんか⁉　あ、あの、師匠……ちょっと⁉」

エイトは抗議するも、レイミアに撤回する気配は一切ない。それどころか、既にエイトに退路はないのだと、念を押すように彼の右手を指さして腹黒い笑みを浮かべる。

「先ほども言ったが、逃げようとしても無駄だぞ――キミには既に、マーキングを施してある。その手の紋様が輝く限り、弟子は師の手からは逃げられないのです……くくく」

「あ。……あ、ああっ⁉　じゃあこれは最初から、俺を代理戦争だとかに巻き込むために⁉　ぐ、ぐぬぬっ……し、師匠めっ……お、おのれーっ！」

「いや、キミを私の唯一の弟子として、大切に育てたい、と思っているのは本気だぞ。……とはいえ、そうだな……ふふっ」

腹黒い笑い方から一転、レイミアは、どこか慈愛さえ感じさせる微笑を浮かべて。

「……初めから、こうしていれば良かったのかもしれないな」

「ぐぬぬ………？　師匠、なにか言いましたか？」

「……ふふっ、なに、こっちの話さ。さーて、っと！」

仕切り直すように手を叩《たた》いたレイミアが、次なる行動を明示する。

「この隠れ場所は、《七賢》に知られてしまったからな。さすがに弟子になったばかりのエイトくんを、奴《やつ》らと戦わせる訳にもいかない。という訳で、遥々《はるばる》きてもらって、早々に悪いのだが……引っ越しするぞ」

「引っ越し？　……そうですよね。相手が世界最高峰の魔法使いなら、慎重にならないと……分かりました。俺、荷造りの準備くらいなら、いくらでも──わっ⁉」

先程まで不満を見せていたエイトもまた、気を取り直し、やる気を示すが──おもむろにレイミアに両肩を摑《つか》まれ、ふわり、まるで重力などないように空を舞った。

すた、と屋敷の二階の露出していたバルコニーに着地し、生い茂る暗い森を見下ろして、レイミアは口を開く。

「そもそもだ。師弟の輝かしい門出の日に……こんなジメジメと薄暗い森では、相応《ふさわ》しくなかろう。心機一転、ちょうど良い機会だ。さあ、二人の新天地へ向かおうか」

「え、あ、はい……でも、なんで、バルコニーに──」

「当然。このまま引っ越すからさ──〝生命〟吹き込まれし我が住処《すみか》よ、さあ走れ！」

とんでもない事を、口走るが──とんでもない事を、現実にするのが《魔法》だ。

レイミアが、自身の光を湛《たた》えた両手を、引っ張り上げるように動かした瞬間。

屋敷が揺れ動き、底面から、立ち上がるための鋼鉄の足が這《は》い出した──！

大きな屋敷に見えたが、どうやら地下室まであるらしい。とにかく、今や地下室ではなく下半身のようになってしまった部分から伸びる、鋼鉄の七本足が動き出し。

「さあ、出発だっ……我が弟子よ。しっかりと、掴まっていなさい！」

「っ、は、はいっ⁉　……うわっ⁉」

レイミアの言葉を合図に、《大魔法使い》の屋敷《やしき》が本当に走り出し、エイトは慌ててバルコニーの手すりにしがみ付く。……と、なぜかレイミアは少し口を尖《とが》らせて。

「む。……ふーん、手すりか。まあ別に、どこに、とは指定していませんでしたし？　別に、良いのですが？　ええ、別にー？」

「へ？　な、何の話で……っ、っく……！」

レイミアの不機嫌の理由は不明だが、エイトに尋ねる余裕などない──時に速度を上げ、飛び跳ねまでする屋敷の、大地震さながらの震動に、振り落とされないよう必死だ。

「う、わっ……こ、こんなっ……家が、走って、飛び跳ねる、なんてっ……！」

「ふふ、当然だろう。《大魔法使い》の家なのだ、走りもすれば、空だって飛べるし、空間跳躍だって可能だ。どうだ、ちょっぴりスリリングだろう？」

「す、スリリング、というか……っ……！」

《大魔法使い》は、いかにも楽しんでいる様子、だが一方のエイトは、強く目を閉じ。

（──怖い）

空間を崩壊させ、次元を断ち切り、挙句の果てには屋敷を走らせ。

この一日だけでも、エイトの体験した《魔法》の秘奥《ひおう》の数々は、〝魔法が大嫌い〟な彼にとって──あまりにも驚異的で、恐怖の対象でしかなかった。

ただただ思い知らされる、絶対的な力の差。この桁外れの力が、もし悪逆に向けば、エイトが危惧する〝魔法のせいで不幸になる人間〟は、いくらでも出てくるはずだ。

やはり、やはりエイトにとって、《魔法》を好きになれる要素など、微塵《みじん》もなく。

（やっぱり、俺は《魔法》なんて……《魔法》なんて、大──）

「──そうして目を瞑《つぶ》っていると、せっかくの景色を見逃してしまうぞ？」

「……………えっ？」

レイミアの落ち着いた声を受け、ふと、エイトは気が付く。屋敷が、ほとんど揺れていないこと。ふわりと、不思議な浮遊感を覚えていること。

そして、恐る恐る、エイトが目を開けると。

「……………う、わ」

思わず漏れ出た声は、今度は恐怖でなく——感嘆の響きを含んでいた。

空が、近い。レイミアの言葉通り、屋敷は滑空し、飛んでいる。けれど速度は緩やかで、穏やかな風が頬を撫《な》で、その感触は心地よく。

——地平線の果てに、沈みゆく夕陽《ゆうひ》を、追いかけて。

「…………………」

何も言えないエイトの胸が、きゅっ、と微《かす》かに締め付けられる。それは恐怖によるものではない。大嫌いなはずの《魔法》がエイトに齎《もたら》した、その感覚は——

「……エイトくん。今までキミが見せつけられてきた、醜い《魔法》の側面が……一朝一夕で拭えるなどとは、決して思わない。だから……ああ、だから、ね」

夕陽に照らされたレイミアが、真白の肌に朱を帯びながら、柔らかに微笑《ほほえ》む姿に。

「これからは私が、キミに《魔法》の〝美しさ〟を見せてあげよう——約束だ」

エイトは、この光景を見た時と、同じように——胸が、締め付けられるのを感じた。

■■■

暫《しばら》くして、屋敷が定着した地は、また何処《どこ》とも知れぬ山の頂だった。

エイトにはまだ理解が及ばないことだが、レイミアが言うには——屋敷の移動中も〝空間歪曲《わいきょく》〟を使って存在を隠し、何度も〝次元跳躍〟して足取りを消した、とのこと。

今も外界からの認知を歪《ゆが》め、屋敷を含む周辺は〝外から見れば森にしか見えない〟らしい……つまり、追手の心配は無用、というのが要約だ。

ただエイトは、ここへ到着してからもバルコニーから離れず、夜を迎えた星空の下、眼下に広がる森を眺めている。

「……ここが、新しい家……」

到着早々、先に屋敷に入ったレイミアは、その直前にエイトへと述べていた。

『ここが私とキミの——師匠と弟子の、新しい家だからな』

家——生まれ故郷も、世話になっていた孤児院も、全てを《魔法》に奪われて。

けれど今、新たな〝家〟となる場所は——《大魔法使い》が、与えてくれたもので。

新たな地は、なるほどレイミアが言っていた通り、少し前の薄暗くジメジメとした森とは違う。木々が深いのは同じだが、空気は清浄で、野生動物の姿も時折見えた。

きっとこれから始まるのは、彼女の言う通り、想像を絶するほど厳しく過酷な、《魔法》の修行の日々なのだろう。

ただ、今だけは、穏やかに——澄んだ空気を肺に入れ、エイトは幾度か深呼吸して。

「……よしっ！　明日から、死ぬ気で頑張るぞっ……！」

両手で顔を、ぱんっ、と強く叩き、エイトは気合を入れなおす。

と、屋敷に入っていたレイミアが、再びバルコニーに出てきた。

「おっ。なんかカワイイことをしているな。アレかな、気合注入、みたいな？」

「うっ。ま、まあ、はい……す、すみません、変なトコ見せて」

「ふっ、構わないさ。何せ修行の日々は、過酷なものだ……早速、気合を入れておくのも、決して悪くない。それで、だ……エイトくん。キミの寝床の話で、ちょっぴり問題があってだな。まあ、中に入ってくれ」

レイミアに促され、エイトは首を傾《かし》げながらも、屋敷内へ入ろうとする。それにしても、寝床の問題とは一体——これだけ大きな屋敷だし、部屋くらい余っていそうだが。

しかしそんな楽観は、屋敷内の惨状を目の当《ま》たりにすれば、一瞬で吹き飛ぶだろう。

「う、うわあ……」

屋敷内は、まるで逆さにひっくり返したかのように、家具や調度品が乱雑に散らばっていて——……いや、当然だ。この屋敷は、走り、跳躍し、空まで飛んでみせたのだから。

改めて振り返れば、とんでもない話だが。

確かにこれでは、複数ほど見える部屋の内部も全滅だろう。しかしここでエイトは、甘えてばかりいられない、と申し出た。

「……あの！　もちろん掃除なんかは、これからお世話になる俺に、やらせてください。差し当たって今晩は、俺はその辺の床ででも寝させてもらえれば——」

「ふ、そんなことを言いそうだと思っていたが——心配いらない。実はだな、無事な部屋があるのだ。元々、厳重に保管するため空間固定の結界を張っていた部屋でな？」

なるほど、確かに《大魔法使い》の住居となれば、危険な薬剤や魔道具が蒐集《しゅうしゅう》されていてもおかしくない。それならば、とエイトも納得する……が。

「なら、俺はその部屋で寝させてもらえれば、ありがたいです。……それで、その部屋はどんな部屋なんですか？　物置とかでも、本当に大丈夫で——」

「まあ私の部屋なのですけれど」

「すけぶッ。……あの、今、なんて……」

聞き違いだろうか、と尋ねるエイトだが、レイミアは許可を得たと解釈したらしく、彼の手を引いて迅速に歩き出す。

「ええ、もちろんその部屋で寝させてあげます。さあおいで。さあさあ、こちらですよ」

「ちょ、待ってください。俺、そんなつもりじゃ、ちょっ……強いですね、力が！　異様に強い！　魔法使いって、もっとこう、身体的にはか弱い印象あるんですけど⁉」

「肉体強化の魔法とかあるし、当然だぞ。というかこっちの台詞《せりふ》だぞ。強いな、思いのほか、力が。よく考えれば、あの妙に険しい山も魔法抜きで越えてきたし、魔法を嫌って避けてきた分、身体能力が鍛えられているのだな……っと、よし着いた。この部屋だ」

「くそっ、しみじみ語られてる間に連れてこられたっ……全然待ってくれない……！」

エイトはほとんど引きずられる形で、広い廊下に数ある一室に連れ込まれる。

室内は広いが、《大魔法使い》の部屋にしては意外と簡素で、机や箪笥《たんす》など最低限の家具しか置いていない。それらしいものは、大きな本棚くらいだろうか。

しかし確かに、屋敷が大駆けしたとは思えないほど、静謐《せいひつ》な様子だ。まるで何事もなかったように、床には何一つ落ちていない。……大きなベッドにも、乱れはなかった。

不可思議な紋様が刺繍《ししゅう》されている絨毯《じゅうたん》は、清潔にしてあるし忍びない、とエイトは思っていたが――こうなっては仕方ない、と腹を括《くく》り。

「うう、分かりました……じゃあ、その、床をお借りします。あ、安心してください。ベッドからは、出来るだけ離れて寝ますから――」

「――《二の叡智《えいち》・時》」

「今なんか、とんでもないコトを――あれ？　……はっ⁉　はれっ⁉」

刹那、エイトは己の目を疑っていた。視点が瞬《まばた》きの間に変わり、今は天井を見ているのだ。横になっている、ばかりでなく――柔らかな、羽毛の毛布までかけられて。

ここは、どこだ、どこなのだ――《大魔法使い》レイミアの、ベッドの上だ――！

「……いやどういうコトですか⁉　今の一瞬で、一体何が⁉」

「ふっ……《二の叡智》を使い、時を止めている間に、キミを寝台へ移動させたのさ。我が弟子に、最高峰の《魔法》の真髄……その一端を教えてあげようと思ってね」

「いや《叡智》とかいう最高峰の《魔法》、こんな軽はずみに使ってイイんですか⁉　というか俺、弟子入りした身で、ベッドまで使わせてもらうワケにはいきません！　俺が床で寝ますから、師匠は……あの、ちょっと……なぜ、ベッドに乗ってきて……？」

エイトが困惑している間に、レイミアはベッドに乗り上がり――同じ毛布に、入った。

距離感がおかしい、というかぶっ壊れている、そんなレイミアの呟《つぶや》く言葉は。

「ふ～……今日は遅いし、色々あってさすがに疲れた。エイトくんもだろう？　身を休めるのも修行の一環だ、ぐっすり眠るとしよう。……とはいえ、こんな近くで人と接するなんて初めてで、勝手が分からないので……ちょっぴり緊張しますね、ふふっ」

「……いや距離感がおかしいですって⁉　こ、こんなの休めるワケが――」


「――勘違いするなよ、我が弟子――」


「え？　……う、っ⁉」

瞬間――エイトを襲う、強烈な威圧感。師たる者から発せられる、厳かな声音。……ベッドで横になっていなければ、もう少し恰好《かっこう》ついただろうが、それはともかく。

「修行の一環だ――そう言っただろう。修行が明日からだなどと、私が言ったか？　これもまた、修行なのだ。そう、具体的には、アレだ……どんな状況でも動じず、《魔法》を行使できるようになるための……精神統一の修行なのです、ええ」

「精神統一の……修行？　……はっ⁉」

まさか、とエイトは早まる……もとい、思い至る。《大魔法使い》たる師の言動に、果たして無意味なものがあるだろうか。いや、ない。

（師匠の言う通りだ……俺は、なんて甘っちょろいコトを……師匠は〝修行は過酷だ〟と言ってたじゃないか。そうだ。師匠の言う通り、〝明日から頑張る〟んじゃない……修行は、もうとっくに始まってるんだ……！）

「うーむ、精神統一の修行、とは言ったものの、何だか昂《たかぶ》ってしまうな。これでは、さすがに眠るのに難儀するやもＺｚｚ……スヤスヤ」

（ほらっ……ほら！　さすがは《大魔法使い》の師匠、昂るとか言っていながら、一瞬で精神を統一してみせた……なんて穏やかな寝息なんだ。一切のブレがない……）

師が〝修行〟と口にし、あまつさえ実践してみせた。その心意気に応えずして、誰が弟子などと名乗れようか。……と、意気込みはしたエイトだが。

「……で、でもまあ、初日から無理するのも、良くないし……このままだと不眠になるから……ベッドのギリギリ端まで寄って、離れ――オッフ」

「むにゃむにゃ、さむぃ……ぉぉ、これは良い抱き枕……いや、弟子まくらぁ……」

エイトが離れようとしたのを、察知したように——レイミアが、ぐい、と体ごと引き寄せる。これぞ恐るべき《大魔法使い》のなせる業——関係あるだろうか、あるかも？

とにかくこの状況、ただでさえ至近距離だったのが、今は完全な密着状態だ。エイトの体は、レイミアの両腕にがっちりと固定され、抜け出すことも叶《かな》わない。

更にはエイトの背中に押し付けられる、あまりに大きく柔らかな存在感の塊。精神統一の難易度、どうにも間違っている気がする。

その上、抱きしめられる超至近距離の耳元で、囁《ささや》かれる甘ったるい寝言は。

「ん、んっ……んふ、私の……初めての、弟子ぃ……ん、ふふぅ～……」

（……こんなの、落ち着けるはずがない。ない、けど……それでも、俺は……！）

「弟子、初めて、んぁ……んん……私ぃ……はじめてぇ……んゅ」

「っ。……………………お」

これは、修行——想像を絶するほどに厳しく、過酷な修行の始まり。

まさに今、その過酷さと、身悶《みもだ》えるような羞恥を、その身に実感させられながら——顔を真っ赤にしたエイトは、それでも。

「俺は、耐えてみせるっ……この過酷な修行に、必ず耐えてみせるぞっ～～……！」

眠れる師には聞こえないが、不屈の覚悟を、生真面目に示すのだった――……。

《episode：2》

エイトが《大魔法使い》に弟子入りし、眠れぬ夜を越えた、その翌日。大地震にでも見舞われたかのような、大荒れの屋敷《やしき》の一階で、ぽつりと一言。

「よしっ……ひとまず廊下やエントランス周りから、掃除を始めるぞ！」

エプロンを着け、手ぬぐいを頭に巻く、対掃除用・臨戦態勢。

ぐっ、と握りこぶしを作り、エイトが気合を入れていた――その時、不意に両目を塞がれ、視界が完全な闇に覆われる。

エイトが戸惑っていると、何やら弾んだ声が響いて。

『――だ～れだっ』

「……いや誰だも何も、師匠しかいませんよね!? 急に何……………ぅをっ」

両目を塞いでいた手を慌てて除《の》け、振り返ったエイトが――思わず変な声を漏らす。

それもそのはず、エイトの視界を塞いでいたのは、師・レイミアの手ではなかった。

手だけ――手だけが、ゴーストのようにふわふわと浮いている。

そんな浮遊する手の向こう側で、なぜか得意顔のレイミアが腕組みしていて。

「甘いな……それは魔力を含ませ、質量を持たせた幻影、つまり〝魔法の手〟だ」

「魔法の……手……なぜそんな……手の込んだコトを……」

「手だけにか？　ふふっ。まあそれはともかく……当然、修行の一環さ。魔力で質量を持たせたとて、当然、本物の手ではない。注意すれば、魔力を感じ取れたはずだ……そう、つまりキミが《魔法》を理解する第一歩は、魔力感知の向上から始まるのだよ」

「！　な……なるほど！」

《大魔法使い》の師匠の言には、確かに理がある。ただのお茶目かと疑ってしまった自分を恥じるエイトに、レイミアは続けて述べた。

「日々が修行とは、つまりこういうことさ。油断しないことだ、また同じように目隠しをする……が、その時は〝魔法の手〟か……それとも、この私の本当の手か……見極めわれるよう、精進するのだ！　アレですよ、私も目隠ししますからね、いいですね⁉」

「な、なるほどっ……分かりました、師匠！　ご指導、お願いします！」

「やったぜ。……こほん。うむ、良い返事だ！　……ところで、だ」

ずい、とエイトに顔を近づけ、何やらウキウキした様子でレイミアが指摘する。

「我が弟子よ、何やら可愛《かわい》げな恰好をしているな？　なんだなんだ、イメチェンというやつか？　ふふ、中々に楽しませてくれるではないか――」

「あ、これは、その……屋敷の掃除をしようと思って」

「……………なん、だと？」

瞬間、《大魔法使い》レイミアの眼光が鋭くなり、緊迫感が奔《はし》る。何か悪いことを言っただろうか、と戸惑うエイトへと、怒れる彼女が問いかけるのは。

「掃除、だと……キミは一体、自分が何を言っているのか、分かっているのか……？　その言葉が意味するものを、本当に理解しているのか……？」

「えっ、は、はい。その、掃除をすると……住居が綺麗《きれい》になって、より住み良い環境が作れます。そもそも、これだけ散らかってるのも危ないですし……放置せず、きちんと片付けておくコトで、二次的な被害も免《まぬが》れるはず、と……そう、思いますっ……！」

「……まあ、そうだな、うん。…………」

（!?　なんだ、師匠は一体……何が言いたいんだ……!?）

「…………うん…………」

「………………!?」

エイトには、分からない。師・レイミアは腕組みしたまま俯《うつむ》き、次の答えを待っているのか……考え事をしているようにも見えるが、果たして。

とはいえ、このまま黙っていても仕方がない、とエイトが改めて動こうとする、と。

「あ、あの、それじゃ掃除、しますよ？　……それに、掃除して使える空き部屋ができれば、もうベッドを借りたり、一緒に寝たりするような迷惑も、かけずに済むし――」

「――失望したぞ、我が弟子よ。師匠ポイント、マイナス30点だ」

「師匠ポイントって何ですか？　……って、え⁉　失望って、どうして……」

戸惑うエイトに、レイミアは腕組みしたまま、険しい表情で返答する。

「分からないのか？　師匠ポイント、更にマイナス10点ッ……エイトくん、キミは一体、私の下へ何をしに来たのだ？　掃除などでは、決してないはずだ」

「何をしに、って、それは《魔法》を学びに……はっ⁉」

「ふっ……よくぞ思い出した。師匠ポイント、プラス1万点ですっ……！」

「桁、おかしくないですか？　いや、それより……そうか、そうだったんですね！」

師匠の意を得たり、とエイトが表情を明るくし、自身の解釈を口にする。

「俺は師匠の下に、《魔法》を学びに来た……なのに《魔法》そっちのけで、掃除にばかり気を取られて……そうだ。俺は、《魔法》の修行をするべきなんだ……だからっ――」

「そうだ……その通りだ！　良くぞ気づいた、我が弟子よ。それでは師たる私がこれから、じっくり、たっぷり、付きっ切りで修行をつけてあげよ――」

「――《魔法》を使って掃除をしろと、そういうコトなんですね、師匠！」

「えっ」

何か意外そうなレイミアには気づかず、エイトは興奮気味に言葉を続ける。

「確かに、その通りだっ……《魔法》の修行をすべきなのは当然、だけど掃除もするべきなのも必然。なら、同時にやれば効率が良いのは、当たり前っ……そんな簡単なコトにも気づかないなんて、呆《あき》れて当然ですよね、師匠！　……あの、師匠？」

「………………」

「あ、あれ……俺、また何か、間違えて……あ、あの……師匠……？」

不安そうな目で、弱々しい口調で、師匠に訴えかけるエイト。

一方、レイミアは俯きがちに、軽く曲げた人差し指を口元に当て、沈黙していたが――

暫《しば》らくして、ぽつりと漏らした言葉は。

「……ぶっちゃけ、そんな感じです」

「やっぱり！　さすが師匠っ……恐れ入りました！」

「そ、そう？　そうだろう、そうだろう？　ふ、ふふ。あはは……」

「はい！　それじゃ今度こそ、掃除しますっ……《魔法》の修行も兼ねて！　それじゃ、失礼します、師匠！」

言い残し、今度こそエイトが、掃除に取り掛かろうとする……が。

「……ま、待ちなさい、我が弟子よ！」

「えっ……？　あ、あの、まだ何か……？」

呼び止められて戸惑うエイトに、こほん、とレイミアは咳払《せきばら》いし、威儀を正して言う。

「……昨日から気になっていたが、師匠、師匠、と、その呼び方も頂けん。敬称とはいえ、まるで呼び捨てのようではないか……全く」

「！　そ、それは、確かにっ……」

自らの浅はかさに気づき、恐縮するエイト。対し、威厳を醸《かも》して大きな胸を更に張るレイミアは、はっきりと、明瞭に、言い放った――！

「良いか、我が愛弟子《まなでし》よ。私を呼ぶ時は、敬意を籠めて〝お師匠さま〟と呼ぶか――もしくは親愛を籠めて〝レイミアちゃん〟と呼ぶのです！」

師の堂々とした立ち振る舞いに、力強い物言いに、弟子は胸を打たれ――エイトもまた、負けじと威勢よく返答する。

「分かりましたっ……改めてよろしくお願いします、お師匠さま！」

「…………そう」

（⁉　な、なんだか、しょんぼりしているような……⁉）

〝レイミアちゃん〟は、緊張をほぐすための冗談だと解釈していたエイトである。

さて、何はともあれ、これでエイトもようやく、掃除に取り掛かれる……が、しかし。

まだエイトは知らなかった。〝過酷なる修行〟は、これからなのだということを――

■■■

掃除に取り掛かろうとしてから、一時間も経《た》たない内に、エイトは途方に暮れていた。

それもそのはず、そもそも〝魔法が大嫌い〟ゆえに《魔法》を避けてきたエイトに、いきなり〝魔法で掃除〟など、出来るはずもない。

一体どうすれば、と悩む頭を冷やすように――不意に、ひやりとした手が両目を覆い。

「……だぁ～れだっ？」

「そ、それだ――！」

「⁉　ど、どれだ我が弟子ーっ⁉」

「あっ、師匠……じゃなくお師匠さま、今度は本物の手だったんですね。すごいや、〝魔法の手〟とほとんど感触が変わらないなんて……って、そうでした！　ありがとうございます……本当は最初から、ヒントをくれてたんですね！」

「う、うん？　そうですよ？　で、一体何が……あいや、本当に分かったの？　かな？」

目隠ししていた両手を外したレイミアが、近距離で首を傾《かし》げつつ尋ねる。

エイトは頷《うなず》きながら、手を握ったり開いたりしながら、答えを出した。

「魔力を含ませた、質量を持つ幻影……〝魔法の手〟。《魔法》素人《しろうと》の俺がやるべき、魔力の操作を学びながら掃除をしろ、と。お師匠さまは最初から、それを俺に伝えたかったんですよね。ようやくそのコトに気づくなんて……俺、恥ずかしいです」

「……い、いや！　言葉にせずとも、よくぞ気づいた、というところさ。言われてではなく、自《おの》ずから考え気づくこと……それこそが、最も成長できる道、ですから？」

「さ、さすがお師匠さま、そんな深い考えが……ありがとうございます。俺、頑張りますね！　よーし、やるぞ……！　集中して、魔力を……むむむ……！」

懸命に、エイトは己の身に宿る魔力を操るべく、集中する——が、そんな弟子を見つめながら、師・レイミアが思うのは。

（むう。本当は私が手ずから、師として弟子に《魔法》の稽古をつけてあげたかったのだけどな……でもまあ確かにエイトくんの言う通り、〝初歩的な魔力操作〟を身に着けるの

が先決か。もう私達は、師弟となったのだし……焦《あせ》る必要もないしな。うん、うん)

――と《大魔法使い》は自分の基準で納得するが、世間の常識は大いに異なる。

〝魔法を使って物を動かす〟のなら、常識の範疇《はんちゅう》――だが、〝魔力操作で物を動かす〟など、糸を結ばず物を持ち上げるようなものだ。そんな芸当は、優秀な魔法使いが生涯を魔力操作の訓練にのみ費やして、やっと小石を浮かせる……かどうか、という程である。

ただ、レイミアの度を越した魔力なら、可能――逆に言えば、世界一の《大魔法使い》レベルでもなければ実現困難な修行なのだと、師・レイミアは気付いていない。

当然、魔法嫌いゆえに《魔法》を忌避してきたエイトも、気が付けるはずはなく――修行の初歩だと難易度を誤認したまま励んではいるが、一向に上手《うま》くはいかない。

「集中、集中っ……ぐ、ぐむむむ……むむむ～～～んっ……！」

(……むう。魔力操作など《魔法》を使う前段階の、簡単な技術のはずだが……なかなか苦戦しているな。初心者なら無理はない、が……しかし、こんな……こんな……！)

「くっ。だ、ダメだ、全然できない……けど、俺は諦めないぞ……！　むんっ！」

《魔法》の完全な素人でありながら、エイトはめげることなく、懸命に励んでいる――が、《大魔法使い》である師匠にしてみれば、やきもきする光景なのだろう。

今まさに、ぐっ、と拳を握ったレイミアが、弟子へと鋭い眼差《まなざ》しを向けて――！

（一生懸命頑張る弟子とは――こんなにも愛《う》いものなのか⁉　いくら見ていても飽きない、ずっと眺めていたいっ……これが、これが……師の気持ちというヤツか……！）

「くっ……ぜ、全然ダメだ。う、うう……やっぱり俺には、無理なのか……？」

「――まだだ、我が弟子！　諦めるには、まだ早いぞ！　キミには、《大魔法使い》であるこの私が……お師匠さまがついているのだ！　がんばれっ、がんばれっ！」

「！　お、お師匠さま、なんて情熱的な指導を……俺、がんばります――っ！」

……若干、師匠の私情が混ざっている気がしなくもない、が。

師匠の指導の下、弟子・エイトは、過酷なる修行に取り組んだのだった。

■■■

魔力操作による掃除――それを始めた日の晩、エイトは寝台に横たわりながら、自身の手を見つめていた。

結論から言えば、掃除は全くと言っていいほど、進んでいない。

けれど……エイトの心中は。

「……少しだけ、物を動かすコトが……できた」

魔力を含ませ、質量を持たせた幻影――師・レイミアの〝魔法の手〟のような、〝手そのもの〟と呼べるほどの完成度とは、比べるのも申し訳ないほど拙く、粗いものだが。

エイトが自ら操作した魔力で、確かに――割れた花瓶の、ただひとかけらだけ、片付けることができた。

《大魔法使い》の弟子としては、あまりにもささやかすぎて、一歩とも呼べない成長だろう。けれど、確かに前へ進んでいるという実感が、エイトには温かくて。

そう、温かくて……心が、というか……物理的にも、というか……。

「んふ、んふふぅ……いいぞ、我が弟子ぃ……すごいぞぉ、その調子だぁ……」

「…………」

昨晩と同じく〝弟子まくら〟と化しているエイトの耳元に、くすぐるような艶っぽく甘い美声が囁《ささや》かれる。

だがエイトは、ぐっ、と下唇を噛《か》み、気持ちを鎮《しず》めようとした。

（耐えるんだ、俺っ……お師匠さまも、言ってたじゃないかっ……これは精神統一の修行だ、って……そうだ、集中だ、集中を……）

「ほぉら、もっとだ……もっと、もっと……がんばれ、がーんばれぇ……」

（……集中……‼）

師匠は、知っているのかいないのか――弟子の精神は、鍛えられているようで。

■■■

〝魔法による掃除〟を始めてから、数日ほど経った頃。

「――よし！　よし、やったっ……エントランスと廊下の掃除が、終わったぞ！」

エイトの〝魔力操作〟の技術は日に日に向上し、ついに掃除は大幅な進捗を見せる。

結局、レイミアのような〝魔法の手〟とはいかなかったが、魔力自体で操る――つまり〝魔力操作〟で物質を持ち上げて動かすなどは、苦もなく出来るほどになっている。

そして今、室内以外の見える範囲は、ほとんど掃除が終わった。この成果に、弟子の成長に、師たるレイミアの感想は。

（おぉ……我が弟子の魔力操作技術、順調に向上しているようだな。この調子なら、そろそろ魔法の一つでも教えられるかもしれん。ふふ、やはり師弟だから、と言うべきか……私と似てきたのではないか？　師弟だから……師弟、だ・か・らっ。うふふっ）

順調に向上――というレベルではない。魔力操作技術だけとはいえ、《大魔法使い》と似てきたなどと、世界中を探しても――《七賢》でさえ、一人か二人いるかどうかだ。

今までずっと《魔法》を忌避していたエイトだからこそ、《大魔法使い》の基準とハードルの高さに気付けぬまま、成長できた。乾いた大地に水が滲《し》み込むような吸収の凄《すさ》まじさ……というだけでは説明できない、規格外の素質も持ち合わせているようだが。

そんな才能を証明したエイトは、けれど自信はなさそうで。

「……あ、あの、お師匠さま。すみません、まだまだ未熟で、時間がかかり過ぎてしまって……その、黙り込んでしまうほど、呆《あき》れてるんですよね……？」

おずおずと尋ねるエイトに――師・レイミアは、ふむ、と口元に手を当てて。

「ふむ。……確かに、基礎的な魔力の操作だけで、かなり手こずっていたな。時間がかかっていた、というのも否定はできない。まだまだ未熟なのも、その通りだ」

「！　そ、そうですよねっ……俺、もっと努力しないと――」

「けれど」

弟子の言葉を遮って、レイミアは、にこりと穏やかな微笑《ほほえ》みを浮かべた。

「エイトくん――キミの魔力操作技術は、飛躍的に向上した。キミは確かに、私の……この《大魔法使い》の修行を、見事にやり遂げてみせたのだ。私は師として、そのことを……本当に、喜ばしく思います。我が弟子よ——よく、頑張りましたね」

「あ。……っ、は……はい！　お師匠さまっ……！」

レイミアが右手を伸ばして頭を撫《な》でると、エイトは顔を赤くしつつ笑顔を見せた。

レイミアもまた、くすり、軽く失笑してしまう——が、その内心は。

（ふあぁぁ……笑った、弟子が笑ったぁ！　くそう、くそうっ……本当はもっと褒めてあげたい、〝よくやったぞ〟って思いきり抱き締めて甘やかし尽くしたい！　でもでも私はクールで厳格なお師匠さまだしっ……イメージ崩れてしまうと弟子に呆れられちゃうかもだしっ！　ううう、いっそ弟子が〝ご褒美《ほうび》〟を要求してくれたりすればぁ……！）

「……あ、あの。頑張ったから、じゃないんですけど……一つだけ、お願いがあって」

「渡りに船ですよ（ほう……何かな？）」

「えっ、今なんて？」

「空耳という名の《魔法》ですよ。そ、それで……お願いとは、何かな？　弟子の努力に報いるのも、師の務めというもの。わ、私にできる範囲なら、応じましょう」

「ほ、本当ですか？　それじゃ、その……この部屋に、入ってほしいんですけど」

（!?　わ、わざわざ部屋に……えっ、えっ、部屋に入らないと出来ないご褒美？　わ、わかりません……《魔法》以外のことは、てんでさっぱりなのです！　弟子は一体どんなご褒美を求めているのですか⁉　ああでも、弟子が求めるなら、師は応えないとぉ〜……！）

表面上は冷静に振舞うレイミアを伴い、エイトが足を踏み入れたのは、いつもの寝室の隣――まだ掃除されておらず、散らかったままの部屋だ。

そしてエイトは、師の寛容な言葉に感謝して、自らの〝お願い〟を口にした――！

「この部屋の掃除が終わったら――ここを、俺の自室にさせて欲しいんです！」

「えっ。………な、なぜ、だい………？」

「お師匠さま、急に顔が青ざめてませんか⁉　というか、なぜって、それは……前も言いましたけど、今みたいにお師匠さまの部屋にお邪魔し続けるのも、申し訳ないですし……そ、それに。普通、男女は別々の部屋なのが、当たり前っていうか……」

「くっ、照れ気味な弟子カワイイ……こ、こほん。いやしかし、そもそも同室なのは、修行の一環で……そ、そう、これはあくまで、修行のためなのですから……」

「え……でもお師匠さま、さっき、応じてくれるって……嘘《うそ》、だったんですか……？」

「うっ。いえ、それは、そのですね。………〜〜〜〜〜っ」

ショックを受けているのか、捨てられた子犬のような目で見つめてくる弟子に、レイミアは暫《しば》し煩悶《はんもん》していた――が、不意に「！」と閃《ひらめ》いたらしく、冷静に声を紡《つむ》ぐ。

「――良いだろう。一部屋、掃除が終わったら、そこをエイトくん専用の部屋と認めよう。なに、遠慮は不要。過酷なる修行の〝ご褒美〟さ」

「！　お、お師匠さまっ……ありがとうございます――」

「ただし。修行は、次のステージへと進む――《七の叡智《えいち》・星》よ――！」

「えっ。今《叡智》って……次のステージ、って？　……っ⁉」

瞬間、エイトは違和感を覚える――部屋に、変化が生じた。目には見えない、けれど確かな異常を察知する。

ただ、違和感の正体までは分からないでいるエイトに、師・レイミアは説明した。

「ふむ、気付くか――さすが我が弟子、魔力操作に伴い、魔力感知能力も鍛えられているな。さて、修行の説明だが――過去、《七の叡智・星》という種の魔法が誕生した際、人類は〝重力〟の存在を認知し、知識として広く普及した。これは、知っているかな？」

「は、はい。俺がお世話になってたような小さな村でも、常識でした。《叡智》が関わってた話は、知りませんでしたけど……けど、なぜ今、その話を……」

「答えは簡単さ。本棚、ベッド、机に椅子、その他諸々《もろもろ》――この部屋の全ての無機物に、〝条件付き〟で〝重力が倍加する〟《魔法》を付加したのさ。条件とは〝持ち上げる行為〟

に対して……倍率は、そう、それぞれ、ざっと……百倍ほどね」

「ひゃく。……ひゃ、百倍⁉　えっ、な……なぜそんなコトを⁉」

大まかにではあるが、床に散らばっている本なら、その一冊一冊が本棚ほどの重さに。

横倒しになっている本棚そのものなら、大木ほどの重さに、という塩梅《あんばい》だ。

〝なぜそんなコトを〟という弟子の疑問は当然――だが師匠も当然とばかりに答える。

「言ったろう――エイトくんの修行を、次のステージに進めると。たとえば筋力を鍛えるなら、より重量を増して負荷を高めるのは当然だろう。魔力操作の修行も同じ――つまりこの部屋を、エイトくん専用のトレーニングルームに……したのです。ええ、全ては我が弟子の、修行のためなのです。間違いありません」

「！　なるほど、確かに……単純に、掃除する対象の重量が増せば、それを魔力で操作する難易度も上昇する……次のステージの修行とは、そういうことなんですね……！」

弟子、超素直――納得したエイトに、師・レイミアは大きく頷《うなず》いて続ける。

「そうですとも。……空間そのものの重力を倍加することも可能だが、それだと少なからずキミの健康を害し、体に悪影響が出るだろうからな……物質のみに限定して魔法を作用させるのは、魔力の節約にはなるが、技術としては桁違いに難易度が高いのだぞ。しかも〝条件付き〟だし。……あ、そうそう、これも魔力操作のお手本といいますか、ね？」

「なっ……俺の体のことまで考えて、そこまでしてくれるなんて……」

「ふっ……弟子の体調を慮《おもんぱか》り、管理するのも、師として当然の務めさ……さあ、励みなさい。そしてこの修行を乗り越えた暁には……約束通り、キミにこの部屋を与えよう」

「は、はい！　頑張ります、お師匠さま！　じゃあ早速……ッ!?　本当に、ビクともしない……見た目はただの本なのに、岩を持ち上げようとしてるみたいだ……くっ！」

ただ一冊の本でさえ、魔力操作で持ち上げられない——当然だ。魔力操作のみで物質に影響を及ぼす、そのこと自体の難度。加えて、物質そのものの度を越した過重。エイトは確かに非凡を示した、が、この修行の達成には、あまりにも現実味がない。

単純計算で難易度は百倍。さすが《大魔法使い》の修行とでも言うべきか。あまりにも過酷な修行を課した張本人である師・レイミアが、腕組みしながら思うことは。

（まだ《魔法》も習得していない彼に、この修行の達成はさすがに不可能だろう……だがその挫折は、必ずや彼を成長させる糧《かて》となるはず。まあ、結果的に……今まで通り同室で暮らすことになってしまいますが……いえ、それはあくまで偶々《たまたま》です。弟子の成長を願った偶然の産物です。他意など一切ありません。ええ、本当に本当で——）

「く、う、うっ……あっ!?　し、しまっ……お師匠さまっ——」

「きゃっ」

微動だにしない本に、エイトが魔力操作を乱し、体勢を崩すと――勢い余って。

「むぐっ。……ん……ん、んんっ⁉」

「え、あ、我が弟子……？　……――っ」

何と、師・レイミアを押し倒す形で――彼女の胸に、顔面を突っ込んでしまった――！

「……すすすすみません、大丈夫ですか、お師匠さま⁉　あ、あのっ……！」

「…………………」

慌てて起き上がったエイトだが、レイミアは冷淡とさえ言える無表情――よもや怒りに触れたのか、恐るべき《大魔法使い》が、その口から紡いだ言葉は。

「………っふ。構いましぇん。こっこの程度、気にすることはありませんにょ」

「お師匠さま、噛《か》みまくってませんか⁉　もしかして倒れた拍子に、舌でも噛んで……そういえば、顔もどんどん真っ赤に――」

「違う。見るな。見ないで。私はクールなお師匠さま。この程度のことで恥ずかしがるはずありません。だから、見るな……見ないでくださいっ……～～っ」

一気に紅潮した顔を両手で押さえ、その場で転がるレイミアだが――毎晩エイトを〝弟子まくら〟にして抱きしめておいて、これは恥ずかしがるのか、と思わなくもない。

■■■

　これで、何夜目になるのだろう。

《大魔法使い》に弟子入りしてから、〝弟子まくら〟として抱きしめられ、身動きもできず、ただ悶《もだ》えるしかない夜は。

　そう、何夜目になるのだろう――この〝精神統一の修行〟の日々は。

（精神を、統一するんだ……集中して、心を強く、硬く……鋼のように……）

「んん、さむぃ……弟子、どこぉ……ん、んん～……？」

（……集中……）

「ぁ……んぇへへ……あったかぁ……弟子ぃ……ぎゅう、だぞぉ……ぎゅ～っ……」

　今日も今日とて、温《ぬく》もりを求める師匠に、思いきり抱き締められ――その如何《いかん》ともしがたい柔らかな感触の中で、それでもエイトは。

（――集中――！）

——鋼の鍛造を、知っているだろうか。

熱した鋼を打ち、鍛える。繰り返し、繰り返し、何度も、何度も、ひたすらに。

打ち、鍛えられた鋼は、そのたびに、硬く、硬く——強く、剛《つよ》くなる。

心も、精神も、また同じ——打たれるたびに、そのたびに、鍛えられ、やがて。

決して折れず、曲がらぬ——鋼鉄と化すのだ——！

■■■

ついに、その日が来る——とはいえ、今はまだ平穏な、真昼時。

既に掃除は終わっている厨房《ちゅうぼう》で、エイトは昼食の準備に取り掛かっていた。今まで一人で暮らしていたとは信じられない広さだが、それよりも更に不思議なのは。

「よし。……にしても本当に不思議だな、この保管庫……開くたび、新しい食材が、俺が必要と思うものが、ちゃんと入ってるなんて……《三の叡智・空間》で別の場所と繋《つな》がった、〝魔法の保管庫〟っていうけど……こんなコトまで、できるなんて」

ちなみに師匠いわく、

『交換したものは等価交換で別のものを置いてゆくよう設定しているし、泥棒じゃないから心配しなくても良いぞ』

とのこと。〝大魔法使いの魔法〟たるや、もはや想像を絶する性能だが、弟子への大きな気遣いが感じ取れるのが、何とも彼女らしい。

もちろんエイトも〝魔法で一方的に略奪しない〟《大魔法使い》の配慮に、感じ入っている。そんなことをエイトが思っていた――その時。

「ふふ……昼食の時間だな、我が弟子よ。いや、こう呼ぶべきか……ご主人弟子？」

「すみません違和感と矛盾に一瞬で耳が支配されたんですけど。ど、どうしていきなり、そんな不可思議な呼び方を――ってお師匠さま、その恰好《かっこう》は⁉」

エイトが（色々な意味で）驚かされた、師・レイミアの姿は――ゴシック調のエプロンドレスを身に纏《まと》った、給仕《きゅうじ》、いやメイドさん状態である――！

普段は厳格な師（とエイトは思っている）の装《よそお》いに戸惑うのも当然。しかし、長く艶やかな銀髪を軽く後ろに束ねたレイミアは、弟子が投げかけた疑問へと冷静に答える。

「ふっ、この恰好のことなら、見ての通りさ……いつも過酷な修行に励む弟子に、師である私が……手料理を振舞ってあげちゃおっかなーっ、と、そう思ったのです、ええ」

「えっ、そんな……お師匠さまの手を煩わせるなんて、恐れ多いですよ！」

「遠慮は無用です。ええと……そう、エイトくんは私の言いつけを守って、料理も魔力操作で行っているね。単純に物を動かす大雑把な操作だけでなく、細やかな操作も身についている……えらいぞ、とってもえらい。……こほん。が、まだまだだ。だから今日は、私が手料理を作ることで、お手本を見せようと……そう、そういう趣向なのです」

「！　じゃ、じゃあこれも……修行の一環なんですね、お師匠さま！」

「もちろんです。……別にその、エイトくんに手料理を食べさせてあげることに、並々ならぬロマンスを感じたからだとか……そういう訳ではないのです、よ？　ね？」

「も、もちろんです！　お師匠さまは俺を成長させるため、真面目に修行を考えてくれてるのに……そんな失礼な勘違いしません！」

「…………………うん」

（ま、また何だか、しょんぼりしてるような……!?）

師匠の気落ちの理由は分からないエイト……だが、何やら思うこともあるようで。

（……でも実は、お師匠さまの手料理、と聞いて……なぜか胸が、ドキッ、として……いつもと違う恰好も凄《すご》く似合うし……うう、何なんだろう、自分でもよく分からな——）

「ふう……気を取り直して、料理と洒落《しゃれ》こむか。我が弟子よ、良く見ていなさい――」

「！　は、はいっ！　あ……さすがお師匠さま、すごく自然な魔力操作で……林檎《りんご》？　林檎を浮かせて、何か作るんで――」

「――えいっ」

「ヒエッ」

エイトが思わず短い悲鳴を漏らす――それも無理からぬ現象が、彼の眼前で起きた。魔力操作で宙に浮いた林檎が、ギャルンッ、と握り潰されたように圧縮され、そして。

残ったのは、宙に浮く飴玉《あめだま》ほどの物質――その林檎だったものを指し、レイミアは。

「さあ……お食べください、ご主人弟子……」

「いや林檎が……林檎がとんでもないコトに！　どうなってるんですか、コレ⁉」

「ふふ、安心なさい。林檎の質量は全く損なわないまま、圧縮させたのです。つまり、この球体の中に栄養素は全て詰まっていますし……ゆえに小さく見えても、元の林檎と同じ重さもあるのです。どうです、食べやすくなったでしょう。うふふ」

「いえ恐ろしさで食べづらいです！　うわ本当だ持ってみたら重みがある、怖っ⁉」

「む。なるほど、料理方法が好みに合わないか。なら……こういうのもある」

再び、指先で軽く摘《つ》まむような自然な魔力操作で、林檎が宙に浮いて――次の瞬間、パパウッ、と林檎が弾《はじ》け、少なくとも〝正確な目視は困難〟になった。

ただ、後に残ったのは――キラキラと光り、宙に漂う無数の粒子。ああ、何とも幻想的な光景。ああ、言葉にならない、不思議な美しさ――を発生させたレイミアは。

「摂取しやすいよう、魔力操作で林檎を素粒子レベルまで分解したぞ。経口でなくとも、このサイズなら皮膚からでも摂取可能だ。ふふ、さあ……お食べくださ――」

「――いえさっきから〝ギャルンッ〟とか〝パパウッ〟とか、料理にあるまじき音が響きまくってるんですけど!?　林檎に何か恨みでもあるんですか!?　というか、その……お師匠さまって、料理って何なのか、知ってます……？」

「え？　ええ、もちろん。料理とは……そのままだと摂取できない材料を食べられるように、あるいは食材を摂取しやすいよう工夫して、加工すること……だよね？」

「そ、そんな辞書の記載のような……そういえば俺がここに来てから、お師匠さまが食事したの、見たコトないですけど……料理したコトって、今までなかったとか……？」

「うん？　そうだね、初体験だよ。何せ私は《大魔法使い》――食事など摂《と》らずとも、《魔法》で大気中の魔力を必要なエネルギーに変換し、吸収することも可能なのだ。何なら食材さえ必要としないのだし――料理自体が必要ないなら、わざわざしないだろう？まあ一度だけ、興味を持って真似事《まねごと》はしたが……〝こんなもんか〟って程度だったね」

当たり前のような表情で言うレイミアに、「なるほど」とエイトは納得し——けれど少しだけ、残念そうな顔を見せる。

「そうだったんですね……いえ、実は俺、お師匠さまも食べるかなと思って、いつも多めに用意してたんですけど……」

「えっ？　あっ、えっ……そ、それはエイトくんが……私のために？」

「そ、それはもちろん。でも、《魔法》を使ってるから食事が必要ないとは知らず……もっと早く聞けばよかったですよね。その、すいませ——」

エイトが謝ろうとする——その言葉を遮るように、レイミアは口を開き。

「——いいえ、食べますよ？　必要ないからといって、食べたくない、という訳でもありませんし？　それにせっかく弟子が、師のために……弟子が！　師の！　ために！　作ってくれたのだから。しかも魔力操作の訓練で、二倍大変だろうに……そういうことは、逆にもっと早く言いなさい。んもう。……さあさ、準備してくれたまえ」

「えっ、あ……はい！」

素早く食卓に着いたレイミア（メイド姿）に、エイトが内心で喜びつつ、食事の準備をする。とにかくどんな食材でも出てくるので、惜しむ必要もなかったのだが——孤児院での節制が習慣化しており、すぐ出せるものがスープとパンだけなのが悔やまれる。

《大魔法使い》に出すのには、あまりに質素と思えるが、レイミアはといえば。

「へえ、こんな感じか……なんだか良い匂いだな。とはいえ私には五感強化の魔法も、常時自動でかかっている。果たして、私の舌を唸《うな》らせることが可能かな……ふふっ」

「う。その、慣れてきたとはいえ、魔力操作を介して調理してますから、そこまで自信はないんですが……お口に合えばイイんですけど……」

「さて、どうかな？　何はともあれ、いただきま……っ……――!?」

スプーンで一すくいしたスープを、小ぶりな口につけたレイミアが、目を見開く。

やはり口に合わなかったのだろうか、とエイトが危惧していると――

「お、おっ……おいしい――!?　おいしい、おいしいっ……なんだこれっ、すっごいっ……口の中、しあわせぇ……エイトくんの料理は、《魔法》の類なのかっ……!?」

「た、ただのスープとパンですよ？　……あ、でも《魔法》を避けてきた分、他のコトは頑張るようにしてきて……昔、世話になってた孤児院でも、料理は評判良かったんです。特に焼き立てのパンは、スープに浸すと絶品とかで……て、照れますけど」

「くっ、我が弟子がカワイイ……ってこのパン、お手製なのか!?　信じられぬっ……」

「え、だって保管庫からは、材料しか出ないですし……まあその材料も、見たコトないくらい最高品質ばかりで、気後れしそうなんですけど。……っと、喋《しゃべ》ってる間にもう一品、作り置いてたのを温めて、ちょっと手を加えました。俺だけなら微妙だったけど、お師匠さまも食べるなら、と思って……良ければ、どうぞ」

「……なん、だと……？」

まるで不意打ちでも受けたような反応だが、レイミアの目は期待に輝いている。そんな彼女の前に、魔力操作で浮遊させたもう一品を、丁寧に置いてみせると。

「……わあ……」

それは、さして珍しくもない、パイ。材料が流用しやすかったため、作り置いていたものだ。それにエイトは、少しだけ手を加え——林檎を使い、アップルパイにしていた。

「その、林檎に何か恨みがあるんじゃなければ……つい目に付くほど好きなのかな、と思ってアップルパイにしてみたんです。そんな、珍しいものじゃないですけど……」

「……」

エイトは謙遜する、が——《七つの叡智《えいち》》全てを行使できる世界一の《大魔法使い》は、そんな珍しくもないアップルパイを——宝物でも見つめるように、うっとりと。

恐る恐る手を伸ばし、少しずつ、宝石に触れるように、大切そうに、口へと運び。

「……ああ、おいしい。ああ、ああ……これも、これも……おいしいなぁ……」

「…………！」

蕩《とろ》けるような、幸せそうな顔で、頬に手を当て、惜しみながらゆっくりと、食べ続けるレイミアに――エイトは一瞬、失った妹を思い出した、が。

（ニーナも、誕生日なんかにご馳走《ちそう》を作ってあげると、喜んでくれたな……って、ダメだ、ダメだ。誰かに誰かを重ねるなんて、そのお互いに対して失礼だ。ふう……）

妹は妹、師は師、どちらも違う人間で、それぞれを尊重すべき――と何やら生真面目に考えていたエイトの耳に、ふとレイミアの落ち込んだ呟《つぶや》きが届く。

「はあ……そうか、これが料理というものか。……確かに、これでは……私が先ほどやったことは、料理とは呼べないな……思い返せば、恥ずかしい限りだよ……」

「！　……お師匠さま」

「我が弟子にお手本を、などとのたまい、メイド服まで着て意気込んでおきながら……この体《てい》たらくとは。本当に、師として……ああ、情けない、ね――」

「――そんなコトないです、お師匠さま！」

「えっ……エイトくん？」

勢いよく割り込んできた弟子の声に、レイミアが不思議そうに顔を上げると、エイトは真剣な口調で続けた。

「お師匠さまの気持ち、俺は嬉《うれ》しいです……それにお師匠さまは言葉通り、俺にお手本を見せてくれました……〝魔力操作で行う料理〟という、その極致を」

「料理、と言っても。エイトくんの料理に比べれば、とても食べられたものでは……」

「いいえ、それも違うんです……そんなコトはないんです。……いただきます！」

「へ？　あ、ちょ……え、エイトくん⁉」

瞬間、エイトは手に取った小さな球体を——元は林檎で、飴玉ほどのサイズでありながら重量は変わらない、深く考えれば空恐ろしくもなる、その圧縮された物質を。

——自らの口の中に、放り込んでみせた——！

「んぐっ。……ん、ん？　……こ、これは……」

「え、エイトくん？　無理しなくて良いのだよ。そんなもの、吐き出して……」

「……お、おいしいですね？　食感とか、不思議な感じですけど……」

「…………………えっ？」

「何というか林檎そのままの、自然な味が……ぎゅっ、と濃縮されてる感じで。林檎の甘味や酸味も強まって、飴なんかとも違う味わいで……本当に、おべっかとかでなく」

球体と化した林檎を、口に入れて味わいながら、エイトはきっぱりと言い切る。

「本当に、おいしいです——お師匠さまの、料理」

「‼　……そ、ですか。そ、おで…………っ、〜〜〜〜っ」

エイトの言葉に、レイミアは微《かす》かな返事をしつつ——赤らんだ頰に両手を添え、熱を冷ますように頭を振る。そんな彼女の様子に戸惑いながらも、エイトは言葉を続けた。

「だから、ええと……俺の料理も、食べてくれると嬉しいです。お礼やお返し、っていうワケじゃないんですけど」

「う、うんっ……もちろんだぞっ。エイトくんも私に、教えてくれた……食事とは、無意味な工程などではないのだと。いや、弟子が作ってくれたからこそ、弟子に作ってあげるからこそ、か……ああ、本当に、おいしいよ……今日は、なんて幸せな日なのだっ」

「そ、そこまで言われると、恥ずかしいですけど……嬉しいです。俺もお師匠さまの料理、嬉しかったですし、その……ありがとうございました。で、では、ごゆっくり！」

あまりにも手放しに喜ばれ、照れ隠しにそそくさと厨房《ちゅうぼう》を出たエイトだが——さて、これからどうすべきか。

「……うーん、とりあえず例の部屋の掃除を進めるか……まだ全然、進んでないけど」

幸せそうなレイミアの食事を邪魔するのも憚《はばか》られるし、黙って——と、エイトが廊下を歩きながら、ぽつり、一言。

「せっかく、お師匠さまが――料理を通して、究極のお手本を見せてくれたんだから」

そんなことを呟いて、弟子専用トレーニングルームと化した部屋へと赴いた。

■■■

「…………」

《大魔法使い》の部屋の、その隣室で、レイミアは今、絶句していた。

部屋の掃除が、終わっているのだ――だからどうした、と言われそうだが、そんな簡単な話ではない。この部屋の物質には、〝重力百倍〟の魔法が作動しているのだから。

だが、現実に掃除は終わっている。最後の拭き掃除を終え、手の甲で額を拭うエイトに、師・レイミアは震え声で尋ねた。

「あ、あの、エイトくん……掃除、終わったのかい？　……えっ、百倍の重量の物質を？　まだ《魔法》も覚えていないのに、本当に魔力操作だけで？」

「あ、お師匠さま……は、はい、まあ。今となっては手を使うより、魔力操作の方が重い物でも持てるようになりましたから……あ、あの、何だかまた顔色が……」

「……い、いや、しかし！　少し前まで、本一冊を動かすのにも難儀していたのに……どうして急に、こんなにも一気に掃除……もとい修行が進んだんだい……!?」

「えっ？　それは、だって……お師匠さまが、コツを教えてくれたんですよね？」

「ふ、ふむ？　私が……コツを？」

レイミアが戸惑い気味に呟くと、エイトは頷《うなず》きながら説明した。

「お師匠さまの指導通り、日常生活のほとんどを魔力操作でこなして……細かな操作を身に着けたおかげで、ようやく俺は、目に見えないはずの魔力にイメージを持てました」

「イメージ？　……魔力というのは、細い糸によく例えられるが……そういう？」

「さ、さすがお師匠さま、その通りです！　そしてさっきのお師匠さまの料理修行……林檎《りんご》を圧縮するコト、細かに分解するコト……魔力操作の一点集中の極みを、実践して見せてもらえて……最大のコツを摑《つか》んだんです！」

「お、おぉ……よくぞ学びました、褒めてあげましょう？（まあ私には簡単な技法だが……見ただけで理解できたなんて、世界中にそんな魔法使い、他にいるのかな？）」

「あ、ありがとうございます！　それで俺の場合、魔力の細い糸を一点集中で重ねて、紡《つむ》ぎ合わせて……一本の太い縄を作るようにイメージして、物質を動かせるよう魔力を操作したんです。それでようやく、何とか百倍の重量の物でも……この通りに」

言いつつエイトが、確かに〝重力百倍〟の《魔法》が作用している椅子を、魔力操作のみで浮かせる。これで《魔法》の初心者なりに、魔力操作の技術が身に着いた——

——などというレベルは、彼方《かなた》遠くに過ぎ去っている。百倍の重量だ。《魔法》の知識に疎《うと》いエイトは〝太い縄〟と例えたが、この修行を成し遂げるならば、その魔力操作技術は〝鋼鉄の鎖〟の域——世界でも唯一無二のレベルである。

（っ。我が弟子が……まさか、こんなにも早く、この修行を達成するとは……この成長が意味することは、つまり……つまりッ——）

エイトの秘めた怪物性——それを発露させた師・レイミアが、冷たい汗をかく。いかに《大魔法使い》といえど、この異常とも呼べる才能には、恐ろしさを感じて——！

（——この部屋がエイトくんの物になって、もう私の部屋で眠らなくなるということではないか！　ううう、やだやだ、〝弟子まくら〟できないの、やだあ！　もっと難しい修行にすれば良かった……私なら一日で終わらせそうなこの程度の修行にしなければ、もう一か月くらい一緒に寝られたかもしれないのに！　やはり修行が簡単すぎたのか～⁉）

……まあ《大魔法使い》の基準も壊れているし、問題視する部分もおかしいが。

ただ、師匠想《おも》いの弟子・エイトは——彼女を安堵《あんど》させるべく、はっきりと言った。

「とにかく、これで——この部屋は、俺に使わせてもらえるんですよね？　今まで、本当にすいませんでした……これからはお師匠さまも、ゆっくり一人で眠——」

「————ぐふっ」

「お、お師匠さまーっ⁉　どうしたんですか、なぜ急に膝をついて⁉」

「い、いや、何でも……何でもないさ。ただちょっと……吐血して永遠の眠りにつきそうなほど驚いただけで……」

「何でもなくないですね、それ！　あ、あの、本当に大丈夫ですか？」

「も……もちろんだとも。そ、それでだ、我が弟子よ！　……その……」

膝をついていたレイミアが、ゆっくりと立ち上がり——師の話を、不安そうに待っていたエイトを暫《しば》し見つめた後、紡いだ言葉は。

「……よくやったぞ！　さすが我が弟子、私の下へ来た当初とは比べ物にならないほど、魔力の質も操作能力も向上している……素晴らしい成長だ！」

「……！　ほ、本当ですか？　よかった……俺、自分で言うのも恥ずかしいですけど、その……ちょっと焦《あせ》ってるかな、って思うくらい、頑張りましたからっ……」

「はい……私もそう思います……」

「お師匠さま⁉　また何だか元気がなくなってますよ⁉　お……お師匠さま？」

言い終えたレイミアが、ふらり、出入り口へと歩み寄る。ゆっくりと扉を開きながら、紡ぐ言葉は、やけに力なくて。

「……約束通り、この部屋はエイトくんの物だ。これからは、自由に使って良いからね」

「あっ……ありがとうございます！」

「うん。……本当に、よく頑張ったね……おめでとう。……っ！」

去り際、レイミアが見せた微笑には、師としての慈《いつく》しみと――けれど儚《はかな》さと、切なさと、哀愁が入り混ざった、複雑なものだった。なぜなのかは全く分からないが。

とにかく、エイトはこれで、ようやく念願の一人部屋を授かったのだ――つまり。

「……これで、今日から……一人で、ゆっくりと眠れる……眠れるんだっ……！」

〝精神統一の修行〟の夜――修行とはいえ、確かに鍛えられていたとはいえ、眠るのにひたすら難儀していた不眠の日々から、とうとう解放される日が来たのである。

■■■

その晩、ようやく手に入れた自室で、エイトは寝台に横たわっていた。

弟子入りしてからは、初めての一人寝だ。そう考えると、お師匠さまの温《ぬく》もりがないことを、ちょっぴり寂しく感じるかな、なんて――

――そんなことを思える余地など、エイトには与えられなかった。

「ふあぁ……我が弟子は、やっぱりあったかいなぁ……たまらんぞ。ふー」

「…………………」

〝弟子まくら〟、続行ッ――続行、続行であるッ――！

ドウシテ……と虚《うつ》ろな目で天井を眺めるエイトが、そのまま疑問を尋ねる、が。

「……あの、お師匠さま、なぜ……だって、部屋は、自分で……もう……」

「〝精神統一の修行〟――などと、今さら言うつもりはない。もちろんそれもあるが……エイトくん、私はな……知ってしまったのだよ」

「アッハイ。……ええと、一体、何を……？」

エイトを抱き枕にする、至近距離のレイミアの目は、真剣そのものだ。有無を言わせぬ……というか言っても無駄そうな雰囲気で、彼女が語るのは。

「私は、世界に遍《あまね》く総《すべ》ての《魔法》を識《し》っていると……そう自負していた。だがな、《魔法》というのは時として、思いがけぬ視点を得ることで生まれるケースもある。そして、今まで人と接さぬ暮らしを続けてきた私が……エイトくん、キミと出会った」

「ハイ……ソウデスネ……」

「故に、《大魔法使い》は知る……我にも、まだ知らぬ《魔法》があったのだ、と。そして今……その《魔法》の力を、存分に味わっているところなのだっ……」

「ソウ……エット、ソレッテ……？」

《大魔法使い》も知らなかった《魔法》――それをレイミアは、堂々と口にした――！

「一度知ったら、忘れられない……〝人肌の魔法〟とは、恐ろしいものだなぁ……！」

「…………」

「というわけで、引き続きよろしく頼むな、弟子よっ。むにゃむにゃ……んふー……あったかいぞ、弟～子～ぃ……すやすや」

「……………………」

ぎゅうぎゅうと、離してくれない師匠が、すやすやと、甘い寝言と寝息を漏らす。

結局、眠るのに難儀しそうな夜を過ごす羽目になる――その事実に、エイトは。

（こ、これが《大魔法使い》の……過酷な、修行。さすがです、お師匠さま……大丈夫、俺はまだ、頑張れます……けど、今日だけは……ガクリ）

師・レイミアの胸の中で、限界を迎えたエイトは意識を失った。

そう、これは恐るべき《大魔法使い》のお師匠さまとの修行の日々。安寧を求めるなど、そのような甘さは許されないのだ。許されないのです。いや本当に。

今は（結果的に）安らかに眠るエイトだが、その道は険しく、果てしなく。

精神を鋼鉄に鍛え上げてなお——過酷なる、過酷なる修行の日々は、続く——！

《episode：3》

「──もっと集中せよ、弟子！　精神が弛《たる》んでいる、情けないぞッ！　そんなことで、我が《魔法》の末端の一つとて、習得できると思うのか⁉」

早朝、屋敷《やしき》の庭先に響くのは、《大魔法使い》レイミアの叱咤《しった》──

エイトが自室を得て数日後、師匠は弟子に、今までと比べれば本格的な修行をつけ始めていた。それは今、彼女が口にした通り、〝魔法の習得〟を目指してのことだが。

「っ……す、すいません、お師匠さま。また、上手《うま》くできなくて……」

エイトが会得《えとく》しようとしているのは、師匠曰《いわ》く〝シンプルな攻撃魔法〟とのこと──だが、彼女が〝簡単だ〟と言うことが、エイトには一度も成功できていない。

己の不甲斐《ふがい》なさにエイトが歯噛《はが》みしていると、レイミアが見せた反応は。

「……ふん。謝る暇があるのなら、少しでも反復することだ。出来ぬなら、出来るまでやる。今教えている《魔法》と同じで、ごくシンプルなことだろうに」

ふん、とそっぽを向くレイミアは、ともすれば冷淡にも映る。

だがエイトは、これこそが《大魔法使い》にして師匠たる者の姿なのだ、と感服している。《魔法》に対して妥協しない、そんな彼女に、エイトも応えようと懸命だ。

「は……はいっ！　何度でも、頑張りますっ……諦めたりなんて、しませんっ！」

疲弊していようと、懸命に立ち上がる――そんな弟子に、腕組みしていたレイミアは。

「…………ふーっ」

溜《た》め息を吐《つ》きながら目を瞑《つぶ》り、天を仰ぐ姿は、〝当たり前だ〟と言わんばかり――

――ではなく、その内心はというと。

（……一生懸命頑張る弟子、かわいすぎかよぅ……！）

……詰まるところは、だ。厳しい指導も、冷淡に映る態度も、全て。

ただただ〝弟子かわゆさ〟を抑えるために――本人なりに必死なだけなのだ――！

（もうっ、もうっ……何でそんなに頑張り屋さんなのだ……そんな懸命な姿を見せられると、思わず甘やかしたくなるではないか……でもでもそんなの弟子のためにならないし、ふざけていると思われたくないしぃ……ああもおっ、どうすればいいのだぁ……！）

（ウッ……お師匠さまが目を閉じたまま、腕組みした二の腕を人差し指で、トントン叩《たた》いて……俺の不甲斐なさに、明らかに苛立《いらだ》ってる……は、早く成功させないと……ッ！）

焦ったエイトが、乱れた精神で放とうとした、未完成の《魔法》は。

「集中だ、とにかく集中して……っ、く……う、ぐ、う——ッ！」

突き出した両手の中心で、バチバチと魔力が弾《はじ》けるような音を立てて——直後。

「ッ——う、わあっ！」

暴発するように、バンッ、と弾け——その衝撃で、エイトは吹き飛び尻餅をつく。

当然、失敗だ。青ざめるエイトに、この結果を見たレイミアは。

「……は——っ……」

（か……完全に、呆《あき》れてる……当然、だよな……うう）

ふるふると、自らの不甲斐なさに、エイトは震えるばかりだ。

一方、師・レイミアは、眉間を指先で摘《つ》まみ、小さく首を振っている。弟子の無様さに、もはや頭痛を覚えるしかない……という訳でもなく。

（失敗しても……なお愛《いと》おしい……！　むしろ、その申し訳なさそうな顔など、庇護《ひご》欲さえ生じるッ……おのれ、おのれえっ、我が弟子は……私をどうしたいのだぁ〜っ！）

（ウウッ……お師匠さまが両手で頭を抱えながら、激しいヘッドバンキングをっ……俺のあまりの至らなさに、もはや頭を抱えるしかない、ってコトなのか……!?）

師の美しい長髪を、縦横無尽に大暴れさせてしまっていることに、エイトが申し訳なさを覚えるも――キッ、と鋭い眼光を湛《たた》えたレイミアが、不意に歩み出て。

「……ええいっ！　このままでは私が（弟子かわゆさのせいで）どうにかなってしまいそうだっ……一度だけ、手本を見せてやろう。少し下がっていなさい！」

「お、お師匠さま、（弟子の不甲斐なさのせいで）すみません……お願いします！」

エイトが身を引くと同時に、耐えかねた師・レイミアが、両手を広げ――その身を輝かせながら、膨大な魔力を行使して展開し始めた《魔法》は。

「――《二の叡智《えいち》・時》。〝時の隔絶〟により、これより数秒、我々の行動は、我々以外には認識できないものとする――」

レイミアの言葉通り、周囲の時が制止し、舞い落ちる葉も、空をゆく鳥も、微動だにしなくなる。光景までも鈍色《にび》に染まる中、エイトは困り声を漏らした。

「……えっ⁉　《叡智》って……〝シンプルな攻撃魔法〟に、必要なんですか……⁉」

「いや、私が派手に魔法を使うと《七賢》に気取《けど》られる可能性が高いからね。まあ隠蔽の手段は〝時〟だけではないけれど、これが手っ取り早いからさ」

「あ、ああ……なるほど……（〝シンプルな攻撃魔法〟を使うより、もはや前工程の方が大変な気がする……）」

師にそれほどの手を煩わせていることが、尚更《なおさら》申し訳なくなるエイトだが――勝負は時間停止している間の数秒だけだ。

今からレイミアが放つのは、弟子が初めて習得すべき〝シンプルな攻撃魔法〟――彼女が言う分には簡単そうだが、空へと手の平を向けた、直後。


「――〝滅びよ〟！」

「っ。……う、うわッ――⁉」


《大魔法使い》の物騒な言葉と共に、周囲へと衝撃波が起こり、その美しく白い手の平から放たれた一撃は――天へ、天へと、星に届きそうなほど伸びていき。

太さは、まるで塔ほどもある――桁違いの、魔力による破壊エネルギーだった。

恐るべき威力の《魔法》を放った本人は、さすがに疲れたのか、深く息を吐き――

（ふ――っ……今のでちょっとはガス抜きできたな。これで、クールで厳しく尊厳溢《あふ》れて弟子に尊敬されそして愛される師匠の体面を保てよう。あのままでは、ついつい弟子を甘やかしちゃって、威厳を保てなくなっていたからな……！）

……特に疲れはないようだが、とにかく〝手本〟が終わった今、世界は元の色へと戻り、時間も動き出している。何が起きたのかさえ認識していない鳥もあれば、勘が良いのか逃げ出す個体もあったが。

　さて、師の手本を目《ま》の当たりにした弟子が、目を白黒させながら問いかけるのは。

「……あ、あの。今のとんでもない魔法が、本当に〝シンプルな攻撃魔法〟なんですか？　何か〝滅びよ〟とか、物騒なコトも言ってましたけど……」

「うん？　そうだよ。〝シンプルに魔力を破壊エネルギーに変換して放つ〟《魔法》だからね。掛け声は……私がこの《魔法》を生み出した時、そんなことを叫びながらだったから、何となくそのまんま、ね。……ああ、別に言葉は、真似《まね》しないでいいよ」

　一体どんな状況で放ったのだろう、と遠い目をするエイトだが――生来の真面目さゆえに、改めて修行に取り組む。……とはいえ。

「魔力を、破壊エネルギーに……う、うわっ⁉　っ……やっぱり、出来ない……っ」

　再三に渡り、魔力を暴発させるも――一向に成功せず、気落ちするばかりだった。

■■■

〝シンプルな攻撃魔法〟の会得を目指し、連日、厳しい修行に明け暮れていた師弟――だが、就寝時は〝弟子まくら〟……もとい〝精神統一の修行〟なのは、相変わらずだ。
『《魔法》の道は一日にして成らず、これ毎日修行なのです』とは師匠の弁である——が、
その夜は、少し様子が違った。
「んふぅ……寒いぞ、我が弟子ぃ……もっとこっちへ来なさ……へっ？」
寝返りと共に手繰り寄せようと伸ばしたレイミアの腕が、空《くう》を摑《つか》む。寝惚《ねぼ》け眼《まなこ》を擦り、
弟子の姿が見当たらないことを確認し、レイミアが身を起こすと。
「……トイレかな？　ふふっ、生理現象だものな、仕方ないな。ふふっ。…………」
ベッドの端に腰かけ、ふう、と息を吐く彼女が、組んだ両手に額をつけて思うのは。
（……まさか厳しい修行に嫌気がさして、出て行っちゃったのでは……？）
ぶわ、と冷や汗が出るのを感じながら、《大魔法使い》はおろおろと身じろぎする。
（えっ、うそ……うそ？　終わり？　これで、終わり？　もう弟子と会えない？　うそ、
うそだ……だってそんな感じ、エイトくんからは全然……いやでも、出て行ったとして、
こんな深夜に山を下りようと⁉　しかもエイトくんは、ここがどこの山なのかも、まだ分
かっていないはず……そんな、そんなの危険すぎる！　早く探しに……あれっ？）
顔面蒼白《がんめんそうはく》になったレイミアが、文字通り窓から飛び出しかけると——最近はもっぱら修
行の場所となっている屋敷の庭先に、弟子・エイトの姿を見つけた……直後。

「ッ、〝空間転移《テレポート》〟――！」

一瞬にして、エイトの姿を隠れ見ることが可能な壁際《かべぎわ》に、レイミアが転移する。焦《あせ》っていたのは分かるが、《叡智》まで使うのは大げさすぎではないだろうか。

さて、弟子が出て行った訳ではないと分かると、レイミアは大きく溜め息を吐き。

（ふん……師にちょっぴり心配をかけるとは、呆れたものだ。呆れすぎて、弟子の位置を把握できるマーキング魔法を施していたのを、すっかり忘れていたほどだぞ。全く……しかも夜更《よふ》かしまでして、まさか遊んでいるのでは――）

小さく顔だけ出したレイミアが、聞き耳を立てながら、弟子の様子を観察する、と。

「――くっ！　……ダメだ、やっぱり……上手くできない……はあ、はあ……っ」

（……なに？）

「こんな〝シンプルな攻撃魔法〟に手こずってるようじゃ、全然ダメだ……もっと、もっと……必死にならないとっ……ふんっ！」

どうやらエイトは、こんな時間にまで、《魔法》の修行をしているらしい。

出していた顔を引っ込めたレイミアは、壁に背を預け、腕組みして嘆息する。

（………。はあ、全く。弟子め……闇雲に突っ走れば良い、という訳ではなかろう？　十分な休息をとり、体を休めるのとて、修行の一部だというのに。それなのに……休息時間にまで、修行に励もうとは……全く、全くっ……！）

ぎり、と歯噛《はが》みしたレイミアが、顔を両手で覆い、天を仰いで思うのは。

（向上心の塊――――ッ！　ウチのッ、お弟子さんはッ、向上心の塊ですよ――――ッ！　んもう～～っ、師匠ポイント、プラス1億点～～～～ッ‼）

隠れているのも忘れ、じたばたと身じろぎするレイミアに、当然エイトは。

「⁉　誰かそこにいるのか⁉」

「……にゃ、にゃぁ～～ん」

「なんだ、にゃんこか……」

（猫をにゃんこって言っちゃうタイプ――――ッ！）

大丈夫。全くバレていない。

すぐに気を取り直したエイトが、失敗を繰り返しながらも、改めて修行に集中した。

「っ。……また、失敗……けど、まだ……俺は、もっと……がんばって……」

（も～っ、弟子ってば、なんという不屈の精神っ。愛《う》いばかりでなく、勇ましい男らしさも兼ね備えているとは……何だか、ああ何だか、胸の中心が、キュンとしちゃうぞ……ああ～、もうっ、こうしてずっと、頑張る弟子を眺めていたい――）

「きっと、もう少しで……お師匠さまに、見せられる、はず……あ、う。…………」

（んっ？　……我が弟子？　あ、あれ？　我が弟子が倒れて、動かなく……え？）

横向きに倒れたまま、起き上がらず、ぴくりとも動かないエイトに――物陰に隠れていたレイミアは、焦燥のままに飛び出して。

「――エイトくんっ⁉　エイトくん、どうした⁉　しっかりするんだ！」

「………あ、れ。お師匠さま……？　あ、俺、寝ちゃっ、て……すみません、すぐ、起きます、から。…………」

「っ、また気を失って……いや、これは……魔力の欠乏？　っ、ば、馬鹿か……馬鹿か、私はっ！　我が弟子がこんなになるまで、どうして気づかず……～～ッ！」

これは、ただのオーバーワークとは勝手が違う。膨大な魔力を消費し続けた、その代償だ。成否は関係ない。幾度もの暴発を経て、ついに限界が来た――むしろここまで修行を続けられたエイトが、鋼鉄にまで鍛えた彼の魔力と精神力が、規格外だとも言える。

けれど今は、その規格外の伸びしろが仇《あだ》となった――限界まで消費された魔力は、自然回復では補えないほど大量で、栓が抜けたように生命力が流れ出てしまっている。

このままでは、エイトの生命も長くはない――それを理解した師・レイミアは。

「……させるものか。我が弟子を……エイトくんを。終わりになど……決して、させるものか。私は必ず、キミを救うぞ……エイトくん……！」

息も絶え絶えで力ない、そんなエイトの肩を抱き、彼女は眼光を鋭く輝かせた。

■■■

「……う、ん？　あたた、かい……ここは……」

微睡《まどろ》むようにぼんやりと、エイトが意識を覚醒させると——初めに感じたのは、湯船に揺蕩《たゆた》うような感覚と、包み込まれるような温《ぬく》もり。

そして後頭部の、柔らかな感触と——顔の上から、聞こえてきた声は。

「……目が覚めたかい、エイトくん。体の調子は……どうかな？」

「え？　この話し方……お師匠さま？　でも、何だか声が……——ッ!?」

一気に覚醒したエイトは、理解した——今この瞬間、自身が膝枕されているという事実に。けれど慌てて飛び起きたエイトの目に映ったのは、見覚えのない姿で。

「お師匠さま……に似てる、けど……違う!?　あ、アナタは一体、誰で……」

見知らぬ岩場の縁に腰かけていたのは、銀髪ではなく、長い黒髪の女性——顔つきには、師・レイミアの面影がある。が、いつも以上に大人びて、艶を纏《まと》った妖《あや》しい雰囲気だ。

けれどそんな謎の女性は、どこか憂いを帯びた表情で、エイトへと語り掛ける。

「私は……レイミアだよ。間違いなく、キミのお師匠さまである、《大魔法使い》レイミアだ。ほら、感じてごらん……私の魔力を、キミは知っているだろう?」

「え? ………。っ、本当だ……本当にお師匠さまなんですね。でも、姿が……?」

「ん……少し魔力を解放し、変質させたせいで、一時的に姿が変わってしまってね。……色々と大きくなっているように見えて、見苦しいと思うかもしれないけれど……」

見苦しい姿、と――今の彼女を見て壮語できる者が、世界に存在するだろうか。岩場に腰かける姿は、まるで女神か、完成された芸術品のように美しい。

色々と大きくなっている、というのもその通り。特に、元々大きかった胸元は更に強調されている。いつもの彼女が〝少し年上のお姉さん〟なら、今は〝妙齢のお姉様〟とでもいうべきだろうか。

そんなレイミアが身に纏っていたのは、湯着――それでようやく気付いたのは、エイト自身も男性用の湯着を穿《は》き、今も湯に浸《つ》かっているという事実。レイミアの、長いというには長すぎる黒髪も、烏《からす》の濡《ぬ》れ羽《ば》のようにしっとりと、岩場に伸びて広がっている。

……それにしても彼女は、身に着けているのは湯着一枚だけなのだろうか、水気のためにピタリと素肌に張り付き、いかにも危うく、扇情的すぎる雰囲気だ。

生真面目さに定評のあるエイトといえど、呆然《ぼうぜん》としていることもあり、つい見つめてしまう——と、その人間離れした美貌の中に、不意に朱色が差し込んで。

「……そ、そんな黙って見つめるほど、変かい？　うう……さすがに恥ずかしい、よ」

「……えっ⁉　そ、そんな、変だなんてコトありません、凄《すご》く美人で……あっ、いつもの姿だってもちろん綺麗《きれい》だと……って違う！　いえ違わないですけど、そのっ⁉」

「えっ、美人？　いつもの姿も、綺麗？　そ……そう思ってくれている、のかい？」

「あ、う……す、すみません、こっちこそ変なコト言って……～～っ」

慌てて目を逸《そ》らしたエイトが、視線の先の、自身が浸かっている湯に注目する。そうするとエイトも、徐々に事態を把握してきた——目を覚ます直前の、最後の記憶も。

「俺、無理をしすぎて、気絶してたんですね……すみません、ご迷惑をおかけして。それで、温泉に……湯治に連れてきてくれた、とかですか？　その、何から何まで——」

「ん？　違うよ。湯治は間違いないけれど、ここは温泉ではない。強いて言うなら——〝生命の根源湯〟かな？」

「すみません圧倒的初耳なんですけど。生命の……根源？　湯？　あの、ビックリするほど聞き慣れないんですけど……それって、何なんですか？」

エイトの尤《もっと》もすぎる疑問に、レイミアは少し考えながら説明を始めた。

「此処《ここ》は〝見えざる星〟の中心に程近い……あー、分かりやすく言うと、地中の奥深くにある場所だ。〝生命力を湛《たた》えた魔力〟が溢《あふ》れ出し、ちょうどキミの言う温泉のように溜《た》まっている所でね。触れるだけで致命傷をも癒《いや》し、千年の疲労をも瞬時に回復する場所……まあ魔力濃度が高すぎて、普通なら触れれば即座に意識が飛ぶほどだけれど」

「そんな恐ろしそうな場所で湯治を⁉　軽く気を失ったくらいで危険すぎでは――」

「そんなことはない。逆に言えば……こんな場所でもないと回復させられないほど、キミは消耗していたのだ。……ああ、安心していいよ。私が《魔法》で変質させているから、この湯に危険はない。おかげで私も、この姿にならなければいけなかったけれどね……およそ百年ぶり、かな。まあその頃の記憶は曖昧で、私もよく覚えていないのだけど」

「ひゃ。……百年⁉　そ、そんな規模の話なんですか⁉　というか……う、う〜ん？」

色々と処理が追い付かず、エイトは――〝女性に歳《とし》を聞くのは失礼だろうか〟などと、ちょっぴりズレたことを考えていたようだ、が。

師・レイミアは――神妙な声色で、弟子に語り掛けていた。

「……すまなかった、我が弟子よ。私は……目が曇っていたようだ」

「えっ？　お……お師匠さま？」

目を逸らしていたエイトが、レイミアの顔へ視線を戻すと、そこには珍しく気落ちした様子の師の表情があった。

「懸命に修行に励む我が弟子を、ずっと見ていたくて……エイトくんの消耗に気付けなかったのは、師である私の落ち度だ。キミに無理をさせすぎた結果、体力も魔力も、生命が危ぶまれるほどに尽きさせてしまった。……本当に、すまない」

「お師匠さま。……あの、お師匠さま」

「だから……少しだけ休養しよう。もちろん私が、付きっ切りで癒してあげる。普通はどの程度の期間が必要なのか、良く知らないが……そうだな、まずは軽く百年ほど――」

「――お師匠さま！　聞いてください！」

「む？　……きゃっ⁉」

とんでもない長期休養を提示されそうになったが、それはともかく――エイトはレイミアに急接近し、彼女の両手を取った。

これまた珍しく、慌てた顔をする師へと、弟子はその手を放さず、力強く言い切る。

「倒れてしまった俺が言っても、説得力ないかもしれません……けど、休養はしません。やっとコツを、摑《つか》めてきたのに……ここで中断したら、それこそもったいないです。もう少しで、できるはずなんです。そうして……この修行を、やり遂げて――」

「え、エイトくん……い、いや、ダメだ！　キミがまた倒れでもしたら、私は――」

「お師匠さまは、間違ってなんていなかったって――俺が、証明してみせます！」

「――――！」

エイトの言葉に、はっ、と目を見開くレイミア。

……だがそこでエイトは、互いに湯着一枚という薄着で手を握り合っている、そんな大胆な行為に及んでいたことに気づき、手を放そうとする――が。

「す、すみません、お師匠さま！　失礼しま……えっ⁉　あ、あれ……」

「――手を、放さないで。そのまま……私の言葉通り、集中しなさい」

師たる厳粛な言葉でありながら、慈《いつく》しみを感じる穏やかな声音。正面から手を繋《つな》ぎ合い、歌うような涼やかな調子で、導いてくる美声は。

「イメージしなさい――自らの内に巡る魔力を引き寄せて、一所に溜めて。溜めた魔力を崩さないよう、鍛造するように固めて。完成したものを、解き放つのです」

「……溜めて、固めて……放つ」

「感覚的に、で構いません。《魔法》の実現は理屈より、感覚的な理解が重要です。グッと溜めて、ギュッと固めて……ドーンッ、と放つ。……そんなもので、良いのです」

本当に、感覚的な言い分だ。が、難しく考えすぎていた自覚のあるエイトには……そう、〝そんなもので、良いのです〟、ということかもしれない。

エイトが師の教えを、心の中で反芻《はんすう》していると――繋いでいた、しなやかで柔らかいレイミアの手に、きゅっ、と小さく力が籠められ。

「……見せてくれ、エイトくん。師が、間違っていなかったのだ、ということを。《大魔法使い》の《魔法》を……我が弟子が使うところを、見せてくれ」

願うような師の言葉に、エイトが――きゅっ、と手に力を入れ返し、返事にすると。

《大魔法使い》のお師匠さま、レイミアは――ふわり、柔らかな微笑を浮かべた。

■■■

湯治（?）から戻る頃には、レイミアはいつもの姿に戻っていた。黒髪の美女の姿も美麗だが、銀の髪を靡《なび》かせる師の横顔に、〝いつものお師匠さまだって、凄く……〟――なんてことをエイトが考えかけるも、〝不敬だ〟と頭を振り。自らを生真面目に戒める。

だが、この日のエイトは雰囲気が違った――余分な情報を完全にシャットアウトし、立ち姿は泰然として、確固たる集中力と意志が、目で見ても分かるようだ。

「…………」

「…………」

弟子だけでなく、師もまた、感じ取っているのだろう。レイミアは何も言わず、ただ、弟子の動向を見守り――そして、ついに。

「――いきます」

エイトが、動き出した。両手を天へ向け、斜めに構え、集中。

すう、と深く息を吸い、覚悟を決めて、準備完了――〝魔力操作〟、開始。

体内に巡る魔力を、見えざる手で引き寄せるようにして――グッ、と溜めて。

溜めた魔力を両手の内側で、精神の槌《つち》で鍛造するように――ギュッ、と固める。

固めた魔力を、両手の先にセットすると——魔力は光る糸と化し、無軌道な線を描く。

「……ふうっ……」

集中を——一たび途切れさせれば、解けるように霧散してしまいそうな、集積・凝縮した魔力を。繊細に、丁寧に、紡《つむ》ぎ合わせた魔力の澱《おり》を。

「い」

ひときわ強く、両手の先で渦巻く魔力と化した、その刹那を見逃さず——

「——っけぇぇぇぇぇぇっ‼」

一発、ド派手に——ドーンッと、ぶっ放した——！

——空へと、一筋の閃光《せんこう》が、昇っていく。それは、かつて《大魔法使い》が〝手本〟として放った一撃と比べても、遜色ないほどの威力で、天空を貫いた。

そう、つまりエイトは——

「……でき、た。やった……やった！」

確かに、今——エイトは〝シンプルな攻撃魔法〟を、完全に会得《えとく》してみせたのだ。

思わず彼は、率直な心境を隠せず、弾んだ調子で師匠の方を振り返る。

「やりました、お師匠さま！　見てくれましたか、お師匠さっ――っむぁ⁉」

「――エイトく――んっ！」

が、それ以上に感情を爆発させていたのは、師たるレイミアその人。振り返ったエイトの顔面に、滑空する勢いで抱き着き、文字通り全身で弟子を愛《め》でる。

「すごい、すごいぞっ！　本当に成し遂げてしまうとはっ……キミは、本当に良くやった！　やっぱりエイトくんは、大天才だっ！　ああっ、ああっ、もう、もうっ……」

「む、ぐ、むっ……ぷはっ⁉　ちょ、お師匠さま、落ち着いて……お師匠さまー⁉」

全身を使って喜びを表現するレイミアに、〝シンプルな攻撃魔法〟を会得したエイトは、慌てふためく……が、ここで一つ、補足すべきことがある。

〝攻撃魔法〟とは――基本的に、〝炎〟〝氷〟〝雷〟など、〝想像しやすいイメージを具象化する〟ことをベースにして考えられるのが普通。

しかしレイミアが言い、エイトに教えた〝破壊する〟〝破壊エネルギー〟の概念は――イメージや理屈など関係なく、どんなものでも〝ただ破壊する〟概念に特化した性能なのだ。

そのような極技を可能とする者など、世界に一人しかいなかった。つまり、この〝シンプルな攻撃魔法〟を成し得る存在は、《大魔法使い》レイミアと――今しがた会得を成し遂げてみせた、弟子・エイト、ただ二人のみである。

はっきり言って《七つの叡智《えいち》》にも匹敵する――というか《七賢》にも使えない最高難度の魔法。全ての魔法を簡単に行使し得る世界一の《大魔法使い》ゆえに、そして弟子かわゆさに目が曇っているゆえに、レイミアはその難度に気付いてさえいなかったが。

とはいえ、そんな大魔法の習得を初手に据えてしまったのは、明らかに師の采配ミスで
……いや、それは、違う。弟子は、エイトは、確かに証明してみせたのだ。

『お師匠さまは、間違ってなんていなかったって――俺が、証明してみせます！』

エイトの会得した魔法が最高難度であることなど、師弟は知る由《よし》もない。けれど、《大魔法使い》の過酷な修行を成し遂げた弟子に、師匠が心の底から思うのは、ただ一つ。

「エイトくんは――世界一の、自慢の弟子だぁ――っ」

結局そのまま、喜び冷めやらぬ師匠に、弟子は暫《しばら》く愛でられ続けたのだった。

■■■

　弟子・エイトが〝シンプルな攻撃魔法〟を会得した、その日の夕食時。実のところ、嬉《うれ》しそうに食事するレイミアの姿を見るのが、エイトの密《ひそ》かな楽しみとなっていた……が。

　それは、叶《かな》わない……もう、見ることは……出来ないのだ。……なぜならば。

「……あ、あの、お師匠さま……なぜ、隣に……というか、どうして、ほぼ密着して座ってるんですか……？　その……食べにくいんじゃないかな、と……」

　いつもは対面に座るのに、今日は真横に座っているから、見えないのだ（物理的）。

　ただ、互いの肩が触れる距離で、エイトを緊張させている、レイミア当人は。

「うん。……うん、そうだね」

　少し前までの、あの大喜びしていた様とは――打って変わって、落ち着いた様子だ。

　まるで淑女のように、嫋《たお》やかな所作。横顔のまま、時々切れ長の目がエイトの視線と交わるたび、小さく口元を緩め、微笑《ほほえ》んでくれる。

　一体なにが、どうしたのだろう――いつもと違う雰囲気の師匠に、エイトが意図を摑めずドギマギしていると、彼女はようやく明確な意思を示した。

「エイトくん。……キミは、ついに〝シンプルな攻撃魔法〟を会得したね」

「えっ？　あ……は、はい！」

話の本題——師としての言葉を受け、エイトは居住まいを正した。そんな弟子を見て、くすり、レイミアは失笑した後、改めて口を開く。

「キミは、この《大魔法使い》の過酷な修行に耐え、ついに一つの《魔法》を会得した。懸命な努力を重ね、大嫌いとまで言った《魔法》から逃げ出すことなく……《魔法》の理解を深めたのだ。それは、紛れもなく……キミの努力の結晶だよ」

「！　そ、そんなコト……それは、お師匠さまが俺に、教えてくれたおかげで……」

「謙遜することはない。いいかい、覚えておいて。エイトくん……私はね」

ゆっくりと顔を合わせたレイミアが、花咲くような笑顔と共に、述べたのは。

「私の、大切な愛弟子《まなでし》を——心の底から、誇りに思っています」

「————！」

師の言葉を受けた瞬間、エイトの瞼《まぶた》の裏が、微《かす》かに熱を帯びる。溢《あふ》れ出しそうになったものを、辛《かろ》うじて堪《こら》えながら、弟子は小さく俯《うつむ》いた。

認められた――いや、最初から、認めてくれていたのかもしれない。弟子入りした時から、彼女はずっと、見守ってくれていたのだから。

「……ありがとう、ございますっ……」

こみ上げる想《おも》いを抑えながら、エイトは辛うじて言葉を紡ぐ。

対するレイミアも、少しだけ頬を赤らめて、照れ臭そうに話を続けた。

「ふふっ……素直に思ったことを口に出す、というのも中々に勇気がいるものだな。ちょっぴり、緊張してしまったぞ。けれど、我が弟子が初めて《魔法》を会得した、記念の日だ。祝いに、とでもいうべきか……そうだな、ここは、パーッと」

「い、祝《いわ》いだなんて、大げさですよ。それにまだ、ようやく一つですし――」

「――《七賢》の一人を、ぶっ倒してもらうとするか！」

「それにまだ、ようやく一つですし！　慎重さって大事だと思うんですよね！」

無茶ぶり甚だしいレイミアに、こみ上げていた想いはどこへやら、即座に諌《いさ》めるエイト。

全くもう、と情緒を台無しにされたエイトが、真横の師匠へ抗議する。

「お師匠さまは、本当に……冗談が過ぎますよ！　まあ確かに、場は和んだ気がしますけど……でもそんな、突飛すぎる冗談は——」

「えっ。別に冗談じゃないぞ？　そのための手筈《てはず》も整っているし、準備も万端だ」

「えっ。手筈……準備？」

「ああ。とりあえずキミには、この世界でも有数にして最高峰の《魔法学院》で、トップを取ってもらうことにする。まあそれが手始めだけど、そうしたら結果的に《七賢》の一人と相まみえることになるだろうからね。頑張ろうねっ」

「あの、過程が……過程が全く分かりません。何がどう進行したら、そうなるんですか？　あとすごい簡単に言いますけど、世界最高峰の学院でトップを取るのが前提って、また難易度を誤認してませんか？　お師匠さま？」

「ふふっ、確かにちょっと、我が自慢の愛弟子には、簡単すぎるかもしれないね。まあさすがに、今日はもう遅い……だから、明日にでも出発しようね」

「えっ、早いです。……えっ」

ひたすら困惑に困惑が重なるエイト、だが——レイミアが内心で思うのは。

（……ふっ。私の目的が、《七賢》を倒すだの何だの、そんな些少《さしょう》なことであるはずなかろう……私には、もっと重大かつ崇高な、大いなる目的がある。そのためには……哀れとは思うが、《魔法学院》には生贄《いけにえ》になってもらおう。くっくっく……）

そう、彼女は単独で世界を滅ぼす力さえ持っている、恐るべき《大魔法使い》——そんな彼女が行動を起こすなら、そこには遠大にして深遠なる目的が、潜んでいるのだ。

《大魔法使い》たるレイミアが己の弟子を送り込む、その真なる目的は——！


（この世の誰より優秀で大天才で愛《う》いこと至上である我が弟子エイトくんを——

大いに自慢し、見せびらかしてやるのだ——！

平伏《ひれふ》せよ、我が弟子の素晴らしさに！　それが世界の義務なのです、ふはは——！）


「あの、お師匠さま……お師匠さま!?　話を聞いてください、いくら何でも無茶ですってば、お師匠さま——!?」

「うーむ、何だかすっごく楽しくなってきたな！　楽しみだなあ、エイトくんっ！」

「何がですか!?　一体何の思惑が、お師匠さまの中で進んでるんですか——!?」

テンションが上がりきったノリノリの師匠を、弟子・エイトが止められる訳もなく。

世界有数にして最高峰の《魔法学院》とやらへ——エイトは飛び込むことになるのだった（強制的に）。

《episode：4》

朝もまだ早いというのに、活気と喧騒《けんそう》に包まれた、華やかな大都市。

その大通りを、《大魔法使い》の弟子、エイト＝マインドは、一人歩いていた。

「……ここが、《生命の国》か。お師匠さまと一緒に引っ越した山は、《生命の国》の近くだったんだな……」

《生命の国》とは――〝七つの国〟の内の一つにして、《一の叡智・生命》を極めた《七賢》の一人が治める、大魔法国家だ。

《一の叡智・生命》の力により、豊穣《ほうじょう》が約束された大地には、当然のように人が集まった。特に王城のある中央部は、今や〝七つの国〟の中でも、一・二を争うほど人気の商業都市となっている。

そして今、エイトが歩いている場所こそが、その《生命の国》の中央部であり――彼の目的地は、まさに目の前にそびえ立っていた。

「《魔法学院セプテントリオン》……ここが、お師匠さまの言ってた学院、か」

都市のど真ん中で、自らを誇示するように存在感を放つ、《生命の国》で二番目に大きな建物であるこの学院は、国にとっての名物的存在らしい。一番大きな建物である王城が都市の奥まった場所にあることで、〝王国の盾〟の誉れを得ているのだとか。

実際に、良くできた仕組みだと、《大魔法使い》のお師匠さまも言っていた。

この学院には、《魔法》の才能がある者なら老幼の別なく、誰でも入学できるらしい。ただし卒業後は、《生命の国》所属の魔法使いとなることを義務付けられるのだとか。

つまりこの学院は、この〝魔法の時代〟において――才ある者を集め、育成し、鍛えた魔法使いをそのまま国力とする、そういうシステムを完成させている、ということ。

師・レイミアの言う通り、良く出来た仕組みだと――エイトは嫌悪《けんお》と共に吐き捨てる。

「……ふんっ。そうして育てた魔法使いには、権力を笠《かさ》に着て、横暴に振舞って他者を不幸にする奴《やつ》もいたし……国家同士の戦争では、喜んで人を害する奴もいる。人格は二の次で、才能と力を伸ばすことばかり考えて……そんな奴が増えるから、《魔法》のせいで不幸になる人が、後を絶たないんだ……っ」

エイトの住んでいた村が滅ぼされたのは、《生命の国》の所業ではなかったらしい。それはレイミアが調べてくれたことだが、それでも、割り切れない思いはある。

……とはいえエイトも、私情でこの学院に赴いている訳ではない。パンッ、と両手で顔を叩《たた》き、エイトは気合を入れ直した。

「……よしっ、切り替えた！　そうだ、俺はまだまだ、《魔法》のコトを知らなくちゃいけない……お師匠さまも、俺を送り出してくれた時、言ってたじゃないか……そうだ」

先日、エイトがレイミアから「《七賢》を倒しなさい」「学院でトップを取りなさい」と空恐ろしいことを命じられたのは――さすがに冗談である、とエイトは解釈していた。

そもそも、まだ〝シンプルな攻撃魔法〟一つしか会得《えとく》していないのだし……という以上の理由が、レイミアが贈ってくれた言葉にある。

『いいかい、エイトくん――魔法学院での生活を、楽しんできなさい。そこで得る経験は、決して無駄にはならないよ。ふふっ……キミのお師匠さまを、信じなさいっ』

その時レイミアが見せた、穏やかな微笑を――エイトは、心の底から信じることが出来た。だからこそ、《魔法》を忌避してきたエイトも、前向きな気持ちで臨めるのだ。

たとえ、師匠と離れていても——彼女と過ごしてからはまだ短い、それでも名残惜しさを感じる、師弟で暮らしたあの家を離れても。

〝魔法学院での生活を楽しんでみせるぞ〟——と生真面目すぎるほど生真面目に、握り拳を作ったエイトが、学院の門へ視線を向けると。

不意に目が合った、一人の女学生が、手を振りながら駆け寄ってきて——？

「——あ～っ、エイトくんだぁ～っ。エイトくんも今日、魔法学院に入学しにきたのっ？　うふふ、奇遇だね～っ。私のこと、覚えているかな？　昔、近所でお隣に住んでいたような気がしないでもない……幼馴染《おさななじみ》のレイミアお姉さんだよ～っ」

「アンタお師匠さまやろがい！　あっ、すいません、つい乱暴な言葉遣いを……何やってるんですかお師匠さま！　家で待ってるはずじゃ⁉」

それは見間違えようもなく、《大魔法使い》レイミアだった。ただいつもと違うのは、その装い《よそお》……《魔法学院セプテントリオン》の制服なのだろうか、とにかく女子学生の姿に転じていた。ミニスカートから覗《のぞ》く長い脚が、やけに眩《まぶ》しい。

そういえば女性に年齢を聞くのは避けていたエイトだが、《大魔法使い》という仰々しい呼称に反してレイミアの見目は若々しく、女子学生の制服でも違和感は全くない。

……ただ、とはいえ……少々、色気は過多ではないだろうか。普段の姿を知る分、何だか直視を躊躇《ためら》ってしまうエイトに、レイミアはいつもの口調で述べ始めた。

「うん。なぜ私がここに、か。無論、深い理由がある……話せば長くなるが、実はな」

（！　お師匠さまが、真剣な顔を……俺を送りだした後、何かあったのか？　まさか、《七賢》が襲撃してきたとか……？）

どうやら只事《ただごと》ではない、と雰囲気を察し、師の言葉を聞く態勢に入る弟子。

そうして、レイミアがエイトへと語った――話せば長くなる、深い理由とは。

■■■

弟子・エイトを屋敷《やしき》から送り出したのは、レイミアの《三の叡智《えいち》・空間》による〝空間《テレ》転移《ポート》〟――別々の扉を繋《つな》げる《魔法》によって、だが。

エイトを送り出して十数秒も経《た》たぬ内に、レイミアを異変が襲った。

『!?　ぐ、あっ……な、なんだ、これはっ……手の震えが、止まらないッ……膝に、力が入らない……くそっ、立って、いられなっ……息も、くっ、苦しっ……っ！』

床に手を突き、呼吸すらもままならず、異様な汗まで噴き出している。

それだけではない。レイミアが感じるのは、眩暈《めまい》、激しい動悸《どうき》、嘔吐《おうと》感、頭痛、発熱、下腹部の痛み、漠然とした不安、焦燥感、その他様々な諸症状――

この異常事態にあって、《大魔法使い》レイミアは、自身を襲う異変が一体何なのか、その答えを的確に導き出した――！

『これは、間違いなくっ……弟子が近くにいないという事実に起因する、弟子不足による禁断症状ッ！　くそっ、このままでは命にかかわる……ど、どうすれば……はっ！』

そう、彼女は世界一の《大魔法使い》――たとえ命の危機に見舞われようと、その絶対的な知計を以《もっ》て、あり得ざる道を切り開くことさえ可能な存在なのだ。

そんなレイミアが導き出した、たった一つの冴《さ》えた解決法とは――！

『そういえば〝師弟《してい》〟と〝姉弟《してい》〟って似ているな……閃《ひらめ》いた』

■■■

「――とまあ、そんな感じで今に至る、という訳さっ」

類まれなる得意顔で言い放ったレイミアに、エイトは微妙な表情を隠せない。

「そう、ですか……その、まあまあ長いようで、そこそこ短い話でしたね……」

「そんなことないぞ。端折《はしょ》ったけど私、症状を抑えるために〝一本で町一つと交換できる価値がある〟と言われている、特製の《秘薬エリクシル》を三本くらい飲んだからな。実のところ、それくらい切羽詰まっていたのだよ。弟子不足、怖いなあっ」

「俺なんかに秘薬を消費するとか、そんなワケないじゃないですか。またそんな冗談……えっ、冗談？　……はっ、まさか――⁉」

「冗談じゃないのだけどな……キミは私の自慢の愛弟子《まなでし》だけど、自己評価が低いのが欠点だぞ。……ふふっ、しかしエイトくんとの学院生活とは、ここで得る経験は本当に無駄にならないな。私にとって、になっちゃったけれど。さあエイトくん、私の言った通り、楽しもうね……って、おや？　聞いているかな、おーい？」

呼ばわってくる師・レイミアだが、気づいてしまったエイトは、それどころではない。

（そうだ、お師匠さまが俺を追いかけて来たのは……未熟な俺一人では、きっと不安だったからだ。なのに俺は、冗談まで使って気遣ってくれたお師匠さまに、再三に渡って失礼なツッコミを重ねて……何て不出来な弟子なんだ、俺はっ……！）

「むぅ……あれだぞ、エイトくんの欠点は、たまに自分の世界に引きこもっちゃうこともだぞっ。も、もうっ……ちゃんとお師匠さまの話を聞きなさ――」

「――すいません、お師匠さま！　不安にさせてしまって……俺、お師匠さまを不安にさせないよう、これからもっと頑張りますからねっ！」

「ふえっ？　あ、うん、いいよ？　ふふっ……ちゃんと私の話を聞いてくれればねっ」

何だかすれ違っている気はするが、とりあえずは丸く収まり――豪奢《ごうしゃ》な学院の門前で、改めてレイミアが、今後の方針を明確にする。

「とにかく――この学院でも、我々師弟は離れることはない！　ただし弟子の修行も兼ねているから、私はあくまで裏方に徹するぞ。キミも学院では私を〝世話焼きで幼馴染でお隣さんだったレイミアお姉さん〟と思って接するように！」

役作りの設定が、やけに手が込んでいる気はするが、エイトは了承の意を示す。

「わ、分かりました。……実のところ、本当はお師匠さまと離れて不安だったから……心強いです。よろしくお願いします、お師匠さま――」

「レイミアお姉さんだぞ」

「えっ。……あ、そうでした。ええと、じゃあ……レイミアさん、で」

「レイミアお姉さんだぞ」

「えっ。……あの、レイミアさん？」

「レイミアお姉さんだぞ」

「……れ……レイミアさ」

「レイミアお姉さんだぞ」

「…………………」

つよい。圧が、とても……とても、つよい。

一歩も引かぬ、そんなオーラが師の背後に見え、弟子の選んだ決断は――

「……れ……レイミア、お姉さん……？」

「うん、うんっ。なぁに、エイトくんっ？　お姉さんに、甘えたいのかな？　甘えたいのかな～？　いいよ～っ、レイミアお姉さんに、任せなさ～いっ」

「…………………」

エイトは、折れた――むしろ折れる以外に、選択肢はあっただろうか？

上機嫌で足取りも軽い、そんなお師匠さま――もといレイミアお姉さんを伴って、エイトは重い足取りで学院の門をくぐるのだった。

■■■

レイミアに先導され、エイトが訪れたのは、学院内の〝入学審査室〟。あらかじめ申請しておき、決まった日に訪れて審査を受けるのが慣例、とのことだが。

「――この僕を入学拒否とは、一体どういうことかね⁉」

響いてくるのは高圧的な怒声。だが対応する審査担当の女性は、まるで動じず返す。

「当然です。あなたは魔力も下の下で、習得魔法も十以下。魔法の才も理解もない。この学院は、魔法の才ある者のみを受け入れる学《まな》び舎《や》。あなたに居場所はありません」

「ぼ、僕は、由緒《ゆいしょ》正しき貴族の家系だぞっ……その僕に逆らえば、どうなるか――」

「ここは、《生命の女王《ハート》》の直轄にある学院――由緒正しく魔法の才なきお貴族様が、国と事を構える覚悟はお有りか？」

「ぐ、ぐぐうっ……く、くそぉ！　覚えていろぉ～～～！」

何だか定番の捨て台詞《ぜりふ》を残し、去っていくボンボンめいたお貴族様。

さて、今のは極端な例だとしても、入学審査は随分と厳しいらしい。しかも聞こえてきた言葉には、エイトを不安にさせる要素も十分に含まれていて。

（習得魔法も十以下……って、〝シンプルな攻撃魔法〟一つしか会得してない俺は、話にならないんじゃ……）

「――エイトくん？　次、エイトくんの番だよ？　頑張って、いってらっしゃいっ」

「……あっ、お師しょ……じゃなく、レイミアおねえ……さん。……うう、全然慣れませんね、コレ……」

何はともあれ、世話焼きお姉さんに扮《ふん》する師・レイミアに優しく背を押され、エイトが審査員の前まで歩み出る。

とはいえどうすれば良いのか、と座している女性へ、机越しに語り掛けようとしたが。

「あ、ええと。……その、入学審査を受けに――」

「……エイト＝マインド、ですね？」

「えっ？　は、はい」

「そうですか。あなたで今日、最後の審査になりますが。…………」

事務的、というか冷ややかな視線の審査員が、暫《しばら》くして発した言葉は。

「――入学を許可します。学院内に、お進みください」

「……えっ？　あの、ええと……」

「聞こえませんでしたか。入学を許可する、進みなさい、と言いました」

「あ……は、はい。……??」

何だか腑《ふ》に落ちないエイトだが、そんな彼の両肩に、幼馴染《おさななじみ》のお姉さん（を名乗るお師匠さま）が、ふわりと両手を置き。

「わぁ～っ、エイトくん、顔パスだねっ。すごい、すご～いっ！」

「えっ。あの、おししょ……お、お姉さん？」

「さっ、いこっ？　これから学院生活、楽しみだね～っ？」

エイトはレイミアに誘導されるように、学院の奥へと進む――が、その間際《まぎわ》。

「……ふん！　魔法を一つしか習得していない、成金《なりきん》のボンボンの分際でっ……」

「……えっ？」

エイトのことを言ったのだろうが――本人には、全く心当たりがない。何だったら直前に追い出された貴族とやらの方が、余程それらしいのに。

エイトが首を傾《かし》げていると、不意にレイミアの声が届く。

『……この学院が〝魔法の才ある者は受け入れる〟というのは、広く知られている周知の事実。だが実は、それ以外にも入学方法はあってだな』

（えっ、お師匠さま？　いつもの感じで……いや、これは、《魔法》？）

魔力の操作を学んだエイトには、感知できた――これはエイトにだけ届くよう、レイミアが《魔法》で声を送ってきているのだ、と。

《魔法》で返せないエイトは、理解した、と目で訴える。するとレイミアはお姉さんらしい柔らかな微笑で返し、届く声はいつもの師匠らしい声を響かせていた。

『ぶっちゃけてしまうと――大金を支払え、ってことさ。世界的に有名な《魔法学院セプテントリオン》のそんな話、聞いたこともない、と思うだろう？　それもそのはず、何せその金額が、誰にも支払えないほど法外なものだから……あえて考える者もいないほど、見せかけの制度と化していたのさ。……今日この日までは、ね』

（……な、なるほど。その法外な金額を払った、とお師匠さまが言うなら……本当に払えちゃったんだろうな。そう信じられるのが、怖いところだなぁ……）

『まあ、そんな制度云々《うんぬん》以前に……魔力量だとか、《魔法》の習得数だとか、そんな表面的な尺度でしか測れん程度の連中に、審査だの何だの行う資格もない、と思うのだがな。《魔法》の持つ可能性を、大して理解できてもいないのだから……ぶつぶつ』

何やら不満そうなレイミアだが、そういえば、とエイトは彼女に関して考える。

（お師匠さまも、入学審査って受けたはずだよな……多分、俺がここへ来るまでの間に。お師匠さまなら裏口入学なんて不要だろうし、一体どんな審査を……）

「……あ、レイミアさん。幼馴染さんのお迎え……でした、っけ？　えーと、どうぞ」

（……んっ!?　あ、あれ、何かおかしいな……）

レイミアに声をかけた女性教員の様子にも、何か違和感がある。さすがに気になってしまったエイトは、レイミアに小声で問いかけた。

「レイミアお姉さんは、ええと……入学審査って、受けたんですか？　それにしてはさっきの人、知り合いっぽかった、というか……でも、何だか違和感が……」

「ん……いや、完全に初対面だよ。入学審査、審査は、まあ……受けたのだけど、ね」

なぜか言い辛《づら》そうにしているレイミアに、〝まさか審査に落ちた？〟〝いや、どう考えてもありえない〟とエイトが思考していると――彼女が明かした真実は。

「……私の使った《魔法》は、彼らにはどうも、全く理解できなかったようで……」

「…………えっ」

「簡単にしたのだけどな……空間と空間を繋《つな》げて遠くの物質を取り出したり、次元を切り開いて異次元を見せてみたり。時を加速させて時計の針を進めたのなんて、目で分かるから確認も容易だろうに……なぜか全て《魔法》ではなく、手品のように思われて」

「…………」

「なので、もう面倒くさくなって、学院全体に暗示の《魔法》をかけました。私を見て

〝レイミアという学院生がいる〟と認識する程度のね。ああ、エイトくんに関しては暗示ナシだよ。そうしてこそ、私の愛弟子の実力を自慢できるというものだからね。ふふっ」

レイミアの話の興味は、既に弟子へと移っている、が――〝世界最高峰の魔法の学院に所属する教員達〟に、問答無用で暗示を強制する、そんな師の実力にエイトは。

（お師匠さまは、やっぱりすごい……けど、俺なんかを心配したせいで、入学に手間をかけさせたなんて……お師匠さまを安心させるために、俺はもっと頑張らないと！）

「まあ私も、エイトくんの勇姿を間近で見たいがために、わざわざ入学したところがあるけれど……ん？　エイトくん、聞いているかい？　おっと……聞いてるかしら～？」

気合を入れなおすエイトに、改めてお姉さんぶるレイミア。そんな珍妙な師弟および姉弟が、学院内へと続く扉へ向かう――が、そんなエイト達を見送る一人の教員は。

（あのレイミアって娘……初めて見る気がするけど、信じられねぇくらい美人だな。チッ、あのエイトとかいうボンボン……大した実力もねぇクセに甘やかされやがって、腹立ってきたぜ。入学祝いってことで、ちょっくら教育してやるか……へへへ）

教職にあるまじき身勝手な思考で、教員の男が口元に卑《いや》しい笑みを浮かべる。エイトの後頭部へ右手の平を向け、周囲に気付かれぬよう注意しつつ、放たれた《魔法》は。

（オラッ、痺《しび》れてチビれや――奔《はし》れ、雷！）

放たれた〝電撃〟は、瞬《まばた》きほどの間もなく、エイトに直撃するだろう。

けれど、その瞬きほどの間に——エイトは自身の顔の横へ、左手を軽く上げて。

「——っと」

響いたのは、パチンッ、と一拍したような軽快な音。エイトは振り返ることすらせず、電撃を無力化した上で、小石でもキャッチするように魔力を受け止めてしまった。

室内の教員の中には、謎の破裂音に怪訝《けげん》な顔をする者もいる。が、何が起こったのか全く理解していないのは、むしろ《魔法》を放った張本人だった。

（……アレッどうなったんだろ今よく見てなかった。てか電撃とか目で追えんし。無理だし。俺は魔法を放ったのに何も起きなかった、何を言ってるか分からんと思うが——）

絶賛、混乱中の男には、相変わらず見向きもせず——エイトが呟《つぶや》くのは。

「……電撃の《魔法》、かな。拙い魔力操作といい、子供の悪戯《いたずら》レベルだな。やっぱり俺は《魔法》の素人《しろうと》だから、意地悪されるのかな……はあ」

軽く溜《た》め息を吐《つ》くエイトが、無力化した些少《さしょう》な魔力の澱《おり》を、左手の中で——ポシュッ、と呆気《あっけ》なく握り潰し、改めて学院へ続く扉を開く。

——一応、補足しておくと。この場にいる審査担当以外の数名の教員は、何もお飾りとして並べられている訳ではない。国力となる魔法使いを育成する重要施設、けれど才ある者を広く受け入れるという性質上――他国からの工作員や、単純に入学拒否されて暴れる魔法使いなど、害意ある存在が現れる事は少なくない。

この場にいる教員達は、そういった脅威に対応するために控えている。つまり、少なくとも〝荒事に対処できる〟実力を持つ魔法使いである、ということだ。

そんな教員の一人を軽くあしらった、その事実が意味することは、エイト本人も分かっておらず――この場で理解しているのは、冷笑を浮かべるレイミアただ一人。

（ふん……身の程も弁《わきま》えぬ矮小《わいしょう》が。最高峰の魔法学院とやらも、教員がアレでは、たかが知れているな。いや、単純に我が弟子が素晴らしすぎるだけか……ふふっ、当然か。愛《いと》しの我が弟子と比べてしまえば、他の有象無象など全て塵芥《ちりあくた》に等しい――）

「あの、レイミアお姉さん？　扉、開けてますから……その、どうぞ」

「……ふえっ⁉　あ、う、うん……ありがとっ、エイトくん（え、ええ～っ、わざわざ扉を開けて待っていてくれるなんて……我が弟子、あまりにも紳士的すぎるぅ……何だかもう、言葉が出ないぞっ……ああっ、胸がキュンキュンしてしまいますね……⁉）」

数秒前の冷笑から、完全に反転し――赤らめた頬に両手を添えながら身動《みじろ》ぎをするレイミアと、その様子に首を傾げるエイトは、ようやく扉の先へ進んだのだった。

■■■

エイト達が学院へ進んでから、暫く後――《魔法学院セプテントリオン》の奥のとある一室へ、エイトの入学審査に携わった審査員の女性教員が訪れ、溜め息を吐いた。

「はあ……全く、どうしろっていうのかしら。こんなの……」

その一際《ひときわ》広い部屋には、床一面に――黄金が、隙間なく敷き詰められている。見るからに異様な光景に、女性教員は愚痴のような文句を零《こぼ》した。

「〝財に依《よ》りて学院の門をくぐりたくば、この部屋の床に黄金を敷き詰めよ〟……財あれど志のない者を拒否する方便と聞いてたのに、実現する者が現れるなんて……ていうか推薦者の〝世界一の大魔法使い〟ってまさか、あの噂《うわさ》の？　この部屋の黄金も、そいつの仕業らしいけど……学院関係者の誰にも姿を見せず、こんな芸当を成し遂げるとか、どんな化け物よ。ああもう、誇り高きこの学院に、何か良からぬことが起こるんじゃ――」

『――仕事熱心ですわね。愚痴は多いようだけれど、うふふ』

「へ？　……あ、あああっ⁉　うそっ、あなた様はっ……」

まるで気配を感じさせず、突如《魔法》のように現れた者に、女性教員は恐縮し。

「リザ様──《生命の国》の主たる、《生命の女王《ハート》》リザ様──!?」

この国の頂点にして──《七賢》の一人の名を、呼んだ。

対する女王リザは、優雅な笑みを見せつつ、黄金の敷き詰められた部屋を眺める。

「〝特殊入学者〟の話を聞き、伺いましたわ。まさかこんなことを実現するだなんて……国庫を傾けられるほどの財を、ただ入学のためだけに、惜しみなく。〝世界一の大魔法使い〟……でしたかしら？　噂でしか存じませんが、酔狂なのか、悪趣味なのか……」

「は、はい！　全くです……用件のみを推薦状に記して、姿も見せませんし、失礼ですよね！　とはいえ条件を達成してきた手前、無下にもできず、どう対処すべきかと……」

「うふふ、安心なさい？　そのために、わたくしが自ら赴いたのですわ」

優美な所作で、けれど眼差《まなざ》しは冷ややかに、リザは冷淡な微笑を浮かべる。

「このわたくしが、臨時の教師として赴任し──《大魔法使い》が推薦するエイト＝マインドに、《魔法》の厳しさを教え、追放して差し上げますわ。《魔法》の世界は深遠にして崇高なるもの……汚れた金銭など意味を成さぬと、分からせてあげましょう?」

「おお……おお！　さ、さすがは《七賢》……気高き《生命の女王》リザ様ですっ！」

興奮気味にリザを称《たた》える女性教員が、勢いそのままに提案するのは。

「じゃあじゃあ分からせてやった上で……ここの黄金、全部突っ返してやりましょうよ！　こんなもんでウチの学院、好きにできると思ってんじゃねーぞー！　みたいな――」

「いやバッカなことほざいてんじゃねーですわよっ⁉　送れ送れ、今すぐ国庫に送っときなさぁーいっ⁉　国の運営費もバカにならねーんですわよ！　ふざけたことぬかしてっと、一族郎党、末代まで祟《たた》られても知りませんわよオーウッ⁉」

「じょ、女王様ぁーっ⁉　どうなさったのですご乱心ですか女王様ぁぁ⁉」

「………と、我が国の財務官なら怒りの声を上げるでしょうね。もちろんわたくしは、貴女《あなた》と同じ考えですわよ。けれど国の政策を担《にな》う者達の声も、等しく大切なもの。わたくしはこの国を治める女王として、彼《か》の者達の意見も無下にできませんわ」

「な、なるほど……そのような深遠なお考えがあったとは……感服いたしましたっ！」

「ふふっ、苦しゅうなくてよ？　という訳で……この部屋の黄金は王城の国庫へ移動するよう、迅速に手配しなさい？　うふふ、手間をかけてごめんなさいね？」

「そ、そんな、もったいないお言葉っ……女王様の命ならば、喜んでッ！」

言いながら、命に従い部屋を飛び出す女性教員。そして一人残されたリザは、黄金の敷き詰められた部屋を眺めつつ――くっ、と口《くち》の端《は》を歪《ゆが》める。

「うふふ……〝噂でしか存じない〟などとは、我ながらよく言ったものですわ。自らを誇張する魔法使いは世に多くとも、現実にこれほどの所業が可能で、しかも〝世界一の大魔法使い〟と知られる者など……あいつしか、考えられませんわ」

薄ら笑いに、怒りの色を混ざらせながら、リザは一人の部屋で大いに声を上げた。

「あの日の屈辱……今こそ晴らしてみせますわっ！　見ていなさい、《大魔法使い》っ……黄金をつぎ込んで惜しくないほどの愛弟子《まなでし》とやらを、このわたくしがオモチャにして差し上げますからっ！　うふふっ……オーッホッホッホッホッホ！」

「女王様っ、手配は完了しまし……女王様⁉　どうして高笑いを⁉　女王様ー⁉」

「ホーホホッホーン……もちろん、発声練習ですわ？　臣下や下々の者に、より通るよう声を鍛えるのも、上に立つ者として必要な素養ですから？」

「な、なるほどっ……リザ様の女王としての飽くなき向上心、感服しますっ！」

「そうでしょう？　というか早いですわね、仕事が。優秀なのは感心ですけれど、あとは空気を読む能力も身に着けるべきじゃないかな～、って思いますわ？」

多少の右往左往はあったが、学院の奥で人知れず――この国の最高位に座する女王の毒《どく》牙《が》が、エイトに狙いを定めていた。

■■■

《魔法学院セプテントリオン》に新規の入学生として潜り込んだエイトとレイミアは、大講堂で待機するよう、教員から言い渡されていた。

そして今、師弟は……いや幼馴染《おさななじみ》は、隣り合って座っている……が、しかし。

「ふふ……こういうの、何だか良いね？　学生生活なんて私、経験ないから……エイトくんと同級生なんて、新鮮だわ～」

「そ、そうですか。俺も、暮らしてた村には学校なんて無かったし、学生生活は初めてですけど……う、うーん？」

どちらも初めて同士、なのは良いが――レイミアはほとんどずっと、机に頬杖《ほおづえ》を突き、エイトの顔を見つめている。学生生活とは、本当にこんな感じだろうか？

疑問の余地はあるが、それはともかく――新規の入学生は、この大講堂で対面式を行うらしい。そのため待機を命じられていたのだが、既に随分と待たされている。

さすがに名門だけあって、審査は厳しいらしく、入学生の姿はエイトとレイミアしかない。とはいえ一度に二人も、というのは異例のようで、先輩にあたる在学生達からは、既に奇異の目で見られている……と、そこでようやく。

「――お待たせしましたわね。新規の入学生もいらっしゃるのに、驚かせてしまうかもしれませんけれど……わたくし、臨時で赴任することになった教師ですの」

ざわっ、と講堂内が、一際の喧騒《けんそう》に包まれる。赴任することになったという女教師の言う通り、驚いているのもあるだろうが、それ以上に。

「お、おい……あの先生、めちゃくちゃ美人じゃねーか……!?」

「新入生の女の子も、超絶美人なのに……マジで今日、どうなってんだよ……？」

「《魔法》って、信じる？　アタシはね……この出会いは、《魔法》だって信じてる」

そりゃ魔法学院だからな……それはともかく、確かに騒ぎが起こるのも無理はないほど、女教師は見目麗《みめうるわ》しい容貌をしていた。

自信に満ち溢《あふ》れた表情は、そうさせるだけの美貌を存分に引き立てている。輝く金髪は貴族の令嬢のように整えられており、身に纏《まと》う衣服も教員とは思えないほど豪奢《ごうしゃ》だ。特に自慢なのだろうか、胸元を強調したデザインが目に付く。

そんな女教師は、学生達の反応に満足しているのか、上機嫌に自己紹介を始めた。

「わたくしは、リザ――リザ＝ハート＝プレストン、と申しますわ。短い期間ですけれど、気軽にリザ先生、と呼んでくださいまし。おーっほっほっほ──」

「……へ？　その名前……《生命の女王》様と、同じ……？」

「────」

　喧騒から一転、しん、と静まり返る講堂内で──直後、リザが大声を発する。

「──かの高名にして高潔なる気高き女王様と同じ名に生まれたこと、全く光栄すぎて身が引き締まる思いですわっ！　完全なる偶然とはいえ、恐縮ですのよーっ！」

「あ、ああ、そういうことで……あれっ？　でも祭典とかで見た、女王様に似て……」

「かの麗《うるわ》しき《生命の女王》様と同じ名に生まれた者の責務として、少しでも近づけるよう日々努力しているんですわよね～ぇえ！　つーか似てるとか何とか無礼に邪推したりしてると、不敬の罪に問われますわよ！　そーゆーの詳しいんですわ、わたくし！」

「ひいっ⁉　す、すいませェん⁉」

　女教師・リザの勢いに圧倒され、震えて縮こまる学生。

　その妙な騒ぎを見て、エイトがレイミアにおずおずと語り掛ける。

「な、なんか変な先生ですね。お師匠……いえ、レイミアお姉さん。……あれ？」

「…………」

「あの、頭でも痛いんですか？　額を押さえたりして……」

「……ああ、いや、うん……何でも、何でもないさ……」

何でもない、という割に、様子がおかしい。お姉さんぶるのも忘れているし——と心配するエイトを、獰猛《どうもう》な眼差しで見つめるのは、女教師・リザ。

（んふふ、あれが《大魔法使い》の弟子ですわね？　横の女は……確か、普通に入学してきたんでしたわね。じゃあまあ、どうでもイイですわ。放っておきましょ）

うんうん、と頷《うなず》きながら、リザは改めてエイトを見つめ、ほくそ笑む。

（それにしても《大魔法使い》の奴《やつ》、どんな怪物を弟子にしたのかと思えば……案外カワイイ青少年じゃないですの？　とはいえこの《生命の女王》、容赦はしませんわっ……獅《し》子《し》は兎《うさぎ》さんを狩るのにも、全力を尽くすのですわよーっ！）

今にも高笑いをキメそうなリザだが、そんな彼女の視線にさらされたエイトは。

「!?　な、なんだか背筋が寒く……というかあの先生、俺を見て笑ってる……？」

「——《二の叡智《えいち》・時》」

「えっ、お師匠さま、今な——」

■■■

……ここから数分は、レイミアだけが知覚する情報だ。

レイミアは《二の叡智・時》を使い、大講堂内部の時を止めた——そして、女教師を名乗るリザの真横まで歩み寄り。

「…………………」

じっ、とリザの顔を、不審者を発見したような、真犯人や黒幕でも見つけた時のような、鋭い目つきで見据えた後——レイミアは、ぽつりと呟《つぶや》く。

「………コイツ、《生命の女王》だ……何しているのだ一体。アホなのか」

あっさりと正体を看破したレイミアが、呆《あき》れと怒りの混じった声を漏らす。

「はあ……どうせ大方、過去に〝あんなこと〟があったから、エイトくんが《大魔法使い》の弟子と知って意趣返しにでも来たのだろうが……普通、女王が自ら来るか？　師弟および姉弟状態の我々の楽しい学院生活を邪魔するなら、容赦せんぞ。……なんか顔見ていると腹立ってきたな、コイツ。ここで張っ倒してやろうか、コイツ」

よほど手を出しそうなレイミアだが、はあ、と溜《た》め息を吐《つ》いて首を横に振る。

「……ちっ。対峙《たいじ》すべきは今ではないし、駄目だな。まあエイトくんの邪魔をしようとしたら、私がそれを邪魔してやれば良いか。運が良かったな。………ん？」

レイミアが席へ戻ろうとした直前、リザの懐《ふところ》に隠されていたものを見つける。それは手のひら大の宝玉で、内部に様々なものを封印できる《魔法》のアイテムだ。

「……ふむ、中身は〝魔法生物〟か。窮屈そうだな、可哀《かわい》そうに……ちょっと自由意思で動けるよう、細工しておくか。ほいっ、と。……ん、これでよし」

そうして、改めて席へ戻り――エイトの隣に腰かけ、彼の横顔を眺めながら。

「はあ……愛弟子はいいなあ、いくら眺めても飽きないし、何ならずっと時を止めていたいが……ん？　ほう、我が弟子の魔力……無意識だろうが、制止した時の《魔法》さえ、解除しかけているな。ふふっ、ちょっぴり我が弟子の成長を感じるぞ、うんうん」

師匠は気軽に頷くが、《七つの叡智》は世界最高レベルの《魔法》のはず――それを解除しかけている事実を、ちょっとした成長で片付けて良いものだろうか。

しかしレイミア本人は、そんなことよりも重大だとばかりに、弟子の横顔を眺め。

「彼の自力解除を待つのも一興だが……うーん、動いている弟子をコンマ一秒でも早く見たくなってきたぞ。よし、《魔法》を解除するか」

何やら複雑な私情が見え隠れする中、レイミアはパチンと指を鳴らした。

「――にか、とんでもないコト言いませんでしたか？」

エイトが問いかけるも、レイミアはいつの間に気を取り直したのか、にこにこと微笑《ほほえ》みながら弟子を見つめている。

「ううん？　なんにもないよ～。どうかしたのかしら、エイトくん？」

「あっ、いえ……すいません、気のせいだったみたいです」

聞き違いかな、と判断したエイトと、〝お姉さんモード〟で微笑むレイミアが、ひそひそ話をしていると――いつの間にか、二人の席に歩み寄っていたリザが。

「あらあら……私語に没頭するなんて、随分と余裕のある新入生ですわね？　どうやら躾《しつけ》がなっていないようですわ……お仕置きが必要かしら？」

「……えっ。あ、すいません。すぐに黙《だま》りま――」

「問答無用ぉッ！　そいやぁ――っ！　ですわーっ！」

本当に問答無用で、リザが取り出した何かを、エイト達に向けて投げつける……と。

「！　レイミアお姉さん、危ないッ！」

「……うん？　え……ひゃ、ひゃわわわぁっ⁉」

　エイトが席を蹴り、何やらのんびりしていたレイミアに飛びつき、回避行動をとる。

　一方、そんなエイト達を見て、リザは内心でほくそ笑んでいた。

（うふふ、無駄ですわっ……宝玉の中には、わたくしの《一の叡智・生命》で生み出した魔法生物、〝服だけ溶かすスライム〟が封印されているのですもの！　さあ、赤っ恥をかいた挙句〝誰得〟と囁《ささや》かれ、学院にいられなくしてやりま……すわっ？）

　だが、そこでリザにとって、思いもよらぬ事態が。解放されたスライムは、エイトを襲う……のではなく。

　ぶわり、その液状の体を広げ――反対側のリザに、襲い掛かったのだ――！

「へ、え……きゃぁ――っ⁉　なんですの、なんで暴走してんですの⁉　ちょっ……やっ、ダメですわっ⁉　や、やめてっ、そんなとこまで、入って……服を溶かすなんて、そんな、そんなことしたら……高かったんですのよ、この服！　もおぉ～～っ！」

　焦《あせ》るポイントがずれている気はするが、リザの状況は秒ごとに危うくなっている。

　一方、エイトに庇《かば》われているレイミアは、その体勢のまま震える唇を動かし。

「え、エイトくん……お姉さんを守ってくれたんだね。え、えへへ、逞《たくま》しくなっちゃって……お姉さん、ドキッとしちゃったよう……（は、はわわ、はわわっ！　我が弟子が師を……もといお姉さんを守ろうと！　は、はわわです……はわわですよこれは！）」

はわわなお姉さんである（？）……が、次の瞬間、エイトが取った行動は。

「――すいません、レイミアお姉さん！　俺、あの人を助けてきます！」

「え。……え、エイトくーん!?　それはどうかなぁ!?　私としては、正直あの人、自業自《じごうじ》得《とく》だと思うっていうかぁ……スライムを怒らせていたのも本人だろうし……」

「それでも……《魔法》のせいで不幸になりそうな人を前にして、見ないフリはできません。あのスライム、魔力を感じる……〝魔法生物〟なんですよね。なら……俺はっ！」

「あ、あわわ、でも触ったら、多分、服とか溶けるタイプでぇ……う、ううう」

おろおろと身動《みじろ》ぎするレイミアを尻目に、本当に飛び出してしまうエイト。

謎のスライムに衣服を溶かされていき、リザはさすがに焦燥を深めていき。

「ひやっ、ちょ、ちょっとぉ……い、いい加減に、しますのっ。それ以上、は……やっ、み、見えちゃいます、からっ……だっ……ダメッ――」

「――先生、大丈夫ですか!?」

「えっ。あなた……エイト＝マインド？　ど、どうして……」

リザの問いかけに、けれどエイトは答える暇もなく――ただ、思考を巡らせる。

（あのスライム、魔法生物だからか……魔力の流れで、感情が読める。お師匠さまと出会

った頃、俺の表層化した記憶を読んだっていうのも、こんな感じだったのかな。とにかく……スライムから感じるのは、強い憤《いきどお》り。魔法生物なら、魔力操作で抑えられる)

現状を打破するための手段――スライムに取りつかれるリザの体を支えながら、エイトは魔力操作を行い、慰撫《いぶ》するように魔法生物の感情を宥《なだ》めていく。

「大丈夫、大丈夫だ……ここには、敵なんていないから。変な先生はいるけど……」

『！　……ッ、……』

「そうだ、俺の魔力と同調して……そう、落ち着いて。ほら……怖くないから」

『…………』

魔力操作でスライムを落ち着けつつ、エイトは敵意がないことを示す――と。

『……アリ、ガト……ゴザ、マス……』

「しゃしゃ喋《しゃべ》ったァ!?　お師……レイミアお姉さん、このスライム喋りましたよ!?」

「……え？　あ、うん……《魔法》なら、そういうこともあるんじゃないかなぁ……？」

「マジですか……《魔法》、やっぱり怖ぁ……」

「こ、怖くないよぉ？　それより……先生に、いつまでくっついてるの？　かな？」

「え？　……あっ、そういえば」

微《かす》かな圧を発するレイミアの言葉に促され、エイトも現状を確認する。スライムの鎮静化には成功したらしく――今はただ、際《きわ》どい姿のリザを支えているだけの状態だ。

「は、はうぅ……わ、わたくしを、身を挺《てい》して助けてくださるなんてっ……くっ。こ、こんなことでわたくしを篭絡《ろうらく》できるつもりかしらっ。ふんっ、見事な策謀ですこと！」

「はい？　あの、大丈夫ですか、って聞くまでもなく元気そうですね……で、でも服は何とかしないと！　色々と零《こぼ》れ出て、見えちゃって、とにかく大変なコトに――！」

危害を加えられそうになった身でありながら、どこまでも誠実に心配するエイトに、けれどリザはあっけらかんと返事する。少しは反省してほしい。

「あら……大丈夫ですわ、これくらい。回復魔法で……そーれっ」

「回復魔法？　って、服になんて……えっ」

エイトが言い切るより先に、リザの両手から暖かな光が湧き出し、本人の体を包んでいく。すると彼女の言葉通り、見る見るうちに、衣服は元通りの姿を取り戻していた。

「ふう……高い服だ、と言いましたでしょ？　この服は生命力を持つ〝魔法の服〟。わたくしの《魔法》を加えれば、何度でも再生しますわ。何せ私は《生命の》――」

「えっ、《生命の》……？」

「――《生命の国》に所属する魔法使いなので、当然ですの！　もちろん《生命の女王《ハート》》様には遠く及ばないですけれど、それでも優秀な魔法使いな～ので～～～！」

「ああ、そうなんですか……はあ」

妙なテンションの高さで《魔法》を誇示されるも、それだとエイトは逆に冷めてしまう。

対するリザもまた、腕組みをしながら、横柄《おうへい》な態度でそっぽを向いた。

「つまり……貴方《あなた》に助けて頂かなくとも、わたくし、自分でどうにか出来たのですわっ。そこのところ、勘違いなさらないでくださいましっ！」

「はあ、まあ……別に、しませんけど」

「ただ、一応……義理として、お礼だけは言っておきますわ。この子……わたくしのスライムも、貴方が魔力操作で、落ち着かせてくれたみたいですし？」

言いつつ、今は大人しくなったスライム……が、たどたどしく呟くのは。

『……エイトサマ、ワタシ、ノ……真《まこと》ノ、主《あるじ》……ぷるぷるっ』

「あらあら、間違えるなんて……あなたの主人はこのわたくし、リザですわよ？」

『クソが……』

「まあっ、何てお下品な言葉っ。親の顔が見てみたいものですわねっ。さて、また暴走でもしては、事ですし……しまっちゃいましょうね。お戻りなさ～い」

リザが改めて宝玉をかざすと、スライムは抵抗することもなく、素直に戻ろうとしているようで――けれど最後に、エイトへと言葉を残した。

『ありがとうございました。またお会いできればうれしいです。ぷるぷる』

「……なんかもう最後は、普通に喋ってましたね、あの子」

「そりゃ《魔法》なら、そういうこともあるんじゃないですの？　まあわたくし生産者で親みたいなものですが、あの子に喋れる機能なんて、全く想定していませんでしたけれど」

「そうなんですか……ヤバイですね、《魔法》も……先生も……」

遠い目をするエイトに、リザは回収したスライム入りの宝玉を懐に入れ直し――改めてエイトへと、強気な言葉を投げつける。

「それより！　わたくしをスライムから助けた程度で、貴方に入学資格があるなんて、まだまだ全く認めていませんのでっ。悔しければあと一割、認めさせてみせなさい！」

「もう九割は認めちゃってるんですか？」

「あなたの試練はここからが本番ですわっ。そう、どうしても……わたくしの心を奪おうと望むなら、必死で乗り越えることですわね！　是非とも頑張りなさいまし！」

「別に望んでないですし、そういうコンセプトの話だったんですか？　てっきり俺に難癖でもつけて、学院から追い出そうとしてるのかと……あ、あのー？」

エイトの話は聞かず、つん、とリザは突き放し……突き放し？　とにかくその場を離れる。……ちなみに先ほどの出来事について、他の学生達の様子は。

「……チッ！　クソ新入生め、余計な真似《まね》しやがって……もう少しだったのによォ！」

「全くだぜ！　正直、何が起こったか終始分からず、巻き込まれまいと離れて見てただけの俺らが言えることは何一つねーけども……ケツの一つくらいは拝みたかったぜェ！」

（あの辺の学生連中、断罪リストに記しておきましょ。近いうちにギルティですわ）

少なくともエイトの方が、既に学院生としての資格を有している気がする。

さて、リザがようやく教員らしい立ち位置、教壇へ至った——瞬間、事件は起きた。

「……うーん、結局リザ先生は何だったのか、よく分からないけど……やっと対面式だとかが始まるのかな。何かまだ邪魔してくるようなコト言ってたけ……どっ!?　れ、レイミアお姉さん……きゅ、急に何を!?　なな……なぜ俺の腕を拘束してるんですか——!?」

「……む、むう～っ……ぎゅ、ぎゅ～～っ……」

なぜか、本当になぜか、隣に座っていたレイミアが、エイトの腕に思いきり抱き着いたのだ。困惑して当然のエイトに、レイミアは誰にも聞こえない小声で意図を告げる。

「これは、アレです……あの女教師との接触が過剰でしたので……そう、奴《やつ》の魔力がエイトくんに悪影響を及ぼさないよう、私の魔力で中和しているのです。じゃないと、ほら、そのぅ……ポンコツが伝染《うつ》ったら困るでしょう？」

「なるほど……ポンコツという話に何ら異論ありません、さすがはお師匠さま……というか魔力って、伝染るんですね。あっ、じゃあ普段、お師匠さまの距離がやたらと近いコトがあるのも、そういう……そんな深いお考えがあったなんて、感服です……！」

「そ、そうですよ？　だから今、こうやって……レイミアお姉さんが、エイトくんにくっついてないとダメなのっ……ぎゅー、ぎゅう〜〜っ……！」

「っ⁉　は、恥ずかしいです……けど、これも修行なんですね、分かりまし……うぅ！」

結局、レイミアに抱き着かれたまま、エイトは暫《しばら》く羞恥に身悶《みもだ》え——周囲からは妬み嫉《そね》みの視線を向けられることになった。

■■■

さて、リザはその後、講義やテストを装《よそお》って、何度もエイトを妨害しようとしたが——それら全て、エイトに看破され、呆気《あっけ》なく失敗した。

炎の道を渡るテストでは、魔力操作で炎を真っ二つに分けて道を開き。

暴風を吹きつけられれば、地に根を張るよう魔力を操作し、微動だにせず。

豪雨の如《ごと》く降りかかる水を、微塵《みじん》も濡《ぬ》れずやり過ごした辺りで、誰もが騒然とした。

エイトへの妨害が悉《ことごと》く失敗し、リザの胸中に巡る思いは。

（う、うそでしょ、わたくし渾身《こんしん》の妨害が、これっぽっちも通じないなんて……《大魔法使い》の弟子は、こんなにも優秀なの……？　……いいえ、まだまだですわ、エイト＝マインド！　このくらいで……わたくしと婚姻を結べるとは思わないことですわねっ！）

なんだかもう完全に目的が変わっている。ちなみに、他の学生達の様子は。

「「「―――――」」」

（一方、我が国の学院生達は悉くぶっ倒れて、情けねぇですわね。エイトさ……エイト＝マインドのことを、少しは見習ってほしいもんですわ）

リザはそう思うが、エイトへの妨害と同じ内容を強要していたのだから、無茶というものだ。ちなみに、静観を決め込んでいるレイミアは、エイトに庇《かば》われ続けており。

「ふう……レイミアお姉さん、大丈夫ですか？（お師匠さまなら平気だろうけど……裏方に徹するって話だし、俺が前に出ないと。いや、これも修行の一環なのか……！）」

「う、うんっ……エイトくんが守ってくれるから、かすり傷一つないよっ……（いいなぁ……いいなぁ、このポジション！　弟子の成長を間近で見られて、しかも頑張って守ってくれる……なんて贅沢《ぜいたく》なのだっ。凛々《りり》しい弟子も、また愛《う》いぞぉ～っ）」

弟子も懸命に励んでいるし、お師匠さまは大満足の様子だ。

さて、試練（という名の妨害）を悉く看破されたリザだが、秘策があるらしく。

「……うふふ。なかなかやりますわね、新入生クン？　ですが今までのは、手加減に手加減を重ねた、序の口も序の口のお試しテストですわ。これが本番中の本番……さあ、この宝箱を、開けてごらんなさーい⁉」

ドンッ、と大げさに登場したのは、彼女の言う通り宝箱。特別、大きすぎもせず、小さすぎもせず、何の変哲もなく見える。

講堂内の学生達が首を傾《かし》げていると、リザは笑みを湛《たた》えながら続きを述べた。

「これが正真正銘、最後のテストですわ。もちろん、《魔法》によって施錠《せじょう》されていますけれど……ふふっ、この宝箱を開けられた者は、誰でも——来たる《セプテントリオン魔法大会》への出場権を差し上げますわ！」

「「……えっ⁉」」

リザの宣言に、倒れていた学院生達が、勢いよく起き上がる。

《セプテントリオン魔法大会》——それはこの魔法学院で〝最も優れた魔法使い〟を決定するための、一対一のトーナメント戦の形式をとった、一年に一度の催し物だ。

大会への参加条件は厳しく、最高クラスの成績を修める学院生しか出場できない。が、それだけに参加するだけでも、最大の栄誉となるほど格式が高い。

思いがけず降って湧いた僥倖《ぎょうこう》に、学院生達は俄《にわ》かに盛り上がっていた。

「マジかよ……魔法大会に出られれば、それだけで箔《はく》が付くってモンだぜ……魔法が関わるどんな仕事についても、間違いなく重用されるはずだし……！」

「運が良ければ、一回戦くらい突破できるかも……あ、あたし頑張っちゃおっかなっ」

「万が一にも決勝戦まで進出できた暁には、その時点で卒業資格を得られて、国仕えだって出来るんだぜ……こんな宝箱なんか開けるだけで、本当に良いのかよ⁉」

わっ、と色めき立つ面々に、リザは心底から愉快そうな笑みで応える。

「ええ、ええ、もちろん。こんな宝箱を開くだけで得られるビッグチャンス、逃す手はありませんわよ？　いつも頑張っている皆様へ、ちょっとしたプレゼントですわ」

気軽な調子で述べながら、リザの内心では、舌を出して笑っている彼女がいた。

（なーんて、結果はもう決まっていますの。この宝箱は中に入れた物の魔力に比例して、封印強度を増加させる〝魔封の箱〟。もはやこの宝箱は、たとえ《七賢》であろうと開くことはできませんわっ。何せ……決して失ってはならぬ《生命の国》唯一無二の秘宝を入れてやったのですから！　し、しまったァァァァァ！）

　突然、ぶわっ、と汗を流し、青ざめた顔をするリザ。余裕があった様子から一転、学院生達に向けて大慌てで声を放つ。

「さ、さあ開きなさい、急いで開きますのよ！　頑張って！　大丈夫、あなた方なら出来ますわ！　誰でもいいから……お願い、箱を開いて、開いてぇぇぇぇ⁉」

「り、リザ先生……なんて情熱的な激励なの……まさに教育者の鑑《かがみ》だわ……！」

　とにかく、リザの激励に背を押され、更に目先の利欲に釣られ、宝箱へと講堂内ほぼ全ての学院生達が群がる。

「うおおお摑《つか》みとってやるぜドリーム！　俺が明日の英雄だァ！」

「ふっ、魔法使いなら頭を使いたまえ……僕の計算では99％の確率で宝箱は開きます」

「人生一発逆転、やらいでかァ！　万年最底辺ランクからおさらばだァァ！」

「「「ぐ、ぐわあああ！　なんてとんでもない魔力なんだァァァァ！」」」

　やっぱりダメだったよ。

　割と想像できた結果だが、懸命に励んだ学院生達に、リザは労《ねぎら》いの言葉を――

「なぁ～にやっててんですの情けない！　もっと頑張りなさいよ《生命の国》だけに命を賭《と》

して！　もしこれ開けなかったら、この場にいる全員、退学処分ですわよっ⁉」

「り、リザ先生……なんて横暴なんだ……教育者の風上にも置けねぇ……」

学院生達に鞭打《むちう》つ勢いのリザが、切羽詰まり、その場に転がってジタバタし始め。

「い、いやぁ……いやですのー！　開けてくれきゃ、いや———っ！　お願いだから開けてぇ、開けてくださいましぃぃぃ……う、うう……ふ、ふえぇぇぇ～～ん！」

「うわぁ……もう……」

醜態（率直な表現）を晒《さら》すリザに、ドン引きする学院生達の注目が集まる間に。

レイミアが何気なく、宝箱から数歩開いた程度の距離に寄り。

（……何だこれは。シンプルだが、無駄に強固な封印だな……開けそうなのは、《七賢》でも数名ほどか。私なら簡単に開けるが……まあ私は、裏方に徹すると決めているし）

《大魔法使い》は、完全に傍観者の立ち位置。もはや絶望するしかない女教師リザが飛び起き、成り行きを呆然《ぼうぜん》と見守っていたエイトに詰め寄る。

「こ、こうなったらっ……エイト＝マインド、どうか、どうかお願いしますわっ！　無理は承知で、ダメ元でっ！　もう貴方《あなた》くらいしか頼れませんの～～っ！」

「……あ、はい。まあ、やりますけど……でも期待しないでくださいね。そもそも俺、まだ《魔法》を学び始めてから短いし、《魔法》も一つしか会得《えとく》してない程度なので……」

（分かってますわよ、推薦書にも書いてましたし！　ていうか誰でも無理ですわ、《七賢》である私でも開けないなら……それこそ〝世界一の大魔法使い〟でもないと……）

もはや頭を抱えているリザを、エイトは不思議に思いつつ――操作した魔力で宝箱を覆い、慎重に内部を探ろうとする。

（うわ、とんでもない魔力でロックされてる……けど、箱の造り自体は単純だな。魔力の僅かな隙間を抜けていけば、あとは錠を力尽くで壊して……うん、うん……ん）

まるで目隠しをしながらの作業。けれど磨き上げたエイトの魔力操作は、精密に、緻密に、確実に――内側から錠を捉え、集中して握り潰すように――破壊、成功。

「……よし。開けました」

「そんな簡単に諦めない――どえええええええ!?」

あまりに呆気ない幕切れである。本当に開いてしまった宝箱に、リザは慌てて駆け寄り、中から――瞬《またた》くような煌《きら》めきを断続的に放つ、不思議な指輪を取り出した。

強力な魔力が込められているのが見て取れる、けれどそんな指輪に目もくれず、レイミアはエイトを見つめて微笑《ほほえ》んだ。

（ふふ……さすが我が弟子。まあシンプルな造りだったからな、あの程度の宝箱、エイトくんの障害にもなるまい。何しろエイトくんは……私の愛弟子《まなでし》なのだからっ）

と、レイミアは軽めに考えるが、解錠は《七賢》でも困難なレベルだったはず――だが、《大魔法使い》としては〝私の愛弟子なんだから簡単〟との基準らしい。

そんな調子のレイミアだが、その微笑は、リザの次なる行動によって崩される。

「――ありがとうございますわぁぁぁっ！　エイト様ぁ――っ！」

「え。様って……う、うわっ⁉　リザ先生、いきなり何で抱き着いて……⁉」

（は？　……はい――っ⁉　あのポンコツ、また私の弟子に抱き着いてッ……！）

今までの素っ気ない（と言えなくもない）態度とは正反対の、リザの情熱的な抱擁に、エイトは慌てるしかない。

その強調甚だしい胸元に、暫《しばら》くエイトを抱き寄せていたリザだが、はた、と自分の行動を省みて離れる。こほん、と咳払《せきばら》いした後、リザは指輪を大事にしまいつつ述べた。

「……ま、まあ見たところ、一部の魔法技術には秀《ひい》でたものを持っているようですわね。よろしいですわ、女《じょ》おッ……教師に二言はありません。エイト＝マインド、貴方を――学院生として認め、更に《セプテントリオン魔法大会》への出場を許可しますわっ！」

何が何だか分からない内に、どんどん話が進んでいるが、良いのだろうか。

エイトは危惧するが、基本的に人の話を聞かないリザは、くるりと身を翻《ひるがえ》し。

「それでは、色々と準備もありますし、わたくしはこれで。……《魔法大会》、楽しみにしていますわ。もし、万が一にでも、貴方が優勝できた時は……うふっ」

出入り口の扉の前で、一度だけ振り返ったリザが。

「貴方は、この国で最も高貴なる存在と、真実の出会いを果たすでしょう。その奇跡が起こることを、祈っておりますわ——エイト様」

ウインクと共に謎の言葉を残し——今度こそ、去っていった。

一体、何の話だろう。エイトが首を傾げながら、レイミアに声をかける……と。

「本当に何だったんでしょうね、あの先生。いきなり〝様〟とか呼び出し……というか俺、そんな大仰な魔法大会になんて、出ない方がイイんじゃ——あ、えっ⁉」

突然、エイトの背中にのしかかる、柔らかな感触と甘やかな芳香。レイミアが抱き着いてきたのだ、とエイトが理解するのと同時に、彼女の囁《ささや》き声が届いて。

「……エイトくん、帰ろ？」

「えっ。か、帰る、って……家に、ですか？」

「うん。私達の家に、ね？　…………」

「わ、分かりました。……って、押さないでくださいってば!?　あの、背中に、何やら当たって……ちょっと……れ、レイミアお姉さーん!?」

ぽかん、と完全に置いてけぼりの学院生達を尻目に——エイトは姉を名乗る師匠に背を押され、講堂を出る。

ちなみに、エイトに対して体全体を使って押しまくっているレイミアの心情は。

（あ、あの、あんのポンコツ女王〜〜ッ……我が弟子に、大事な大事な我が弟子に、何を抱き着いているのかっ……！　許せんっ……次に相まみえた時、どうなるか覚えていろおっ……！　一先《ひとま》ず今は、上書きせねば……すりすり、すりすりすり〜っ！）

「あふっ!?　ちょ、歩きながら揺らさないでくださいって、転んだら危ないですからっ!?　あの聞いてますかお師匠さまっ!?　レイミアお姉さん!?」

もはや、どのように呼ぼうと止まらない《大魔法使い》に、背を押されたまま。

人目に付かない場所で〝空間転移《テレポート》〟の《魔法》を使い——二人は屋敷《やしき》へ舞い戻った。

《episode：5》

世界最高峰の魔法学院への入学は難関を極める。が、講義や実習への参加は自由。定期的な試験で一定の成績さえ修めれば、除籍されることもない。

だからこれは、《大魔法使い》の弟子・エイトが入学した日から、暫く経《た》った頃の出来事——数日ぶりに学院へ顔を出したエイトとレイミアを、違和感が出迎えた。

「……レイミアお姉さん。俺達、見られてますね」

それは入学時の奇異の視線とは違う、動向を窺《うかが》い探るような注視——講堂に入った瞬間から向けられるそれらに、レイミアはお姉さん顔で微笑んだまま、冷静に考える。

（ふん、入学時にエイトくんは目立っていたからな……凡百の徒には脅威に映るのも仕方ない。が、我が弟子に危害を及ぼそうというなら……ささやかな悪夢でも贈ろうか）

静かに警戒を強めるレイミアと、弟子たるエイトも油断なく注意を払う。

妙な緊張感が漂う講堂内で——三人の女学生が、不意にエイトへと歩み寄り。

「…………あの」

「！　……ええと、何か？」

声をかけられたエイトが、返事しながら続く言葉を待つ。

暫く、互いに様子を窺うような沈黙が流れた後――真ん中の女学生が発したのは。

「あ――ありがとうございましたっ！」

「………へ？」

それは思いもしなかった、お礼――呆気《あっけ》にとられるエイトだが、彼女達は口火を切ったことで緊張がほぐれたのか、口々に言葉を紡《つむ》ぎ出す。

「い、いきなりごめんなさいっ。えっと、アナタが入学してきた時、あの……リザ先生が、宝箱を開けられなければ全員退学、とか言ってたでしょ？　でもアナタが宝箱を開けてくれたから、助かっちゃった、っていうか……」

「ホント、ヤバかったよねー……あんな横暴な先生、見たコトないっていうかー。アレ冗談じゃなく、マジの目だったわ。ホンット、救われた的な、ねー？」

「何よりヤバいのは、あの日から一回もリザ先生、見てないっていうね……他の先生に聞いても何も教えてくれないし、目も逸《そ》らすし、ヤバさマシマシだったわ……」

「だからわたし達、本当にアナタに感謝してるんです……ね、皆！」

女学生が促すと、わっ、と防波堤から溢《あふ》れるように、講堂中の女学生達が殺到してくる。

……ちなみに男連中の大半は、チッ、とつまらなそうに舌打ちしていたが。

とにかく、エイトは急に持て囃《はや》されて戸惑うが、レイミアは寛容に微笑んでいた。

「うふふっ、皆もエイトくんの凄《すご》さ、ちょっとだけ分かっちゃったみたいだね〜。エイトくん、カッコいいもんねっ。お姉さんも、乙女心は分かるよ〜？」

「や、そんなコト……急に言われても、困るっていうか……」

「何ていうか、煌々《こうこう》と輝く火に群がる虫みたいだよねっ」

「レイミアお姉さん、乙女心に何か恨みでもあるんですか？」

軽やかに毒を含ませる、さすが《大魔法使い》……だが、エイトの素直な心情は。

「……う、うーん、でもやっぱり、良く分かりません。俺、大したコトは何もしてないと思いますし、《魔法》もまだまだ素人《しろうと》同然ですから。……ただ、その」

（ふっ、我が弟子は謙虚だな。もっと自信を持っても良いだろうに。まあそういう性質《たち》も、エイトくんの良い所なのだけれど。ははは——）

「レイミアお姉さんに、カッコいいなんて言われるのは……正直、嬉《うれ》しかった、です。……って、何か変なコト言ってますよね、俺」

（⁉　え、ええ〜っ⁉　それ何か、何かぁ……私だけ特別⁉　みたいではないか〜⁉

何で急にそんな愛くるしいこと言うのだぁ〜！　困っちゃうであろ、んも〜〜っ⁉）

知らぬ間に師の心を乱す、罪深い弟子である。

……が、そんな師弟かつ姉弟に、邪《よこしま》な心を持つ女学生が密《ひそ》やかに忍び寄っていた。

（んふふ……女の子に囲まれて戸惑うなんて、カワイイわねぇ。でも才覚は本物だし……《魔法大会》への出場が決まってる有望株だもの。わたくしには、先輩に教わった〝誘惑魔法〟もある……んふっ、骨抜きにして、わたくしの虜《とりこ》にしてやりますわ――！）

「――〝空間固定〟」

（そーれ蕩《とろ》けなさいっ、わたくしの魔法……でっ？　はっ⁉　う、動けな……⁉）

女学生の一人が妙な体勢で、貼り付けられたかのように動けなくなってしまう。

それを目敏《めざと》く察知したエイトが首を傾《かし》げると、彼にだけ聞こえる師の声が響いた。

『ふむ、エイトくんもすぐ気付いたということは、魔力を感知していたのだな。なら余計な心配だったかもしれないが……師の親心のようなものだと、大目に見てくれ。さて、察しの通り、その娘は邪な感情を持ってキミに近づき、《魔法》さえ使おうとしていた』

（ああ、やっぱり、そうだったんですね……いえ、ありがとうございます、お師匠さま。俺はまだまだ《魔法》の素人だし、対応できなかったかもしれませんから――）

『……あと、すまない。キミが私に何か伝えたいのは分かるが……感情を読むのは、ぶっちゃけ未熟な者にしか通じないのだ。だから修行が進んでいる今のエイトくんの心は、勝手に読むことが出来なくなっているよ。確か、魔力操作の修行を始めた初日から、かな？　まあ今の所、この学院で読めないのは、キミと……ポンコツのリザ先生くらいだね』

（そ、そうなんですか？　って、聞こえないのか……なるほど、魔力操作で無意識にガードしてるのか、魔力の層が分厚くなったのか……少し寂しいような、安心なような？）

『ふふ、とはいえ大まかになら、キミの目を見れば分かるさ、私はお師匠さまだからね。……ん？　あれ、なんかそれ、目と目で通じ合うというか、ツーカーの仲というか……むんむぅ⁉　な、何だかちょっと、気恥ずかしいような……んむぅ⁉』

一方的に困惑の声を届けられて困るエイトだが、レイミアは気を取り直して続ける。

『と……とにかくだ！　今のエイトくんなら自己防衛も可能だろうが、念のため他の学生達の邪心の有無も精査する。そも、我が愛弟子《まなでし》の学友たらんとするなら、その資格があるかも見定めねばな。暫く〝そういう空間〟にするので、キミは退室していなさい？』

（し、心配しすぎな気がしますけど、お師匠さまが言うなら……では、また後で）

肯定を伝えるためエイトが頷《うなず》くと、レイミアはお姉さんらしい微笑で返す。

エイトがその場から離れようとすると、女学生が引き留めてくる――が。

「あ、あれ？　どこ行くの？　もう少しお話……っ⁉　な、なにこれ……重っ……⁉」

「な、何かの魔法⁉　まるで重力が倍になったみたいな……何なの、抜き打ち試験⁉」

「おごごご⁉　何で俺らまで⁉　重い！　アイエエエ⁉　重いナンデ⁉」

講堂内の学生達に、漏れなく齎《もたら》される加重――それを為《な》しているレイミアは。

『この講堂限定で、動けなくなる程度に重力を倍加した。これでゆっくり審査できるぞ。あ……エイトくんは』

（⁉　この重《おも》さっ……肩こりに良さそうだな。まあでも、今は大人しく退室しよう）

『大丈夫だね。さすが我が弟子。さて……そんな愛弟子に相応《ふさわ》しい学友は、厳密に審査せねば。そうだな、《生命の国》だし……最低でも、一瞬で傷を癒《いや》す回復魔法、死者をも蘇《よみがえ》らせる蘇生《そせい》魔法の使い手……ダメ、こっちもダメ……こっちは邪心アリ、論外、っと』

何やら審査基準がおかしい気もする――が、そもそも通常の基準を良く知らないエイトは、そそくさと講堂を出ていった。

■■■

「……さて、講堂を出たのはイイけど……これから、どうしよう」

講堂内で師・レイミアによる厳密な審査が始まったが、エイトは手持ち無沙汰になる。

図書室にでも行ってみようか、と考え始めた――その時、急に飛び込んできた声は。

「――あっ、テメェ！　あの時の魔法嫌いの変人じゃねーか！」

「……ん？」

突然の闖入者《ちんにゅうしゃ》は、学生と思《おぼ》しき二人組の青年。エイトには、見覚えがあった……気がしている。この学院ではなく、それより以前、どこか……どこかで。

「あ。……えっと、あの時の、あ……アレだ。あの、アレ……二年くらい前の……あっ違う⁉　お師匠さまに弟子入りしにきた時、にべもなく追い返された情けない二人組！」

「ゼッテー忘れてただろうし、ぶっ殺すぞテメー！　へっ、そういうオマエこそ、あの山から離れて、こんなとこにいるってことは……あれから結局、追い出されたんだろ？」

（違うけど……別に彼らに訂正しても何の意味もないし、どうでもイイか）

それにしても、以前と口調が随分変わっているが、こちらが素《す》なのだろうか。そんな二人組は口さがなく、黙するエイトへと、好き勝手に嘲笑し始める。

「ふっ、そう言ってやるな……〝魔法が大嫌い〟なんて言う変人だ。僕のような崇高な志を持つ才人とは違って、魔法の何たるかを理解なんて出来なかったんだろうさ」

「ぷぷっ。……つーか〝魔法が大嫌い〟とか吠《ほ》えといて、結局追い出されて……それで今、魔法の学院に通ってるとか、オレみたいな天才と違って、魔法のことなんて何にも分かってないんだろーなァ？　支離滅裂じゃねーか！」

（うーん……コレ、いつまで続くんだろう？　特に感じるコトもないけど、得るモノも何一つないし……魔力操作で砂でも浮かせて、一粒ずつ数えてる方が、まだ有意義なんじゃ……あ、修行にイイかも――）

完全に飽きているエイト、だが――彼らの次の発言で、少しばかり面食らわされる。

「へっ、魔法嫌いの変人クンに、魔法の何たるかを教えてやるよ……魔法ってのはな、オレが頂点に昇り詰めるための、大切な道具だよ。そのためには……テメーらみたいな凡人には、せいぜい生贄《いけにえ》にでもなってもらわなきゃな⁉　ぎゃはは！」

「ふん。……まあ僕以外の凡夫に価値はないからね。有効利用でもしてやるのが、せめてもの情けさ。魔法の発展のために、犠牲は付き物なのだからね……ククッ」

（――ぶーっ⁉　ちょ、い、今の……以前、お師匠さまが言ってた通りの……？）

彼らの雑言よりも、エイトが気にするのは――師弟が出会ったあの日、レイミアが追い返した彼らを評した言葉だった。

『まず最初の、魔法が大好きだとかほざいた奴《やつ》は……その大好きな《魔法》を使って、他者の生命を奪うことに、何の躊躇《ためら》いも持たぬだろう。国の皆のためなどと大義名分の言い訳があれば、人間の命でさえも名誉の贄《にえ》だ。唾棄すべき、取るに足らん低俗な人格さ』

『あと、次の……魔法を愛する、だったか？　虫唾《むしず》が走る、論外だ。奴は、その愛する魔法とやらを研究するためならば、他人を犠牲にすることも厭《いと》わぬだろう。魔法の発展のために犠牲は付き物だ、とかぬかしてな。他者の痛みに無神経な、自分勝手な愚物だ』

（お、お師匠さまの見透かしてた通りだな……お師匠さまは、やっぱりスゴイや）

エイトの内心は師への畏敬で一杯だ。が、事情が知らぬ二人組の罵詈《ばり》は、あろうことか《大魔法使い》にまで及んでしまい。

「今にして思えばよ……コイツがこんな様な時点で、あの《大魔法使い》とかいう奴も、大したことないな！　能力も見る目も無いのは、明らかだぜ！」

「言えてるね。この僕を弟子に取らなかったのも、大方〝世界一の大魔法使い〟なんてメッキが剝がれるのを恐れて、その場しのぎで魔法嫌いの変人を選んだんだろうさ！」

（な、何だかもう、逆に可哀《かわい》そうになってきたぞ……言えば言うほどドツボだな……）

《大魔法使い》の発言や実力を知らぬとはいえ、喋《しゃべ》るごとに彼らへとブーメランが刺さっているように思える。たまらずエイトは、制止すべく話に割り込んだ。

「ちょ、ちょっとイイかな？　俺のコトは、どう言われても構わないし、何とも思わないけど。お師……《大魔法使い》さんのコトは、悪く言わない方がいい。あの人は、キミ達が妄想してるような人じゃない。本当に……本当に、スゴイ人なんだから」

「あ？　何だその言い分……まるでテメェ自身は、オレらは眼中にないみたいな——」

「いや、眼中にはあるよ、目の前に立たれてるんだし。でも俺は確かに未熟で、自分のコトで精一杯だから……悪いけど、キミ達に構ってあげられないんだ。本当、ごめん」

「「————」」

エイトにしてみれば、親切心で滑稽な雑言を止め、素直に心情を口にしただけ——だが、二人組は絶句し、額に青筋を立てながら、堪忍袋《かんにんぶくろ》の緒が切れたように構えをとって。

「魔法嫌いの変人の分際で……図に乗ってんじゃねぇぞ！　オラ、これでも構わずにいられっかァ⁉　火だるまになって、のたうちまわれやァ！」

「その達者なだけの口を、凍らせてやろう……二度と喋れなくなって後悔しろォ！」

「「——喰《く》らえぇぇぇぇぇ！」」

二人組が魔力操作し、それぞれ炎と氷の《魔法》を放つ——エイトにとっては眠気さえ感じてしまいそうな、その長い空白で、エイトも魔力操作しつつ、右手を軽く上げ。

「炎と氷か、こういう普通っぽい《魔法》は、逆に新鮮だなぁ……よ、っと」

「「ッシャ、よっしゃオォ～イ……フォイッ？」」

エイトが埃《ほこり》を払うように、軽く右手の平を横に振ると――飛翔《ひしょう》する炎と氷は、あっさりと消えてしまった。命中を確信していたであろう二人組は、呆《ほう》けるしかない。

この結果を、二人組はどう解釈したのか、その答えは言動ですぐさま示された。

「へ、へへ……オレとしたことが、ちょっとミスっちまったみてーだな……だがァ！」

「オ、オフフンッ……悪運は続かないものだ。なにせ次は、本気だから……なァ！」

（掃除する方も面倒だし、散らかすのは、やめてほしいんだけどな……）

再び、先ほどと大して違いのない魔力で《魔法》を繰り出そうとしてくる二人組に、エイトが辟易《へきえき》としていた――その時。

「『今度こそ……喰らえ、世界を震撼《しんかん》させるこの崇高なる大魔法を――』」

「――――アンタ達、邪魔よ。失《う》せなさい」

「アアアン⁉　次から次へと何………ヲサップッ⁉」

不意に割り込んできた声、と同時に二人組は縦に数回転し、顔面を地に打ち付けた。

ちょっぴり芸術点の高い、そんな一撃を叩《たた》きこんだのは――一人の女学生。彼女が何をしたのか、正確に認識できたのは、その場ではエイトだけだった。

（！　魔力のこもった、恐ろしく速い足払い……身体能力を、《魔法》で強化してる？

何にせよ、この魔力の質、操作の技術……ここの学院生の中でも、レベルが桁違いだ）

エイトでさえ称賛したくなるほどの、流麗にして迅速な、内なる魔力の流れ。転がされた二人組の内の一人が、しぶとくも顔を上げ、乱入者を睨《にら》みつける、と。

「い、いきなりナニしやが……ヒッ⁉　あ、ああ、アナタは、まさかッ……」

「……聞こえなかったの？　失せろ、と言ったのよ、アタシは」

「ヒッ……う、うあ……あああ……」

腰が抜けているのか、へたり込んで失せることもできない男に、女学生はもはや興味も向けていない。どうも本題は、エイトらしいが、それにしても。

——まるで、天上から舞い降りた天使を彷彿《ほうふつ》させる、比類なき美少女だ。長い金髪はポニーテールに整えられ、力強い眼差《まなざ》しも手伝い、いかにも快活な印象である。

制服のミニスカートから覗《のぞ》く長い脚は、見るからにしなやかで、健脚を確信できる。

堂々とした立ち姿は、ただそこにいるだけで、輝きを放っているような存在感。

恐らくエイトと同年代で、この学院の女学生なのは確かだろう。そんな謎の美少女が、広い廊下でも凛《りん》と響く声で、改めてエイトに声をかけようとする……が。

「さて、と。……ねえ、アナタ――」

「ッ。このオレに恥かかせやがって……あの人だろうと関係あるか、喰らえッ……！」

「――はあ。やれやれね、全く……」

気付かれていないつもりなのか、女学生の背に炎の魔法を放とうとする、救いようのない男に――瞬《まばた》きほどの刹那、エイトが咄嗟《とっさ》にとった行動は。

「――危ないっ！」

「は。……っへ⁉　え、あ……炎が、消え……えっ、つか魔法が、出な……なん、で」

エイトが前に出した手を握った瞬間、炎が消え失せる。が、それだけではなく――エイトは魔力操作で、男の〝魔力そのもの〟を遮断し、《魔法》の使用を阻害していた。

何が起こっているのか分からない男は、頼みの《魔法》が使えないことに狼狽《ろうばい》し。

「わ、ワケわかんねぇ……な、なんなんだよ、コイツら……ヒッ……ヒイイイッ⁉」

まだ倒れている、もう一人の男を引きずるようにして、今度こそ去っていった。

さて、ようやく邪魔がなくなると、女学生は今度こそエイトに語り掛ける。

「……アナタ、今、アタシを助けたの？　そんなの、別に大丈夫だったのに」

「あ。それは、何となく分かってたんですけど……《魔法》に傷つけられそうになってるのは、どうしても見過ごせない、というか……ほとんど無意識に、体が動いて」

「ふうん。……ふうん、そうなの。……ふ～ん……」

女学生は後ろ手に組みながら、前のめりになってエイトを見回す。何となく観察されている気分になって居《い》た堪《たま》れないエイトに、彼女が尋ねたのは思いがけない質問で。

「ねえ、アナタ……〝魔法を一つしか習得していない〟って、ホント？」

「！　……ええ、まあ。本当ですけど」

「ふぅん、そう……そうなの。……ふふっ」

先ほどの二人組のように、また馬鹿にでもするのだろうか。とある《大魔法使い》以外の魔法使いには、良い印象を持っていないエイトが、そう思ってしまうのは仕方ない。

けれど、彼女が――ぱっ、と開花するような笑顔と共に発したのは、予想外の言葉。

「アタシもね――似たようなものよ！　〝ある一種類の魔法〟しか使えないの」

「えっ。……あ、そ、そうなんですか？」

「そ！　ふふっ、なーに、バカにされるとでも思った？　しないわよ。アタシだって似たり寄ったりなのに、バカになんてしたら、それこそバッカみたいでしょー？」

けらけらと笑う少女に、パンッ、とエイトは背中を叩かれた。何だか一気に距離感が近くなったな、と痛む背中をさするエイトに、彼女は更に接近して語り掛ける。

「ある先生……まあアタシの師匠なんだけど。とにかくその人から、アナタのこと聞いたの。エイト＝マインド……《魔法》を一つしか使えない身で《セプテントリオン魔法大会》への出場を決めた、異才を持つ男子学生がいる、って。それでアタシ、来ちゃった」

「き、来ちゃったって、何で――」

「だってアタシも――《魔法大会》に出場するんだもの。ほら、〝魔法を一つしか習得していない〟アナタと、〝ある一種類しか使えない〟アタシ……似た者同士よね？　そんなアタシ達が、世界最高峰の魔法大会を席巻《せっけん》するなんて……燃えるってモンでしょ！」

天使のような見た目とは裏腹に、随分と体育会系の思考らしい。そんな彼女が、エイトへとウインクしながら、軽やかな足取りで踵《きびす》を返した。

「それで実際に見て、理解できたわ。エイト＝マインド、アナタの魔力操作技術は、ずば抜けてる。くだらない連中とはいえ、ここの学院生を簡単に圧倒できちゃうくらいにね。アタシ達、必ず《魔法大会》で再会できるわ――さすが《大魔法使い》の弟子よ」

「……!?　なんで、そのコトを……キミは、一体？」

エイトは、自身が《大魔法使い》の弟子である事実を、吹聴《ふいちょう》などしていない。教員なら把握している者もあるだろうが、その辺りから情報を得たのだろうか。

あるいは彼女の、師匠という者が――思考するエイトに、後姿の彼女が横顔で。

「アタシはアリス――アリス＝フェアリー・テイル。今はこの名だけ置いていくわ。

さっきは助けてくれて、ありがとね――大会で再会しましょ、エイト＝マインド！」

いっそ、爽やかさすら覚える笑顔で、ぴょん、とアリスが一跳ねすると――着地した直後、一瞬以下の速度で、アリスは風圧だけ残し、《魔法》のように姿を消してしまった。

「！……また、一瞬で。一体、何者だったんだ……アリスさん」

結局、名前と《魔法大会》に参加すること以外、ほとんど分かっていない。

ただ、そこで入れ替わるように――講堂から、レイミアが退室してきて。

「ふう、やれやれ……あっ、エイトくんっ。残念ながら、学友審査は全滅だったよ……不甲斐《ふがい》ないよね。そ、それでエイトくんは……お姉さんを待っていてくれたの～？」

「あ、お師……レイミアお姉さん。いえ、何ていうか、色々とあって……」

「うふふ……変な二人組に絡《から》まれたんだよね？　魔力を感知して、分かってるよ～。でもエイトくん、簡単にあしらっちゃって……さすが男の子、成長中だねっ。で、でもほら、その後でここから動いていないのだから……ま、待っていてくれた、とか～……」

「さ、さすが、お師匠さまの魔力感知……ん？　あの、二人組の後……もう一人、いたんですけど。アリスさん、っていう人と話してて、それで……」

「……ほう？」

エイトの言葉に――他に人目が無いからかもしれないが、お姉さんぶるのも忘れて、師たる厳粛な顔でレイミアが呟《つぶや》く。

「最低でも、私の魔力感知を避けるほどの魔力の使い手、か……エイトくん以外にも、この学院にいるのだな。それなりの実力者が」

「は、はい。《魔法大会》にも出場するみたいです。……そこで再会しよう、とも」

「なるほど。……ふむ、一筋縄ではいかないかもしれないが……」

ふむ、と少し考えたレイミアが、改めて口にした言葉は。

「でもまあ世界には、そんな程度の使い手は、割と存在するしな。私の知る限りでは、エイトくんを除いても七人くらいはいるし。まあ割と、大したことないかもしれないな」

「そうなんですね……ん？　七人？　あ、えっと、そうなんですか……七人？」

「そうそう、気にするほどではないよ、多分。うふふ」

朗らかに笑う、師・レイミアだが――何だかエイトは、むしろ不安になるのだった。

《episode：6》

《セプテントリオン魔法大会》——当日。

《生命の国》でも最大級の規模を誇る催しというだけあって、国内の民衆のみならず、各国からも多くの来賓が訪れている。《魔法学院セプテントリオン》の闘技場を、囲むように設けられている観客席は、もはや溢れんばかりだ。

大会参加者には、それぞれに個人の控室が用意されていて——その中の一部屋で、エイトは待機していた。静かに座り、精神を落ち着けていると、レイミアが入室してくる。

「やあ、我が弟子よ。……さすがに、緊張しているかな？」

「お師匠さま。……はい、少しは。でも思ったほど、大したコトはないです」

「ふふっ、頼もしいね。修行の日々で、精神が鍛えられている証拠さ。……ああいや、むしろ落ち着かないのは、私の方こそ……はあ」

何やら落ち着かない師の様子に、弟子たるエイトは、ハッ、と彼女の内心を察した。

（むしろお師匠さまの方が、緊張してるみたいに……ありがたい、な。まるで自分のコトのように、思ってくれてるんだ。そんなお師匠さまのために……俺は頑張らないと！）

（はぁ〜〜……大一番を前にしても冷静を保つ弟子、なんと頼もしいのだっ。うう、控えめに言って世界一カッコいいよう……くうっ、溜《た》め息も出ようというものだ全く！）

微妙にかみ合っていない気はする——が、それはともかく、エイトは疑問を尋ねた。

「あの。俺を《魔法学院セプテントリオン》に入学させたのも……こうして魔法大会に出るのを、最初から見越してのコトだったんですか？〝学院でトップを取る〟というのは、初めはお師匠さまの冗談かな、と思ってたんですけど……出場権を得てからは、あまり学院の講義にも顔を出さなかったし、じゃあ目的はコレだったのかな、って」

「ああ、うん。……まあ目的は、その通りなのだけどね。とはいえ、その……初日にあんな感じで、前提条件を達成できるとは、思ってなかったけれどさ……」

「ああ……リザ先生、本当に何だったんでしょうね……結局アレっきり、学院でも姿を見ませんでしたし。臨時にしたって、程がありますよね……」

『——アー、アー、テス、テス。うん、感度良好ですわね』

エイトが微妙な表情をしていた、その時——会場内全域に、全く同じ音量で届く、《魔法》の声が響いてきた。それは予定されていた、この《生命の国》の女王による言祝《ことほ》ぎ。

『お集りのご来賓諸氏、皆々様。我が国の愛すべき民衆、皆々様。今年も、この善き日を迎えられ、幸いですわ。我が《生命の国》の誇る《魔法学院セプテントリオン》にて、弛《たゆ》まぬ研鑽《けんさん》を積みし参加者達にも——無上の敬意と、寵愛《ちょうあい》を。さあ、今日はその磨き上げた力を、存分に揮《ふる》ってくださいまし。……それでは、短くはありますけれど』

締めくくりの音声は、少しだけ大きく、高らかに響くように——

『《生命の国》の主たる者、《七賢》《生命の女王《ハート》》リザの名において——《セプテントリオン魔法大会》の開会を、宣言いたしますわ——!』

「「「……おおおおおお——‼」」」

観客席から控え室まで響いてくる、割れんばかりの大歓声。

しかしエイトは、特に精神を乱すこともなく、湧いてくる疑問を呟いた。

「……なんかリザ先生と《生命の女王》さんって、声も似てるんですね。見た目も似てるとか言われてたし、同姓同名でそんなとこまで似るモノなんですね……」

「ウ、ウン、ソウダネ。……まあ姿は見られないけれどね。何せ、今の宣言も——」

「——遠くから、声だけを送る《魔法》なんですよね?」

「! ふふっ……その通り! 本物は今頃、王城だろうさ。それをしっかり感知できるほどなら、問題なさそうだね。じゃあ……私の前に、立ちなさい」

促されたエイトが、軽く首を傾《かし》げるも、素直に師匠の言う通りにする。

そんな愛弟子《まなでし》に、にこり、レイミアは微笑《ほほえ》みながら、何かを取り出して。

「さあ、エイトくん……これを、受け取って。……私からの、プレゼントだよ」

「えっ？　これ、って……杖《つえ》、ですか？　……っ⁉」

それは確かに、一本の杖――だが、手にした瞬間、エイトは感覚で理解した。

軽く握るだけで、エイトの手に、清廉な魔力が巡る。単純に魔力を秘めているだけでなく、エイトの内なる魔力を補助し、高めてくれてさえいた。

先端に宝玉を飾ったその杖を、レイミアは得意顔で紹介する。

「秘境にそびえ立つ世界樹の木片を加工して作った本体に、〝星の石〟をあしらった、《大魔法使い》お手製、唯一無二の、エイトくんだけの杖――《エイトの杖》さ」

師・レイミアが、弟子のために、自ら作ってくれた杖――その事実に、思わず感極まりそうになったエイトが、照れ隠しの言葉を口にする。

「あ、ありがとう、ございますっ……けど、《エイトの杖》って、俺の名前が入ってるの……なんか、気恥ずかしいですね。あ、あはは——」

「あ、そう？　いや実は他にも候補があってね。《愛弟子の杖》とか《師匠愛の証左杖》とか《師匠と弟子の愛と絆《きずな》、時々熱情の杖》とか——」

「《エイトの杖》ってすごくイイ名前だと思います！　本当にありがとうございます！」

シンプルなのが一番だと、エイトは学んでいくのである。

レイミアはレイミアで、弟子の反応に満足しつつ、言葉を続けた。

「ふふっ、気に入ってくれたようで、何よりさ。……さて、こんなプレゼントをしておいて、矛盾したことを言うと思うかもしれないけれど」

ぴっ、と人差し指を立てながら、レイミアが申し付けるのは。

「エイトくんはこの大会、最低でも決勝戦まで——その杖を使ってはいけないよ？」

「…………へ？」

■■■

トーナメント方式で行われる魔法大会の第一回戦へと、〝使ってはいけない〟とお師匠さまに念押された杖を手に、エイトは赴いていた。

闘技場は広い円形を描いており、ほとんど整備されていない地面には、小石どころか岩や木まで散見されるが、それは〝あえて〟のことらしい。

そしてエイトが相対するのは、学院生と表現するのは躊躇《ためら》われそうな、紳士然とした中年の男性。才能があれば、老幼の別なく入学できるというのは、本当らしい。

だが彼が著名な人物であることは、観客席からの声が示していた。

『おお、今年も〝教授《プロフェッサー》〟殿は出場ですか……さすがですな』

『ほぼ例年の出場ですわね。とっくに卒業できる実力・実績はあるというのに、魔法の研究と追究のため、学院に残り続ける根っからの探究者ですわ』

『ついた異名が〝教授〟……学院生として籍を置いたまま教職員の資格も得て、今や異名通りに学院生に魔法を教え、導く立場だとか』

ざわめく観客の中、学院生と思《おぼ》しき者達も、何やらエイトを嘲弄する口を利《き》く。

『へへ、あの新入生も、ついてねぇな……一回戦から〝教授〟と当たるなんてよ』

『出場権を得るだけで、運を使い果たしてしまったのだろうさ。何せ彼は〝魔法を一つしか会得《えとく》していない〟未熟者……本来、あそこに立つのも烏滸《おこ》がましいというのに』

『一つしかって、マジかよ。こりゃ、〝教授〟に瞬殺されちまうんじゃ――』

「――きみ達は本気で、そんなことを言っているのかネ？」

『『『!?』』』

学院生を遮るように響いたのは、〝教授〟の声。何とも地獄耳ではあるが、目では学院生達を厳しく睨《にら》みながら、口では教育者然とした言葉を紡《つむ》いでいた。

「エイト＝マインド……彼の精神は、この大舞台においてもほとんど乱れがない。その証左こそ、あの静謐《せいひつ》とすら言える魔力の流れ……一目で分かるヨ。魔力の操作において、彼はもはや熟練の域。全く、これまでどれほどの、想像を絶する鍛錬を積んできたのか……そんな簡単なコトも見抜けないようでは、きみらこそ勉強不足だネェ」

ふう、と学院生達を窘《たしな》めるように〝教授〟が視線を切ると、彼らは恐れて縮こまってしまう。と、そのまま対面のエイトに話しかけ。

「見事なものだネ。だが残念ながら、吾輩《わがはい》はきみを侮《あなど》らない。惜しかったネ。吾輩が相手でなければ、きみの作戦が功を奏し、一回戦くらいは突破できたかもしれないのに」

「？　作戦……？」

「とぼけまいヨ。能あるキマイラは蛇の尾を隠し、ワイバーンは話の途中で襲ってくる……隠蔽・急襲は戦の常道。少年、きみは間違っていないサ。ただ……」

鼻の下に蓄えている紳士然とした髭《ひげ》を弄《いじ》り、くくっ、と〝教授〟は口《くち》の端《は》を歪《ゆが》める。

「吾輩は〝教授〟――魔法を深く識《し》り、操る者。〝魔法を一つしか会得していない〟少年では、吾輩の無数の魔法には対応不可能なのだヨ――！」

言い放った〝教授〟の体から、魔力が放出される。一回戦が始まった、と会場内の緊張感が高まる中、彼はエイトへと獰猛《どうもう》な目を向けた。

「吾輩がなぜ、卒業もせず学院に留《とど》まり、この大会に出場しているか、分かるかネ――きみのような、いずれ大成するかもしれない〝出る杭《くい》〟を、大いに叩《たた》いてやるためサ。再起不能になるほど、いたぶってネ……そう、こんな風に――！」

「えっ？　……なっ。こ、これはっ……!?」

〝教授〟が発動したのは、風の《魔法》――彼を中心に吹きすさぶ暴風が、地に散乱していた小石を、大量に宙へ浮かせていた。

『！　おお……たった一つの魔法だけで、あれほど数多《あまた》の物質に干渉するとは』

『やはり魔法の扱いに関しては、〝教授〟殿に及ぶ者はありませんな……！』

『これは勝負ありましたね……二回戦では、〝教授〟は誰と当たりますかね？』

もはや観衆は、〝教授〟の勝利を確信しきっているらしい。

対峙《たいじ》するエイトもまた、〝教授〟の《魔法》の使い方に、衝撃を受けていた――

「な……そ、そんな。こ、こんなコト……ど、どうして――」

「ふっ、くははっ！　事態が理解できるだけ、優秀だネェ！　そう、きみには吾輩の魔法に対応する術はない！　未熟なまま大会へ出場したこと、後悔するが――」

「――どうして小石を浮かすくらいで、わざわざ《魔法》なんて使うんですか？　魔力だけじゃダメなんですか？」

「――――」

エイトが率直に疑問を口にする、と――〝教授〟は顔を真っ赤にし、反論した。

「まっ……魔法使いが魔法を使って戦うのは、当然だろぉがネ！　つーか魔力は魔法を使うための根源の力！　魔力で直接、物を動かすなど出来るはずなかろうが！」

「はあ……でも……」

「ええい黙れ！　これ以上の妄言は聞くに堪えんヨッ……一瞬で終わらせてやるわ！」

言うが早いか、《魔法》で浮かせた無数の小石が、エイトへと嵐のように襲い掛かる。

小石とはいえ寄り集まれば、その質量は膨大。〝魔法を一つしか会得していない〟エイトに抵抗の術はない、と……ほとんど誰もが、そう思っていたようだが。

「フハッ、フハハハハ…………は？」

エイトに、攻撃は届かず――宙を舞っていた小石は、中空で完全に停止している。

エイトは、杖を持っていた左手は後方に引き、右手の平を前方に突き出している体勢だ。

そうして、ただの〝魔力操作〟だけで、小石の嵐を止めていた。

呆然《ぼうぜん》とする〝教授〟に、エイトは何でもないように、右手を振り上げ。

「ほら、これで充分……じゃあ、返しますよ？」

「へぁ？　……う、うおおおおお⁉」

エイトが右手を、振り下ろすと同時に――停止していた小石群が、一斉に〝教授〟へと襲い掛かる。しかし《魔法》で風の障壁を発生した〝教授〟は、防御に成功したらしい。

「はぁっ、はぁっ……ま、魔力操作で吾輩の魔法に干渉し、乱すとは……なかなかの大道芸だ。だが吾輩の本領は、この鉄壁の防御力にある。小石を飛ばす程度の曲芸で、この障壁は貫けまい！　フハハ、さあ、何百何千でも、叩き落として――」

「いえ、一つで充分ですよ。これくらい……かな」

エイトが魔力操作で適当に、拳大の石を浮かせる。右手の人差し指で、石をグルグルと回転、回転、回転させ――投擲《とうてき》するように、手首を前方へ倒し、狙いを定めた先は。

「――貫け」

「――ヒェッ」

瞬間、強弓で放たれた矢のように、豪速で石が飛翔《ひしょう》し――あっさりと風の障壁を貫いて、〝教授〟の顔の真横を抜けていき、彼は思わず短い悲鳴を上げた。

ズン、とただの石が壁にめり込む音が響いた、直後——どっ、と〝教授〟は冷や汗を流し、風の《魔法》を使ってまで後退し、大岩の後ろへ隠れてしまう。

（ッ！　ぜえっ、ぜえっ……な、なんだあの魔力操作は、あんなもの……もうアレ自体が、魔法の領域だぞ⁉　わ、吾輩の、対抗手段は……炎は、また魔力操作だけで返されたら、防ぐ術がない。凍らせる……までの間に石の一つでもぶつけられたら、終わりだがネ！な、無い……悉《ことごと》く、為《な》す術が……ん？　なんだ、背中が急に軽く……へ？）

〝教授〟が背に、岩の感触を覚えなくなった理由——大岩が、浮いていた。

「わ、吾輩は……夢でも、見ているのかネ？　こんな、悪夢を……魔力の操作など、魔法を使うための基礎に過ぎんのに……それをこうも、事象に影響を及ぼすほど、鍛え上げるなど、非効率的だ……一体、何をどうやれば、これほどまで……」

目を白黒させながら、尻餅をつく〝教授〟へ向かって——大岩が、落下し。

「ひっ……ひいいいいいいっ⁉」

ドンッ……と大きな地響きを立てた、その直後。

「……ま、ま……参り、ました……」

大岩がギリギリ潰さないよう避けていた、その脇で、〝教授〟が最後に呟《つぶや》いた。

とはいえ、それを受けたエイトは、もはやそれすら気にしておらず。

（〝魔力の操作〟で家の掃除を続けて、百倍の重量の本棚や箪笥《たんす》でも、動かせるようになってたからな……これくらいの岩なら、軽く感じる。これならもっと、重い物でもイケそうだ。うん、これは……何もかも、お師匠さまのおかげだな……！）

とにもかくにも、これで――エイトの一回戦突破は、決定したのだった。

■■■

そこからのエイトの快進撃は、止まることはなかった。

〝教授〟ほどの魔法使いでなければ、エイトの相手にもならず、一蹴していく。

だが、何かしら名のある相手と当たったところで、結果はそれほど変わらない。

ある時は、使い手を模した、無数の幻影を生み出す相手。

「くくく、我が魔法は、魔力を含ませて質量を持たせた〝幻影魔法〟……無数の我の幻影を見破るなど、貴様如《ごと》きでは出来はしまい……！」

（そ、そんな、なんて……なんて雑なんだ。お師匠さまの〝だ～れだっ〟の完成度の足元にも及ばない……今じゃ俺も、砂の一粒ほどの差異でも見抜けるようになったし）

「ぐっ……ぐわあああ⁉　数十体の幻影の中から本体である我を見抜くとはァァァ⁉」

ある時は、戦いの場にはそぐわない、露出度の高い衣装を身に纏《まと》った女学生。

「うふふ、あたくしの魔法は、あたくしに少しでも魅惑された者を、その時点で意のままに操る〝誘惑魔法〟……あたくしの溢《あふ》れ出る色香に、耐えられるカシラ……？」

（魅惑？　色香？　……お師匠さまと比べれば、全然……こ、こほんっ。とにかく、精神が全く揺らがなければ……今までで、一番弱い相手な気がするな）

「きゃ、きゃ――⁉　まるで何事もないかのように、普通にやられてるんですケドー！　なんてストイック！　好き！　ひーん！」

結局エイトは、特に苦も無く勝ち上がってしまい、とうとう――

（……なんか、大掃除をしてる気分になってきた。お師匠さまは杖《つえ》を使うなって言ったけど、使う必要がない、って分かってたのかな。とはいえ、どんな強敵がいるか――）

『な、なんてこった、アイツ……初出場で、決勝まで来ちまいやがった……⁉』

（え⁉　もう決勝、っていうか……じゃあさっきの〝誘惑魔法〟の人が、準決勝まで勝ち上がってきたってコトか⁉　……じゃあ、そこまでの大半、誘惑にやられたんだ⁉）

世界最高峰の魔法学院の学院生達、結構アホなのだろうか、とエイトは考えながら——ずっと気にかけていたことを、思い浮かべる。

（……前に学院で会った、アリスさんとは……結局、当たらなかったな。どこかで、負けちゃったのか？　……いや、そんなはずない。俺の感じた印象に過ぎないけど、彼女は今まで戦った参加者の誰よりも、強いはずだ。……というか、そもそも、残っている出場者は俺だけみたいなんだけど……なのに、これから決勝って、どういうコトだろう？）

エイトの思考は疑問と違和感に埋め尽くされているが、ここまで勝ち上がってきた彼を見る目は、今や随分と変わっていて。

『すごいぞ、少年～！　まさか準優勝するとは、思わぬダークホースだったな！』

『初出場で準優勝とは……うちの国の専属魔法使いとして、推薦しても良いくらいだ』

『準優勝、おめでと～！　何してるのかよく分からないけど、カッコよかったわよ！』

その称賛に、悪意は微塵《みじん》も感じられない……が、エイトを更なる違和感が襲う。

エイトは〝準優勝〟である、と誰もが確信している——いや、そもそも。野心溢れる学院生、大会の出場者達でも、誰一人として〝優勝〟を狙うとは口にしていなかった。

そして、その意味を——エイトは今から、知ることになる。

「――ほら、言ったでしょ？　アナタとアタシは、必ずここで、再会できるって」

凛《りん》とした響きの声と共に、一人の女学生が姿を現すと、しん、と会場が静まり返る。

それは天上から舞い降りた天使の如き、長い金髪をポニーテールにした、快活な印象の美少女――けれどエイトには、その力強い眼差《まなざ》しに、覚えがあった。

「キミは、まさか……アリスさん？　でも、大会の試合では、一度も……」

エイトは戸惑うが、アリスを遠く観客席から見ていたレイミアは、小さく呟いた。

「ほう。なるほど、そうきたか……なかなか面白いアプローチだな、《生命の女王《ハート》》」

そして対峙していたエイトは、決勝の場に現れたアリスに、改めて語り掛けられる。

「試合でアタシを見なかったのは、当然よ。だってアタシ、シード権で決勝だけの参加だもの。……ズルいとか贔屓《ひいき》だとか、言わないでよね。これはアタシじゃなく、他の参加者のための措置。アタシが普通に参加したら、アタシと当たった相手が可哀《かわい》そうだもの」

その言葉に、嫌味や驕《おご》りは一切ない――純粋な自信だけを湛《たた》える彼女が、内に巡る魔力を強靱《きょうじん》に練り上げる。戦闘態勢へと移行し、構えを取って、彼女は口上を放った。

「アタシはアリス――学院首席にして、四年前の十二歳の時から、魔法大会で優勝し続けてきた――《生命の国》の最高戦力。そしてただ〝一種の魔法〟のみ極めんとする者」

瞬間、アリスの長い足の底から、目に見える魔力の奔流が巻き起こり。


「《一の叡智《えいち》・生命》の使い手、アリス＝フェアリー・テイル――

《七賢》が一人、《生命の女王》リザの、一番弟子よ――‼」


名乗りを上げた、次の瞬間、アリスが地を蹴ると――その姿が、消えた。

そこからは、ほとんど反射。エイトが魔力感知すると同時に、しゃがみ込み。

「っ、後ろ――くっ！」

「躱《かわ》したわね……分かってるわ、それくらい出来るって！　でもこれは――どう⁉」

エイトの頭上を、アリスのハイキックが掠《かす》める――と、大きく上がった足がピタリと止まる。掲げられた踵《かかと》へと強靱《きょうじん》な魔力が集中し、そのまま振り下ろされる、と。

「ッ――ぐうッ！」

エイトが自分の襟首を引っ張るように魔力操作をし、辛《かろ》うじて回避する。……そう、踵落とし自体は回避した。が、アリスの振り下ろした足が地面を叩《たた》き打つと。

「……なっ、うわっ⁉」

アリスの美脚が地面を踏み抜くと――そこから地面が隆起し、周囲へ広がる――――！

局所的な地震を受けたような衝撃に、エイトの体がバウンドした。あわや地面に叩きつけられそうになるも、魔力操作で自身の体を支え、どうにか着地する。

「器用ねっ……普通なら最初の一発で終わってたのに、全部躱しちゃうなんて！　そんな魔力操作、見たことないわっ……さすがよ、エイト＝マインド！」

「ッ、アリスさんこそ……その、とんでもない身体能力。それがキミの《魔法》か？」

「ふふんっ、御明察っ！　アタシは《一の叡智・生命》しか使えない、けれど使う必要もない。アタシがリザ師匠から教わったのは……《一の叡智・生命》を使い、〝身体能力の限界突破〟に特化した――〝超肉弾型・魔法使い〟の戦い方よ――！」

言葉を交わす間にも、高速で拳を繰り出すアリスが、高揚を口調で示す。

「ご丁寧に教えてあげたのは、《生命の国》なら誰でも知ってることだし……それに、フェアじゃないでしょ。アタシはアナタが《大魔法使い》の弟子だって知ってるのに。さあ、今度はアナタが見せなさいっ。でないと何も出来ないまま、終わっちゃうわよ⁉」

エイトが後退しようにも、嵐のような攻勢を前に下手《へた》な動きが出来ない。一方でアリスは、体幹も異様に安定しており、どんな動きをしても体勢が全く乱れないのだ。

このままではジリ貧だ、とエイトは魔力を操作し――周囲に散らばる石に干渉する。

「ほらほら、どうしたの……ん？　きゃっ！」

エイトが杖を持たない右手を、持ち上げるように構えると――無数の石が宙を舞い、彼の周囲で漂う。しかも一つ一つが、何者も寄せ付けないよう猛回転していた。

射出さえ可能だろう――その破壊力を知る〝教授《プロフェッサー》〟などは、観戦しながら「ひっ」と怯《おび》えていたが、アリスはむしろ楽しそうに状況を観察していた。

「すっごぉい……ソレ、一回でそんな大量に操作できるんだ？　やっぱりアナタ、本物みたいねっ……！　うん、それじゃ……こうすれば、どうかしら？」

（？　何だ……何で、あんな遠くで構えて？　……？）

アリスが、グッ、と地に足を踏みしめ、ギュッ、と握った右拳を後方へ引き。

「――――破ッッッ‼」

――突き出した右拳は、刹那、音速を超え、空を打ち――

「………――――ぐ、あっ⁉」

一陣の風が突き抜けると同時に、エイトの下腹部に、衝撃が奔《はし》った――！

その一撃から、エイトは魔力を感じなかった……つまり《魔法》ではない。アリスの《魔法》はあくまで肉体強化のみで、攻撃は衝撃波による、常識外れの遠当てだ。

浮かしていた石を落としてしまうエイトに、けれどアリスは感心した声を漏らす。

「ホント、やるわね……石を操作してた魔力を、今の一瞬で防御に回したのよね。もし少しても油断してたら、今ので終わってたはずなのに。……すごいわ、《大魔法使い》の弟子——エイト。アナタは強い。嬉《うれ》しいわ……アタシの、対等の相手よ！」

アリスはそう言うが、エイトの方こそ、彼女の実力には舌を巻いている。

（強い……本当に、強い。あの学院で、この魔法大会で、見てきた魔法使いの……誰よりも。彼女は、アリスさんは、本物の……尊敬できる〝魔法使い〟だ）

「どうしたの？　まさか、これで終わりだなんて——あら」

（……だけど）

それでも、ここで倒れられない——終われない理由が、エイトにはある。

（だけど……俺は。もっと、もっと、すごい魔法使いを……知ってる。世界一の《大魔法使い》を……知ってる。俺が、あの人を知っている限り……）

何が何でも手放さなかった、杖の石突《いしづき》を地に突いて、エイトは不倒の決意を示した。

（お師匠さまの弟子である限り、俺は——絶対に負けるワケには、いかないんだ！）

「……そうこなくっちゃ。じゃあ決着、つけるわよ……っ⁉」

嬉々《きき》として構えたアリスだが、すぐさま顔色が変わる——エイトを覆う魔力が、彼の操作する魔力が、目には見えないはずの魔力が、目視さえ出来そうなほど、大量に。

「ふう。……よし、いくぞ……——ッ‼」

エイトが杖を、両手に持つ。精神は鎮《しず》めて、されど鍛造する鋼鉄の如《ごと》く、固めて。

その只《ただ》ならぬ雰囲気を、アリスは的確に感知し、両の脚に魔力を籠めた。

（何をするつもりかなんて、分からない……けど、まずい。今、勝負を決める！）

ドン、と地を蹴る音と同時に、アリスの体が消え——エイトに迫る、と。

「とった！　……な、あっ!?　いない……アタシより速い!?　まさか、そんなワケ！」

交錯の瞬間、エイトの姿も一瞬で消える。けれど、前後左右、どこにも見当たらない。

まさか、本当に消えてしまったのか、とアリスが当惑していると。

『お、おい、あれ……嘘《うそ》だろ……飛んで、る……？』

観客席から、ざわめきが聞こえ——それに釣られて、アリスが見上げると。

「えっ。……うそ、なんで……だって、アナタ、《魔法》なんて……使ってない……」

《一の叡智・生命》の一端を扱うアリスでさえ、目を疑う、飛翔《ひしょう》するエイトの姿。

〝空を飛ぶ魔法〟——それ自体は、それほど珍しくはない。熟練の風の魔法なら可能だし、
《七賢》などはそれぞれの〝叡智〟になぞらえて実現する。

けれど、魔力操作だけで——自らの魔力で、自ら空を飛ぶ、など、そんなことは。

〝自分の襟首を摑《つか》んで〟〝自分を持ち上げる〟かの如き、あり得ざる所業——！

当たり前のように空に立つエイトを、呆然《ぼうぜん》と見上げていたアリスは。

（あそこまで飛び上がるのは……アタシなら、簡単。けど絶対、その間に攻撃を叩きこまれる。そもそも少し移動されただけで、もうアタシに打つ手はない。それ以前に……彼はまだ《魔法》を使ってない。ただ一つ習得しているそれが……〝攻撃的な魔法〟なら？）

《一の叡智・生命》により身体《からだ》のみならず、五感をも強化されているアリスの〝勘〟が、警報を鳴らしている——その予感が正しいのだと示す者は、今、空中に。

（……これが俺にできる、たった一つの《魔法》。お師匠さまに授けられた、大切なモノ。〝シンプルな攻撃魔法〟——加減は、する。直撃も、避ける。さあ——行こう）

エイトが、師より授けられた杖《つえ》——《エイトの杖》に、魔力を奔らせる。師たる彼女に、レイミアに教わった通り——グッ、と溜《た》めて。ギュッ、と固めて。

杖の先端に、誰も知らぬほどの超級の《魔法》が籠められていることを、対峙《たいじ》しているアリスだけが、その研ぎ澄まされた感性で理解していて。

（なん、て……膨大な、魔力。こんなの、見たことない……《生命の女王》様でさえ、見せたことない……これが、これが……《大魔法使い》の弟子の、真の力なの……⁉）

決着は、間もなく——二人の真剣勝負の結末は、もうじき訪れようとしていた。

……けれど、その激戦の、瀬戸際《せとぎわ》に。

無粋にも水を差すならば――それは邪悪なる存在に、違いない。

『……ウッ、フフフッ……キャハッ、キャハハハハッ――』

「「――!?」」

響くのは、幼い少女を思わせる、無邪気な笑い声――だが、それを放っていたのは、厚手のローブを身に纏《まと》った、異様な風体の人物。顔は見えないが、男だろうか。

異常を察知した警備の男性が、その人物に掴みかかる、と。

「おい、おまえ！　怪しい行動をとるな、フードを外せ……ひっ!?　ぐ、えっ！」

ローブの人物が手を振り上げると、警備の男性は、抵抗もなしに吹き飛ばされる。

その拍子に、顔を隠していたローブが外れると――現れたのは、完全に表情を失った、青白い顔の――死人。〝動く死者《リビング・デッド》〟だ。

「ひっ……ひいいいいっ!?」

観客席の来賓が、泡を食って逃げ出し始める――が、〝動く死者〟を介して声を送ってくる存在は、特にそれらには興味ないらしく、自分勝手に言葉を放つ。

『ごめんね、ごめんね、イイトコなのに邪魔しちゃって！　だけど、だけどね、本当は大会が終わる頃に、始まるはずだったのに……ああ、こんなにも、長引くなんて！　残念だけど、もうタイムリミット！　愉快で滑稽なお遊戯の時間は終わりなの！』

その声は、どこまでも無邪気で——どこまでも邪悪で。ただ一方的に、突きつけて。

『ワタシの名は、《七賢》が一人——《四の叡智・死》を極めし者。

ファルスマギア・シス——《死の女王・シス》——！

ワタシの《死の国》が——《生命の国》を滅ぼすと、宣言するわ——！』

宣言の直後、〝動く死者〟が上へ向けて大きく口を開くと——口中から禍々《まがまが》しい黒い霧が噴き上がり、天へ向けて昇ってゆく。

下に残ったのは、干乾《ひから》びて動かなくなった死体のみ。

上に残ったのは、天空に描かれた、闘技場全体ほどありそうな巨大な〝魔法陣〟。

そんな、異様な魔法陣から——〝それ〟は、這《は》いずり出ようとしていた。

『……オ、ゴアァァア……オォォォ……』

〝それ〟は、竜——巨大な、竜だ。けれど、まだ顔だけ覗《のぞ》かせている〝それ〟は、皮膚の所々が腐り落ち、苦し気な呻《うめ》き声を上げてはいても、〝生きていない〟ように見える。

〝それ〟は、竜──ただそこにあるだけで、〝死の災厄〟を周囲に振りまく死の象徴。

──《死屍竜《ドラゴン・ゾンビ》》だ──！


まだ全身を見せていないのに、肉が腐り落ちてゆくだけで、それが触れた部分は腐食し、周囲に魔力を含んだ猛毒が噴出される。

この異常事態を前に、決勝戦を行っている場合ではないことなど明らかで、アリスは会場内の人々を避難させるべく行動する……が、しかし。

「な、何なのよ、アタシ達の勝負を邪魔して……っ、皆、落ち着きなさい！　焦《あせ》らずに、警備や教職員の指示に従うのよ！　大丈夫、ここはアタシが何とかするから──」

「──アリスさんっ！　て、やあっ！」

「⁉　なっ……エイト、アナタ！　こんな時に勝負なんて、ふざけんじゃ──えっ？」

「っ……ぐ、あああっ！」

上空から突撃したエイトがアリスを突き飛ばし、彼女の位置と入れ替わったことで──《死屍竜》の腐り落ちる肉の直撃を、その背に受けることとなった。

「な、あっ……アナタ、アタシを助けようと……そ、そんな」

「……ち、違う」

「えっ。な、なによ、否定しなくてイイでしょっ。だって、助けてくれて──」

「違う……逃げないと、いけないのは……アリスさんだ。あの竜の魔力は、アリスさんに向いてる……《死の女王》の狙いは……アリスさんなんだ……！」

「……なっ。……まさか、《死の女王》は……《生命の国》最高戦力であるアタシを、ここで排除するために……そのために、この魔法大会を狙って？　……ッ！」

ぎりっ、と歯噛《はが》みしたアリスが、天空に座する《死屍竜》を睨《にら》む──が、エイトは。

「だ、ダメだ……触れるだけで腐らせる《死屍竜》相手に、アリスさんじゃどう考えたって、相性が悪い。そんなコトも、きっと奴《やつ》らは織り込み済みなんだ……」

「でも、だからって……アタシがやるしかないじゃない！　アタシは《生命の国》の最高戦力、その責任があるものっ。アタシが皆を……守らないと」

「……大丈夫、分かってる。《魔法》で、誰かを守りたい……アリスさんが、そういう人で良かった。だから、俺だって……っ、おお！」

エイトが魔力操作によって、周囲の岩や、倒れた木を操り──観客席に降り注ごうとしている腐肉を受け止め、簡易的な防波堤も形成する。

だが、既に傷つき、毒素に蝕《むしば》まれつつあるエイトは、苦痛に顔を歪《ゆが》めていて。

「え、エイトっ……ダメ、無理したら、アナタが！　っ、アタシ、自分にしか回復魔法、使えないのよ……早くアナタを治療しないと、手遅れに――」

「――心配には及ばないわよ～？」

割り込んできたのは、アリスにとっては知らぬ声で、警戒を強めている――が、エイトにとっては、もはや聞き馴染《なじ》んだ、誰よりも頼りになる声。

レイミアが、エイトの背に回復魔法を施しながら、現れた――！

「……は、はあっ。お師……れ、レイミアお姉さん、ありがとうございます！」

「うふふっ、いいのよ～？　だって私、エイトくんの愛するお姉さんだもの～」

この状況でも落ち着いた微笑を浮かべるレイミアに、アリスは目を白黒させる、が。

「は？　あ、愛する……？　ってアナタ、危ないわよ⁉　急いで避難しなさい――」

「うふふ……大丈夫よ～。だってここには、エイトくんがいるんだもん……あんなの、ちっとも怖くないわ」

唐突に話を振られ、「えっ、俺ですか？」と慌てるエイトに、レイミアは顔同士を大きく近づけ――互いにだけ聞こえるよう、囁《ささや》く、

「そうさ。私は《七賢》に気取《けど》られるリスクがあって、派手には動けない。《生命の女王《ハート》》

はこの騒ぎで駆けつけて来ているのを感じるが、間に合うまい。アリスはエイトくんの言う通り、《死屍竜》とは相性が悪い。となれば……もう、分かっているのだろう?」

レイミアが、エイトの肩に手を置き、杖を持つ彼の両手に、手を添え。

「キミがたった一つ、会得《えとく》した――〝シンプルな攻撃魔法〟を、ぶっ放せっ――!」

「――――!」

師の言葉に背を押され、エイトの両手は、自然と動いていた。杖の先端を、天空の魔法陣へと――《死屍竜》へと、向ける。

グググ、と上半身までにじり出た《死屍竜》からは、更に大量の毒の肉が滴《したた》り落ちる。

その光景に、アリスが青ざめ、エイトを窘《たしな》めようと声を放つが。

「っ……もういいわ、逃げなさい、エイト! このままじゃ、アナタまで――」

「――大丈夫、見捨てない。俺は……逃げない」

「……………えっ?」

エイトに、恐れはない――ただ、標的だけを、見据えている。《魔法》によって齎《もたら》された、ただ死を振りまくだけの、悲しき竜の残骸へ――せめて最後の餞《はなむけ》を送るように。

「俺は、《魔法》で不幸になる人を見捨てて――逃げるなんて、絶対にしない――！」

杖の先端に集約し――鋼鉄の如《ごと》く鍛造された、計り知れない巨大な魔力を。

とうとう《死屍竜》が、ずるり、全身を現したのと、全く同時に。

「――墜《お》ちろぉぉぉぉぉぉぉぉッ！」

《エイトの杖》から生じた――極太の槍《やり》にも似た光線が、《死屍竜》ごと天を貫く――！

ただの〝シンプルな攻撃魔法〟――その一撃で、《死屍竜》も、その向こうの魔法陣も、完全に消滅し――ぺたん、とアリスは、その場にへたり込んだ。

そうして、事態を解決したエイトが、ぼんやりと思うのは。

（……すごい。この杖、まるで俺自身のように馴染む……まるで、手が伸びたり、増えたりしたみたいだ。お師匠さま、ありがとうございます……っと）

さすがに魔力を使いすぎたのか、ふらり、エイトが軽くよろめく……と。

「おっ、とと……あっ、お師……んんっ。レイミアお姉さん？」

ふわり、慈《いつく》しむように、レイミアはエイトの背を抱きしめるように支えながら。

「……お疲れ様、エイトくん。頑張ったね……それじゃ、帰りましょ？」

「か、帰る？　って……でも決勝戦は、まだ終わってないんじゃ？」

きょとん、としたエイトの声に答えたのは、半ば呆《あき》れ気味のアリス。

「あのねぇ……こんな騒ぎの中で、試合の続きなんて出来ないでしょ？　関係者も皆ヘトヘトなのに、事後処理も大変だし……エイトだって、さすがにくたびれたでしょ？」

「え？　そうは言っても《魔法》を一回撃っただけだし……まだ続けられるけど」

「どんだけタフなのよ！　あんなとんでもない《魔法》まで放っておいて……はぁ、もぉ～……敵《かな》わないわね、ホント……ふふっ」

軽い失笑の後、にこっ、と快活な笑顔を見せたアリスが、贈った言葉は。

「アナタの勝ちよ——魔法大会の優勝者は、エイト＝マインド、アナタに決定！　対戦相手にして、《生命の国》最高戦力が言うんだから、文句なんて誰にも言わせないわ！」

「！　……アリスさん」

どこまでも爽やかで、明朗なアリスの声——は、まだ続いて。

「だ・か・ら。勝手に帰るなんて言うんじゃないわよー。閉会と勲章の授与に、盛大なパーティだってあるんだから！　少なくとも数日は解放してあげないんだからねっ」

「えっ……そ、それは困る！　それより俺は、帰って修行するほうが大事で……」

「ストイックすぎるわ！　全くもう、たまには気を抜いても、バチは当たらないのよ。ま、まあ何なら、アタシが教えてあげても……あっいや別に、深い意味はっ――」

何やら自問自答しているアリスだが、やはりエイトは式やパーティなどより修行を優先したいのが本音。……そして、最初からそれを理解していたのは、師たる人物で。

「ね？　だから言ったでしょ、エイトくん。さ……私達の家へ帰ろう、我が弟子よ」

「！　……はい、レイミアお姉さん……いえ、お師匠さま！」

「そ、それにアタシだって、色々言いたいことも――は、はれっ⁉　エイト⁉」

アリスが振り返った時には――レイミアの〝空間転移《テレポート》〟によって、エイト達の姿は消えていた。一人、へたり込んだまま、取り残されたアリスは。

「な、なによ……これもエイトの仕業？　会得してる《魔法》は一つだけ、なんて言ってたクセに。パーティもすっぽかして、さっさと帰っちゃうし……あぁーっ、もおっ」

態度は明らかに不機嫌に、けれどその頬は、薄《う》っすらと朱を帯びていて。

（……でも、アイツ、助けてくれた……アタシだけじゃなく、この国の人達だって。今まで、アタシと対等のヤツなんて、いなかった……けど、アイツは……エイトは……）

むう、と膨らませた頬に手を添え、不貞腐《ふてくさ》れたような態度で、弾む胸を誤魔化して。

「……お礼くらい、ちゃんと言わせなさいよっ。もう…………ばかねっ」

そんなことを言いながら、アリスの口元は、自然と緩んでしまうのだった。

■■■

これは、《生命の国》からは、遠く離れた地——《死の国》の、王城での話。

《死の国》の頂点にして、《死の女王》たるシスが、髑髏《どくろ》を片手に玉座で瞑想《めいそう》する。

その禍々《まがまが》しい風情《ふぜい》とは裏腹に、見た目は可憐《かれん》な少女そのものだが、体つきは少女と呼ぶのは躊躇《ためら》われる発育ぶりで——どことなく、アンバランスな印象だ。

そんな彼女が、手にした髑髏を介して、遠見《とおみ》の《魔法》で眺めるもの。

エイトが放った、《死屍竜》を滅ぼした一撃に——口《くち》の端《は》を歪《いびつ》に吊《つ》り上げる。

「……ウフッ、キャハハッ！　見たわ、見ちゃったわっ……そこにいるのね、ええ、知ってるわっ。きっと誰も知らない、その〝攻撃魔法〟の正体を……そう、それはっ」

くるくると、髑髏を相手にダンスするような動作と共に、シスが言い放つのは。

「かつて《大魔法使い》が使った――〝魔王を滅した攻撃魔法〟でしょ――」

ぴたり、足を止めたシスが、不要となった髑髏を呆気《あっけ》なく放り捨てる。

そして、穏やかな――本当に、穏やかな微笑を湛《たた》えて、膝を突く少女に歩み寄り。

「ねえ、ねえ、それじゃ、会いにいきましょ？　たった一人で世界を滅ぼせる、あの女《ヒト》に。

たった一人で世界を敵に回せる、あの《大魔法使い《ヒト》》に」

生気がまるで垣間《かいま》見《み》えない少女が被《かぶ》るフードの隙間に、シスは手を差し込み――彼女の頰を、愛おしそうに撫《な》でながら。

「ワタシの唯一の理解者に、〝死〟をプレゼントするために――

いきましょ、ワタシのカワイイ〝愛弟子《おにんぎょう》〟さん――」

見せるのは、ただひたすら、偽りのない――真実、無邪気な笑顔だった。

《episode：7》

この日、エイトは《セプテントリオン魔法大会》にて、《死の女王》が放った刺客である《死屍竜《ドラゴン・ゾンビ》》を倒した功績により、《生命の国》の王城に招かれていた。

招かれていた……が、しかし。

「……もう時間なのに、城下町を歩いててイイんでしょうか、レイミアお姉さん⁉」

そう、指定されていた時間は、もうとっくに過ぎている。が、レイミアは慌てもせず。

「いいの、いいの。そもそも、エイトくんはこの国を救った恩人なのに……それを大上段から呼びつけて褒めてやろう、などと……無礼にも程があるわよねっ？　そんな不届き者は、思いっきり待たせてやればいいのよ～っ」

〝お姉さんモード〟のレイミアだが、微妙にお師匠さま成分が混入している気がする。ちなみに女王を待たせて、やっていることは、本当に単なる食べ歩きで。

「本当にイイのかな……でもまあ、《七賢》はお師匠さまの命を狙う、倒すべき敵だし……こうして街中を散策してるだけでも、お師匠さまが楽しそうなら、それで――」

「エイトく～ん？　散策じゃないわ、これは……デート、で・しょ？」

「えっ。……で、デートって⁉　完全に初耳で――うわっ⁉」

慌てるエイトの腕に、レイミアが抱き着く……が、彼女も頬を赤らめていて。

「……え、えへへ。さっ、次はあっちへ行きましょ？　何か食べても良いし、服を見るのも良いわね～……お姉さん、楽しくなってきちゃったわっ。もうじき《死の国》との戦争が始まるはずだけど、普段通りお店を開けてくれているのには、感謝よね～」

世界に誇る商業都市だからか、それとも《生命の国》だけに国民性が逞《たくま》しいのか――何にせよ、兵士が横行するなど多少は剣呑《けんのん》な雰囲気だが、それでも市場は賑《にぎ》わっている。

師弟あらため幼馴染《おさななじみ》も、これで何度目かの、屋台での買い食いに勤《いそ》しんでいる……と、不意にエイトの耳に、少し気になる噂話《うわさばなし》が飛び込んできて。

『……おい、聞いたかよ。東の丘の牧場主さんとこ……一、二か月前くらいからあった、アレ……この前も、起こったらしくってよ……』

（ん？　何の話だろう……一、二か月前といえば、俺がお師匠さまに弟子入りしたのと、同じくらいの時期かな。まあ関係ないだろうけど、何か事件だったりしたら――）

『育てた農作物が、また同じ質量の銀に置き換わってた、って』

「ぶ――――っ⁉」

「エイトくん、大丈夫～？　うふふ、仕方ないなぁ。お口、拭いてあげるね？　お姉さんがいないと……お姉さんが、いないと！（強調）ダメなんだからぁ～」

お姉さんぶるレイミアに口を拭かれながら、エイトは聞き耳を立て続けた。

『あそこの牧場、ホント農作物でも畜産でも、最高の品質なのに……オーナーの人が良すぎて、悪徳な商人にしょっちゅう騙《だま》されて、苦労してたのにな……』

『この一、二か月で、今となっちゃこの辺一帯の区画で一・二を争う富豪だもんな。それでも人が良いのは変わらないから、人助けしたり、商人組合を結成したりさ』

『少しでもイイモン作りたいって、ずっと頑張ってたもんな……アレだな、つまり……誠実な頑張り屋への、妖精さんからの贈り物、みてぇなさ……！』

（……伝説って、こんな風に生まれるのかな……）

どうにも無関係ではなさそうな話で、エイトはレイミアに耳打ちして尋ねる。

「あの、お師匠さま……例の厨房《ちゅうぼう》にある、必要なものが出てくる魔法の保管庫……もしかして、この《生命の国》のどこかと、繋《つな》がってたりしますか？」

「うん？　いや、特に指定はないけれど……まあ品質重視だからね。ここは《一の叡智《えいち》・生命》に豊穣《ほうじょう》を約束された地だ。この辺りと繋がっていても、不思議ではないよ」

「そ、そうですか……じゃあ、やっぱり……」

〝どうしたの？〟とお姉さん顔で微笑《ほほえ》むレイミアに、何でもないです、とエイトは話を逸《そ》らすように、別の話を振る。

「ところで、この辺の食事はどうです？　お師……レイミアお姉さん、最近はおいしそうにごはんを食べるから、もしかしてハマってるのかな、と思いまして」

「ん。……んー、そうね、それは、そうなんだけど～……う～ん」

どうも、芳《かんば》しくない表情のレイミアが――軽く舌を出しつつ、述べるのは。

「やっぱり、お姉さんには、他のどんな食事より……エイトくんの作ってくれる、手作りごはんが――一番、おいしいのよね。……うふふっ」

「！　……師……れ、レイミアお姉さん……」

「……ふふっ、ホントよ？　ね、エイトくん……」

暫《しば》し、甘酸《あまず》っぱい雰囲気で、見つめあう師弟および姉弟プレイ中の二人。

もはや二人きりの空間――になりかけたところで、快活な声が割り込んできた。

「――あーっ！　やっと見つけた！　ちょっとエイト、こんなとこで何してんのよ！」

「えっ。……あ、アリスさん⁉」

（むっ。むぐぐ……我が弟子との何物にも代えがたき尊い時間を、邪魔するとは……）

驚くエイトと、お姉さん顔は崩さないまでも不機嫌になるレイミア。

一方、駆け寄ってきたアリスは、ぷりぷりと怒ってエイトに人差し指を突きつける。

「もうっ、道に迷ってたの？　まあこの街、大きいし人も多いから、分からなくもないけど……学院とさえ逆方向じゃないっ。もー、仕方ないわねっ。ほら、ついてきて――」

「……あらあら、ダメよ～？　エイトくんはお姉さんと、大事なデート中だもの～」

「は？　……は？　デート？」

アリスを遮るように、レイミアが言葉を放ち、同時にエイトの右腕を引っ張る。

「さっ、デートの続きをしましょ、エイトくんっ。二人で街を見て回るんだものね～？そうだ、お姉さん、エイトくん好みの服でも買っちゃおっかな～っ？」

「え、いやでも、レイミアお姉さん……俺達、そろそろホントに城へ行かないと」

「……ちょっと、デートですって……ふざけんじゃないわよ、そんなのっ……」

「ほ、ほら！　アリスさんも怒って……！」

エイトが危惧すると――怒りに震えるアリスが、エイトの左腕を引っ張って――！

「――《生命の国》のことならアタシの方が詳しいんだから！　いいお店とか知ってるし……アタシと行く方が楽しいわよ！　べっ、別にデートとかじゃありませんけど？　でもその、お互いを知るのは大事っていうか……だからほら、行くわよエイト！」

「アリスさ――――ん!?　目的、見失ってませんか!?　何しに来たんですか一体！」

「……なに言ってるのかな、かな？　エイトくんはお姉さんと一緒が、一番好きなんだけど？　私達は二人で楽しむから、邪魔しないでほしいな？　ねえ？」

「レイミアお姉さん魔力が……朗らかな笑顔と裏腹に魔力が！　荒れ狂って！　落ち着いてください……二人とも引っ張らないで！　人の体で綱引きしないで！」

片や嫋《たお》やかな雰囲気の絶世の美女、片や天使のような美少女、羨ましく見えるが——片や世界を容易に滅ぼす《大魔法使い》、片や国一番のフィジカル無双である。

色んな意味で突き抜けている美しき乙女達に取り合われ、エイトは。

「う、うおおっ……燃え上がれ俺の魔力！　耐えるんだ……生き残ってみせるーッ！」

今この瞬間、最大の戦いを強いられて——城へ行くことは、全員忘れていた。

■■■

《生命の国》において、最も巨大で、何より華美で、豪奢《ごうしゃ》な建物。

《生命《ハート》の女王》の待つ王城に——エイトとレイミアは訪れ、アリスも隣に侍《はべ》る、が。

『チッ！　刻限は、とうに過ぎておるぞ……我らが女王様を待たせるとは、何事か！』

『この国の危機を救ったなどと、思いあがっておるのではないか？　多少の災厄に見舞わ

れようと……《生命の女王》様がおれば、取るに足らなんだわ！』

『アリス殿がついていながら、全く……まあ我ら重臣を差し置いて、女王様の直属の弟子なんぞになって……驕《おご》っているのかもしれませんがな』

謁見の間の左右に控えるのは、重臣達だろうか。恐らく、わざと聞こえるように言っているのだろうが、まるで針の筵《むしろ》——国に所属するアリスは、特に居心地悪そうである。

肝心の《生命の女王》は、薄布で隠されている奥の、玉座に座っているらしい。暫《しばら》くは沈黙で怒りを表していたようだが、やがて恭《うやうや》しく言葉を放ち始めた。

『……随分と、遅れたものですわね。アリス……優秀な貴女《あなた》もいてこの結果なら、きっと、やむにやまれぬ事情があったのでしょう。……そうですわよね、アリス？』

「っ。……は、はい、仰《おっしゃ》る通りです。申し訳ございません、女王様……」

『そう。ええ……そう、ですわよね。……では、尋ねますけれど』

薄布の向こうから、まるで見透かしているかの如《ごと》く、《生命の女王》が問うのは。

『アリス、ていうか三人共、口《くち》の端《は》に生クリームついてますが、なんか食いまして？』

「っ！　ち、違うんですっ……確かにアタシはエイトを案内するため、街でもオススメのクレープ魔法店に立ち寄り、一緒に食べたりしましたけど……違うんですっ……」

『そう。……あとその、両手いっぱいの買い物袋は何ですの？　なんか布地？　服？　みたいなの見えていますけれど』

「っ！　ち、違うんですっ……確かにアタシはエイトのお姉さんに対抗して、互いにどんな服が似合うのかエイトに見せ合ったりしましたけど……違うんですっ……」

『うん。さっきからね、何も違わねーんですわよ。なんかもうその〝っ！〟からして腹立つんですわよ。わたくしを待たせて、めっちゃエンジョイしてんじゃねーですわよ』

「っ！　すっ……すいませんでしたぁ～～っ！」

恐れ入って頭を下げるアリスだが、《生命の女王》はため息を吐《つ》きつつ続けた。

『全く、不敬ですわよ。いえもう、そんなレベルは超越しまくってる気もしますが……そうですわね、その罪、心苦しいですが国の恩人たる……貴方《あなた》に問うべきかしら』

「……あっ。えっ、俺ですか？　……う～ん……？」

急に話を振られたエイトだが、やはり先ほどから、女王の声に聞き覚えがある——どころではないのだと、張られていた薄布が解けたことで、理解することとなる。

「とはいえ、うふふっ……わたくしは、心が広いんですの。贖《あがな》う機会は、もちろん用意してあげますわ。ねえ——エイト＝マインド？」

「えっ？　あ、あなたは……まさか、リザ先生⁉　い、いや、似てるだけだっけ……？」

薄布が床に落ち、見えた玉座に座るのは、確かに——学院で出会ったリザに見える。

「うふふ。いいえ、確かにわたくしは、貴方が学院で出会った者……そう、麗《うるわ》しき女教師リザの正体こそが、《生命の女王》リザだったのですわ。言ったでしょう？　〝この国で最も高貴なる存在と、真実の出会いを果たすでしょう〟と。……驚きまして？」

「は、はい、それは………（学院であんな醜態を晒《さら》しまくってた人が、まさかこの国の頂点に立つ《生命の女王》だなんて）…………驚きました」

「なんだかとっても意味深な、長い間が空きましたわね……うふっ、それほど驚いたということですわね、きっと。……さて、改めて、贖罪《しょくざい》の話ですけれど？」

こほん、と咳払《せきばら》いしたリザが、粛々と言葉を紡《つむ》ぐ。

「《生命の国》の長《おさ》たるわたくしを、これほど待たせた不敬――ですが、貴方は学院においては初日から実力を示し、魔法大会においては実力が確かなものだと証明して見せましたわ。しかも、魔法大会へは初出場でありながら、初優勝まで達成するなんて」

「えっ？　優勝、って……決勝戦は結局、有耶無耶《うやむや》になったはずじゃ」

「あら、アリスは貴方の優勝、と断言してましたわよ？　ねえ、そうでしょう？」

リザが話を振ると、弟子でもあるアリスは、エイトの隣で慌てて返事した。

「は、はい！　決勝戦自体は、確かに有耶無耶になりましたけど……続けていれば、アタシは負けてました。彼は……エイトは、本物の強さを持つ〝魔法使い〟です！」

「うふふ……加えて、この国を《死の国》の姑息《こそく》な襲撃から、見事に救った功績……不敬の罪など帳消しにして余りありますわ。そう、エイト＝マインドは、もはや学院に収まる器ではない……一足飛びで、わたくしの直属として召し抱えましょう」

「！　それって……す、すごいじゃない、エイト！　学院生から、一気に大出世よ！　や、やったぁ……えっ、じゃあ今度からアタシ達、同僚ってことにっ……！」

弾んだ声を隠さず、喜ぶアリス……だが、エイトは勝手に進む話に戸惑うばかり。

しかしそんな彼に手を差し出し、リザはほとんど決定事項のように言い放つ。

「エイト＝マインド！　貴方を、《生命の女王》リザ直属の親衛・魔法騎士として！　常にわたくしの傍《かたわ》らに侍ることを命じます――」

「――ねえ女王様、ちょっといいかしら？」

リザの口上に、にこやかな微笑と共に水を差したのは、エイトの後ろに控えていたレイミア。邪魔をされたリザは、明らかに不機嫌な様子で。

「は？　貴女は確か……ああ、エイト＝マインドの幼馴染《おさななじみ》だかお姉さんだかという。……保護者同伴での来訪なんて、ちょっぴりカッコ悪いですわね。まあいいですわ、そういうところもこれから教育し、彼をわたくし色に染め――」

「……《大魔法使い》から、女王様への、大切な伝言をお伝えするわね？」

「……ちょっと、人の話、聞いてますの？　というか、《大魔法使い》からの伝言？　なぜそんなものを、貴女が――」

リザの質問には、もはや答えず――レイミアが、鋭い眼光と共に言い放つのは。

「いい加減にしろ、痴《し》れ者。あまり戯《たわ》けたことばかり、のたまっていると。

――〝あの時〟のように、またハムスターにでも変えてやるぞ」

「――――――」

レイミアの不明瞭な言葉に、リザは絶句――かつてない衝撃を、受けているらしく。

エイトの横で、アリスも青ざめた顔をしている、と重臣の一人が糾弾の声を上げ。

「ええい、何だか知らんが、謂《いわ》れなき侮辱……聞くに堪えん！　女王様！　直属の魔法騎士など以《もっ》ての外《ほか》！　即刻この者らの首を刎《は》ね、《大魔法使い》とやらに送りつけ――」

「――すいませんッした《大魔法使い》様ァァァ！　マジ調子こいてましたわ！　どうか、どうかお許しをォォォ!?」

「じょじょ女王様ァ――!?　なぜ土下座をどうなさりましたか女王様ァァ!?」

「るっせーんですわ！　媚《こ》び売るか讒言《ざんげん》で他人の足引っ張るくらいしか能のねぇアホ共が！　下げとけ下げとけ、この世の全てに謝罪する勢いで、頭を下げときなさァい!?」

「ひでぶぅ!?　じょ、女王様!?　ご乱心ですか、女王様ァァ!?」

重臣と思《おぼ》しき人間に、盛大な平手打ちをかます《生命の女王》。弟子であるアリスも絶句するしかない、そんなリザに、レイミアは声をかけようとする、が。

「……あの～。ねえ、女王様？　ちょっと――」

「うす、何でしょうか！　靴でもお舐《な》めいたします!?　あっそうだエイト様にご奉仕いたしますわね！　超名案！　わたくしも初めてですけど大丈夫ですわ！　お任せを――」

「殺すぞ。……うふふ、ちょっと落ち着きましょ？」

「はい。分かりました」

すちゃっ、と玉座に着き、完全沈黙したリザに――レイミアは頭痛を堪《こら》えるようにこめかみを押さえつつ、簡潔に提案を。

「……とりあえず、落ち着いてお話できる場所へ……移動しましょうね？」

■■■

レイミアの要求通り、エイト達は今、女王リザの私室に通されている。

重臣達の反発もあったが、女王自らの叱咤《しった》とビンタの往復に、文字通り弾《はじ》き飛ばされた。

この国、これから大丈夫だろうか。

それはそうと、今は四人だけの、《魔法》によって外へ音を通さないようにしてある室内で——リザはレイミアの前で、正座していた。別にレイミアが要求した訳ではない。

リザの弟子であるアリスは、そんな師の姿に、信じられないものを見る目を向けている。

エイトもまた事情を知らず、二人はどういう関係なのか、と問いかけようとした。

「あ、あの……お師匠さまとリザ女王は、知り合いなんですか？　何となく、話の流れから……そんな気がして」

「あら、気になりますの？　でも、まず……わたくしのことは、リザ、と気軽に呼び捨てしてくれて、かまいませんのよ？　もう知らぬ仲では、ありませんでしょ？」

「えっ。そ、そういうワケには……じゃあ、その、リザさんで」

エイトが頭を掻《か》きながら言うと、リザは優雅に笑い返す。正座したままで。

「うふふ、一先《ひとま》ず今は、それでいいですわ。こういうのはちょっとずつ、ですわね？　そうそう、《大魔法使い》様との話ですけれど。あれは今から五年前のことですわ──」

「黙っていろ。弟子には私から話す」

「うーっす！　了解ですわー！」

元気に従う国の最高権威を、レイミアはもはや放っておき、エイトへ説明した。

「ええとね、《七賢》が私の命を狙っている、という話は……前にもしたね。その関係で、五年前にコイツが挑んで来たのさ。〝魔王〟だとかを倒して、《七賢》とか呼ばれ始めて、《一の叡智《えいち》・生命》を極めたとか勘違いして、ね」

「うふふ、あの時の激戦は、今でも記憶に新しい、白熱した思い出ですわ……」

「黙っていろと言っただろ、シバくぞ本当に。……で、《七つの叡智》全てを扱える私を前に、コイツは手も足も出ず……お仕置きに、暫く〝ハムスター〟に変えて反省を促したのだ。私達の経緯というか、関係なんて、こんな程度のものだよ」

「全くひどい話ですわっ。わたくしはあの時、必ず復讐《ふくしゅう》すると心に誓いましたの！」

「おまえ、すごいな。人の言うこと全然聞かないし、良く本人の前で言えたな、それ。こんな命知らず、初めて見たぞ」

「命なら知ってますわ。だってわたくし、《一の叡智・生命》を極めてますものっ」

「そういうとこだぞ。おまえ本当、そういうとこ。減らず口とか。大体、その《一の叡智・生命》だって、極められたのは私のおかげだろうが」

「……えっ、お師匠さまのおかげ、ですか？」

レイミアの言葉に、エイトが疑問の反応をすると、リザが嬉々《きき》として声を上げた。

「ええっ、そうですわ！　《大魔法使い》様に敗北したわたくしですが、実力はお認め頂き……まだ未完成だったわたくしの《一の叡智・生命》を、完成させてくれましたの！　お分かりになりまして？　エイト様」

「そ、そうなんですか？　って、〝様〟ってそういえば、何なんです？」

「決まっていますわっ。わたくしの師匠の弟子はわたくしの師匠も同然！　敬意を表した呼び方をするのは、当たり前のことですのっ」

「なんか、こんがらがる言い方ですね……って、俺はリザさんの師匠同然とかじゃないですって。……でも、そっか……それじゃ確かに、姉弟子、というコトに……」

「……うふっ。まあ、そういうことに……なりますかしら？　これからは気軽に、かつ親愛を籠めて、お姉様と呼んでくださっても——ぷきゃっ」

リザの話を遮るように、ぐい、と横から顔を押したのは、レイミア——そして師は、少しだけ表情が沈んで見える弟子に、真摯に向き合って説明した。

「違うぞ。コイツは弟子とは呼べない。《一の叡智・生命》は、あくまでコツを押し付けただけで、教えた訳ではないのだから。何しろコイツの《生命の国》だけ、当時の〝七つの国〟の中で際立《きわだ》って弱かったからな。もし、そのままだったら——世界の情勢は乱れて、今以上に混沌《こんとん》とした、見るに堪えない戦乱が全土に広まっていただろう」

「そ、そうなんですか？　じゃありザさんは、弟子では……ない？」

「ないぞ。だって弟子をハムスターに変える？　あり得ない。私は、絶対しない。初めて出会った日にも、言ったろう？　私にとって、弟子と呼べる存在は……エイトくん、唯一、キミだけなのだ。……信じて、ほしいな」

しゅん、と珍しくレイミアが不安そうな顔を見せる。弟子が何人いるか、初めてか、そんなことは些細《ささい》なこと。……理屈ではそうだが、けれど、エイトだって。

「……はい。もちろんお師匠さまを、信じます。それと、こんなコト言うの、ちょっと恥ずかしいけど……弟子が俺だけ、って言ってくれるの……ホントは嬉《うれ》しかったり——」

「っ。え、エイトくん……我が弟子ー！　んもーっ、なんでそんなカワイイのだー⁉」

「え。……う、うわわっ⁉　おおお師匠さま、いきなり抱き着かないでください⁉」

レイミアに飛びつかれ、慌てるエイトに、リザは閃《ひらめ》いたように呟《つぶや》く。

「《大魔法使い》……レイミア様の、エイト様への対応……明らかに、異質ですわ。お弟子さんを、圧倒的に尊重している……つまり、レイミア様に言うことを聞かせるには、エイト様を籠絡《ろうらく》すべし！　わたくし個人としても、望むところですわーっ」

「おまえそういうの、本人達を前にして、良く全部言えたな？　……というかだ、学院にいた頃から、かなり気になっていたのだが……」

レイミアが人一倍、雑に対応している気がするリザへ、疑問を投げかける。

「おまえ、学院で教師を装《よそお》っていた時……私の弟子に、妨害を繰り返していただろ」

「えっ。……はっ⁉　リザ師匠、エイトにそんなことしてたんですか⁉　……は⁉」

「そうだぞ。アリス、おまえの、師匠が。そんなことを、していたのだ。……で、エイトくんに一切通じなかったから、いいものを……仮に成功していたら、愛弟子《まなでし》を傷つけられた怒りで、私は全力で貴様に復讐していたぞ？　その辺、どう考えている？」

レイミアがほとんど糾弾の問いを突き付けると、対するリザは慌てふためくでもなく、まるで思慮深い賢者のように「ふむ」と静かに考えつつ、ゆっくりと答えた。

「……そうですわね、今にして思えば、確かに。ですがあの時の私は……〝これであの憎き大魔法使いに一泡吹かせられますわ～！〟〝弟子をいじめられて、悔しがればいいんですのよ～！〟〝ぷくく、ざまぁみなさ～い！　ばーか、ばーかっ！〟って、これまでの人生で一番かもってくらい、テンション上がってましてて……ふふっ」

この国で最も高貴なる《生命の女王》《ハート》が、《大魔法使い》当人を目の前にして非常に素直に思惑を述べながら、最後は照れ臭そうに締めくくる。

「それ以外のこととか、あんまり……その先のこととかは、あんまり……テヘッ」

「おまえ本当に為政者か。行き当たりばったりすぎるだろ。大丈夫か、この国」

「そ、そんな……《大魔法使い》様にご心配いただけるなんて、恐縮でーっす！」

「呆《あき》れているのだ。あとギリギリ同情もある。おまえじゃなく、この国の住民に」

そこはエイトも、正直アリスも、レイミアに同意してしまうが。

ただアリスは、そこでおずおずと手を上げ、レイミアへと質問を投げかける。

「あ、あの、《大魔法使い》さん……レイミアさん？　えっと、それじゃアナタが、リザ師匠と百日にもわたる死闘を繰り広げ、決着の一撃は紙一重で、限りなく引き分けに近い結末に終わったっていう……そういう話は、なかったり……？」

「誰だそいつは。知らん奴《やつ》だ」

即座に否定したレイミアが、アリスと、そして特にエイトへ説明する。

「全然違う。……エイトくんも勘違いしないよう、よく聞いていてね？　いいか、考えてもみろ……そいつは私の素顔を、今日まで知らなかったのだぞ。つまり《生命の女王》は、私の正体を暴《あば》くことすら出来ないほど、完膚なきまでに敗北した、ということだ。百日も戦ったとは、良く誇張できたものだぞ」

「いやーでも、ハムスターに変えられた期間とかも勘定に入れたり、見方を変えたりすれば、激戦だった気もしますわっ。ハムスター生活、三日くらいな気もしますけど」

「おまえ図太すぎるだろ、色々。というか正座しているくせに、どんどん図々《ずうずう》しくなっていくな。怖いのとか時間が経《た》つと忘れてしまうタイプか、おまえ」

「うふふ、仰《おっしゃ》る通り、わたくしイヤなこととかあっても、おいしいごはん食べて一晩眠ったら、切り替えられちゃうタイプですのっ。恨みつらみとかは忘れませんけれどっ」

「新陳代謝が活発なのだな、頭の。羨ましい限りだよ。……新陳代謝といえば、《叡智》で随分エンジョイしているようではないか。だってそれ〝生命〟で大きくした偽乳《にせちち》――」

「わたくしの《魔法》で育ててんですから、それはもうわたくしの胸でしょお!?　本乳ですぅ～っ！　ていうか《叡智》成分由来の叡乳《えいちち》ですぅ～っ！」

「良くぞこの私に吠《ほ》えた。うん、やはり定期的に上書きしなければならんタイプのようだし、ついでだから分からせておこうか」

「んも～、また冗談……あっだだだだ！　ヘッドロックはおやめくださいましー!?」

関節をキメる魔法（物理）に励む《大魔法使い》と、それを受ける国家元首《生命の女王》――珍妙な二人を観戦しつつ、アリスがエイトに近寄り、ひそひそ話を始める。

「……な、なんかこの短時間の内に、リザ師匠の印象、すごく変わってきたわ……いつもはもうちょっと、厳しかったり、ちゃんと女王様してたりするんだけど」

「う、うーん、俺も……お師匠さまの、ああいう感じは、初めて見るかな……でも何か、友達同士って感じで……あんなお師匠さまも、ちょっと新鮮かも」

「そ、そう？　……そうね、師匠同士が、そうなら……弟子同士だって、対等よね」

「えっ？　……アリスさん？」

「むっ。……ていっ」

「いてっ。あ、アリスさん？　⁇」

アリスが自身の腰を、エイトの腰に、どんっ、と横からぶつけて抗議の意を示す。

戸惑うエイトに、アリスは軽く頬を膨らませ、ジト目の上目遣いで言った。

「ずっと気になってたけど……〝さん〟、はやめてよね。アタシ達、同い年くらいでしょ。学院で調べたから知ってるわよ。だから、はい……ちゃんとさ、呼んでよ、ね？」

「あ。……うん、分かった。アリス」

「！　ん……んへへ……こ、こほんっ！　よろしい……それじゃ、改めて」

くるっ、と軽やかにエイトの前に立ち、アリスは右手を差し出して。

「遅れちゃったけど……あの時《死屍竜》《ドラゴン・ゾンビ》から、この国を……そしてアタシを助けてくれて、ありがとっ。これから……よろしくね、エイトっ！」

「ああ！　こちらこそ、よろしく。アリス！」

弟子同士の、固い握手——心温まる光景に、リザとレイミアの二人は。

「……はいっ！　それでは本題に入りますわよー！　握手はそこまで！　はい、ブレイクブレイク！　お離れあそばせぇーっ⁉」

「り、リザ師匠⁉　そ、そんなに急がなくても、別にぃ〜……」

「いや、リザの言う通りだ。エイトくんが呼ばれたのは、功績の称賛などという暇な理由だけではないだろう。早急に話を進めるべきだ」

「お師匠さま⁉　さっきまでいがみ合ってた感じなのに、なぜ急に息ピッタリに⁉」

師匠コンビ、大人げないよ。

それはそうと、リザが改めて明かす、本題とは。

「さて、こほん……エイト様と、そして《大魔法使い》レイミア様がご存じの通り、先日の魔法大会で、《生命の国》は《死の国》から宣戦布告を受けましたわ。布告通り、《死の国》が擁するアンデッドで構成された国軍……《死の軍》が、現在進行形で我が国へ向けて、進軍中ですの。戦は、じきに始まりますわ。……そこで」

ばっ、と手をかざし、リザが女王たる威厳を醸《かも》しつつ、言い放ったのは——！

「エイト様と《大魔法使い》レイミア様、御両名に——我が国への協力をお願いし」

「断る。じゃ、帰ろうか、エイトくん」

「もうちょっと悩んでくださっても、よろしいじゃありませんのー!?」

泣き出しそうな勢いのリザに、師を見るアリスの目がどんどん変わっていくが——それはもう仕方ないとして、レイミアが補足するように付け加えた。

「安心しろ。要請などされずとも、私達はどうせ巻き込まれる。そういう〝運命〟だ」

「……えっ？　お師匠さま、それって……？」

どういうことなのか、とエイトが尋ねるより先に、女王リザは。

「……そうですの。かしこまりましたわ。ご足労、申し訳ございませんでしたわね」

「全くだ。……さて、それじゃ今度こそ……帰りましょ、エイトくんっ」

部屋を出る間際《まぎわ》、〝お姉さんモード〟に入ったレイミアに、引っ張られていくエイト。

それを見送ってから、アリスはリザを問い詰めた。

「り、リザ師匠……イイんですか、あんな簡単に帰しちゃって!?　巻き込まれる〝運命〟とか言ったって、どうなるかなんて分からないじゃ……」

「いいえ。……《大魔法使い》様が、そう言ったんですもの。必ず、そうなりますわ」

きっぱりと言い放ったリザが、確信に満ちた表情で、微笑《ほほえ》みながら言い切る。

「貴女《あなた》の師匠にして、《生命の女王》の言うことを——信じなさい？」

「……（エイトと一緒に、戦えると思ったのにな……はあ、残念）……あ、はい」

「聞いていませんでしたわね。なんかこの短い間に、わたくしへの尊敬度ダダ下がってませんこと？　そこんとこ、どうなんですのアリス、アリスー？」

リザは少し、自己を省みるべきじゃないかな、と思わなくもない。

■■■

エイトとレイミアが、二人の家に帰り、夕飯を終えた後の空き時間。

応接室のソファに腰かけていたエイトが、師・レイミアに——気にかかっていたことを、問いかけた。

「あの、お師匠さまは……もしかして、未来が分かるんですか？」

「……ふむ。どうして、そう思ったのかな？」

弟子の隣にレイミアも腰かけ、微笑みつつ問い返すと、エイトは自身の見解を述べる。

「今までも何度か、思うコトはありましたけど……特に、今日の王城での件で。俺達は巻き込まれる〝運命〟だって……まるで、未来が分かってるみたいでしたから」

エイトの推測に、レイミアは相変わらず柔らかな表情のまま、肯定の意を示す。

「その通り。私は《七つの叡智《えいち》》……取り分け《時》と《運命》辺りが大きいかな……とにかく、これらを習得したことで、〝未来視〟が可能となっている。ただ未来は些細《ささい》なことで変動するし、絶対ではないけれど。それに……〝未来視〟が通じない者もいる」

「〝未来視〟が通じない……未来が視《み》えない相手、ですよね。それって……」

「《七つの叡智》を持つ者、即ち《すなわ》《七賢》さ。《叡智》の力はそれぞれ、簡単に世界に影響を齎《もたら》すものだ。そういう影響力の持ち主には、〝未来視〟がそもそも作用しない。戦えばどうなるか、分からないということだね。……そして、もう一人だけ例外がいる」

もちろんエイトには、その〝もう一人〟に心当たりがない――が、レイミアが指さしたのは、まさにそのエイトだった。

「我が弟子――エイトくん、キミだよ。キミの未来だけは……初めて出会った瞬間から、一度だって視えたことはないのだ」

「……えっ⁉　でも、なんで……だって俺は、《七つの叡智》なんて……」

「そう。なのに、視えない。本来なら、あり得ない。けれど、だからこそ、私はキミに、大いなる可能性を感じる。キミこそが〝運命〟を覆《くつがえ》しうる存在かもしれない、と」

なるほど、とエイトの中の疑問が、少しだけ氷解する——自分自身に、それほどの力があるとは思っていない。けれど〝未来が視えない〟〝可能性を感じる〟というのなら、《大魔法使い》であるレイミアが、エイトを弟子にとった理由としては、当てはまる。

納得していたエイト、だがしかし——レイミアが続けた言葉は。

「……いや、違うな。そうでなくとも、私は……」

「……——⁉ お、お師匠さま、ちょっと……⁉」

隣に座っていたレイミアが、突然、ソファに膝立ちになり——その胸に、エイトの顔を引き寄せ、強く抱きしめた。

「私は……キミを、弟子にしていたよ。〝未来〟なんて、〝運命〟なんて、関係ない。キミを利用するようなことなど、私は一切、考えられない。私は、エイトくんという存在を……心の底から、大切に思っているのだ。それだけは……信じて、ね？」

「！　……お師匠さま……」

抱きすくめられるエイトに、むしろ新たな疑問が生じる——《大魔法使い》レイミアが、エイトを弟子にした事実。〝可能性を感じる〟と、そういう理由だけでないなら。

一体、何がどうして——レイミアはエイトを、これほど大切にしてくれるのだろう。

まだ何か、エイトも知らない理由が、あるのかもしれない。……けれど。

（……いや、違うな。お師匠さまの、さっきの言葉と……同じだ。そうでなくとも、俺は……たとえ、どんな理由があったとしても）

レイミアに抱きしめられる、その温《ぬく》もりに、嘘《うそ》偽りなど、何一つなく。

弟子は、お師匠さまから注がれる、その優しさを――受け入れようと。

（お師匠さまだけは……信じたい。お師匠さまを……信じてる）

弟子を抱きしめるレイミアの手に、エイトも手を重ね――小さく、握り返した。

《episode：8》

《生命の国》と《死の国》の、中間地点に位置する荒野。どちらも、進めば、退《ひ》けば、すぐさま互いの領地に達する、瀬戸際《せとぎわ》の地だ。

逆に言えば、住人の無いこの荒野こそが、戦場に最も相応《ふさわ》しいということ。

そして今、アンデッドで構成された《死の軍》——人型の屍《しかばね》兵もいれば、モンスターや魔獣の成れの果ても見える。そんな禍々《まがまが》しい存在達を、前方に見据え。

《生命の国》の最前線で——アリスが直属の部下から、報告を受けていた。

「アリス様。《生命の国》全戦線の軍、並びにアリス様直属の部隊〝戦乙女《ヴァルキュリア》〟、配置完了いたしました。いつでも、始められます」

「そ。ご苦労様、副長。……こちらの一万弱に対し、相手は数万……いえ、十万はいるかもしれないわね。悪趣味も、ここまでくると壮観ね」

「はい。奴《やつ》ら、死ねば人でも魔物でも、戦力に組み込むことが出来る、なんて謳《うた》ってますから。魔法使いをナメてかかった馬鹿面《ばかづら》に、一発ドカンとかましちゃいましょう！」

「素敵ね。そういうの、嫌いじゃないわ。それじゃ……始めましょ！」

「「──了！」」

アリスが率いる戦乙女部隊も、中々に脳筋……勇猛な人材ぞろいらしい。

そして今、はち切れんばかりの緊張感の中──口火を切らんと、《生命の国》最高戦力のアリスが、槍《やり》ほどの長さがある一本の杖《つえ》を振りかざし。

「刮目《かつもく》せよ！　これなるは我が得物、邪《よこしま》なるを正し悪しきを屠《ほふ》る、我が力の象徴！　開闢《かいびゃく》せよ！　これぞ天地を揺るがす我が魔杖──即ち〝マジカル・ステッキ〟！」

瞬間、アリスの五体が光り輝き、無尽とさえ思える魔力が、足元から噴き上がると。

その場に地を砕く音、そして深い足跡だけ残し──アリスの姿が一瞬で消え。

「……マジカルッッッ……！」

いつの間にか、《死の軍》の前線部より内側で、しゃがみ込んでいたアリスが──杖を後方に構え、力を溜《た》めて、溜めて、溜めて、溜めて溜めて溜めて──

敵軍の中心で──全力を、解放する──！

「――テンペストォォォォォォッ‼」

その時、可憐《かれん》な少女の肉体が――その場に、嵐を齎した。地を蹴れば爆風、杖を揮《ふる》えば命なき不死者が宙を舞い、天は吹き飛ばされた敵兵達で埋め尽くされる。

《一の叡智・生命》により、ただ一つ、〝身体能力の限界突破〟に特化した能力で、縦横無尽に躍動するのは、たった一人の可憐な乙女。

《超肉弾型・魔法少女》が――戦場を、支配する――‼

数万の大軍の中に、ぽっかりと小さな穴を穿《うが》った張本人――アリスは、けれどその表情に浮かれも油断もなく、ぽつりと呟《つぶや》いた。

「……違う。ここじゃ……ない」

不明瞭な言葉だが、何にせよ、戦は始まった。アリスが大いに機先を制したおかげで、《生命の国》の軍は、どこも士気の高揚が著しい。

遅れて、アリスの直属の部下が、彼女を追いかけて現れた。

「アリス様！　ええ、ご無事なのは承知の上で、心配はさせて頂きますからね！」

「無駄口はイイから。それより……戦況は？　どこが苦戦してる？」

「はっ！　風の《魔法》の伝達により、報告は逐次に。ええと、今は……」

集中した部下が、《魔法》を介して戦況を把握し……内容を、アリスに伝える。

「――全戦線、優勢！　劣勢、一つもなしっ……圧倒的ですよ、我が軍は！」

「……なんですって？」

受けたのは、吉報だったはず――だが、アリスは顔を顰《しか》め、違和感を口にする。

「そんなはずない……〝七つの国〟との戦争よ。《死の女王》がいる場所は、たとえ本人が戦っていなくとも、《魔法》による死者の操作が強まって、敵兵も強化されるはず。だから劣勢があれば、そこに《死の女王》がいるはず……《死の女王》がいれば……っ⁉」

はっ、と何かに思い至ったアリスが、部下へと慌てて問いかける。

「リザ師匠……《生命の女王《ハート》》様は⁉　今、どこにいるの⁉」

「へ？　いつも通り、中央後部で傷を負った兵士を、順次に回復しているはずですけど……はっ⁉　まさか奴らの狙いは、女王様を直接……⁉」

「こっちだって警戒してる、奇襲なんて通用しない！　そんなんじゃなく……っ、ここは皆に任せる。アタシの考えが正しければ、アナタ達は負けないわ――やれるわね⁉」

「！　当然です、アリス様！　むしろ燃えるってモンですよーっ！」

「良くぞ言ったわ！　それじゃ……あと、よろしく！」

アリスは再び、地を蹴り、一瞬で姿を消す。向かうのは、師・リザの居る場所――そして、その後に描く、真の目的地は。

（っ……エイト、レイミアさん……無事でいてよっ……！）

■■■

エイトとレイミアが居を構える山から、二つほど山を越えた、荒野の山岳地帯にて。

レイミアは荒山の山頂から、眼下に広がる光景を眺めている。

「私とエイトくんの家に被害が及ぶのは困ると、足取りを隠しつつ此処《ここ》へ来て、魔力を放って誘い出してみれば……釣れたものだ。やはり狙いは、《生命の国》ではなく私か」

見えるのは、山を取り囲むように展開された、アンデッド達――《死の軍》。既にエイトとレイミアに向けて進軍し、山中へ入ってきているようだ。

弟子・エイトが目を閉じ、魔力の感知に集中し、師・レイミアへ報告する。

「……お師匠さま、魔力を持った人型の動体、この周りを囲むように接近してきます」

「うん、ありがとう。ふふっ、見事な魔力感知だ。この調子なら私のように、近いうちに世界中にまで感知を及ぼせるかもしれないね」

「そ、そこまでの自信はありませんけど……⁉　で、でも、ありがとうございます」

この状況でもいつも通りの調子の師匠に、エイトは安堵《あんど》感を覚えてしまう。

実際、レイミアは言っていた――「正攻法なら負けない」「危なくなっても逃げるのは容易」と。それは楽観でも慢心でもなく、ただの事実と確固たる自信の表れだ。

そして今、枯れた木々の間から姿を見せた、人型の――アンデッド達が、視界に――

「………え？」

「ふむ、きたか。では……まず」

視界に、入った瞬間――エイトは、絶句する。レイミアはそれに気づかぬまま、先手を打つために軽く右手を上げるが、直前にエイトが呟いたのは。

「……あれ、は……一年前、滅ぼされた……俺の村の、人達……？」

「ッ、〝空間〟――」

「あっ……ま、待ってください、お師匠さま――！」

エイトが制止の声を上げるも、レイミアはそのまま、右手を振り下ろした。

「――〝断絶〟！　何物も通さぬ〝結界〟と化せ！」

「っ！　………あっ」

レイミアが行ったのは、攻撃――ではなく、周囲に〝結界〟を張る防衛術だった。咄嗟《とっさ》に機転を利《き》かせてくれたのだと、エイトが感謝する間もなく、見つけてしまったのは。

「！　……先生……孤児院で、俺や妹の面倒を、よく見てくれてた……」

優しくて、寛容で、温かな女性だった――やんちゃな子供の悪戯《いたずら》に、それでも困ったように笑い、優しく窘《たしな》めてあげるような、柔和な女性だった。

それが――そんな彼女が、今――

『……ウ、アア……アアァァァ……』

「……っ……！」

決して通れぬ〝結界〟に張り付き、理性なく進もうと繰り返す、彼女の姿を――見ていられず、エイトは歯噛《はが》みして目を逸《そ》らした。

そしてレイミアもまた、小さく俯《うつむ》き、怒りを滲《にじ》ませた声を漏らす。

「……ああ、そうか。そういうことか。私を逃がさないために……こうしたのか。ここで、決着をつけようと……そう言いたいのだな。……なあ」

『――キャハッ、御明察っ！』

上空から降ってくる、幼く無邪気で愉快そうな声。

その声の主を、レイミアは顔を上げ、睨《にら》み据えながら呼ぶ。

「《四の叡智《えいち》・死》を極めし《七賢》──《死の女王》シス──！」

上空に佇《たたず》むのは、見た目には幼く可憐に映る、小柄な少女。

所々が破れた丈の長いローブを身に纏《まと》い、幼さとは裏腹のアンバランスな色気が垣間見《かいまみ》えるが、その微笑はどこか寒々しい。

《死の女王》シス──そう呼ばれた少女に、エイトが怒りの声を放った。

「おまえが……おまえが村の人達を操ってるのか！　今すぐ皆を、解放しろ！」

「！　まあっ、アナタ本当に、あの村の生き残りなのねっ。あの状況でどうやって〝死〟を免《まぬが》れてたのかしら？　どうして《死配》が及ばなかったの？　ごめんなさいね、痛かったでしょ、苦しかったでしょ？　今度はちゃんと〝死〟をプレゼントしてあげる！」

「……な。何を、何を言って……」

シスの言葉に、悪意は微塵《みじん》も感じられない。心配するような言葉も、心からのものだ。

それが逆に恐ろしくて青ざめるエイトに、師・レイミアが庇《かば》うように口を挟んだ。

「《四の叡智・死》を極めるということは──〝死〟に偏見を持たず、恐れず受け入れる、ということだ。生物である以上、免れないはずの〝死への恐怖〟を克服することで、初めて《叡智》への道は開ける。ただ奴《やつ》のように〝死を愛する〟とまでなれば、もちろん異常で……その異常が〝死によって支配〟する――《死配》という《魔法》に表れているのさ。奴の価値観で〝死〟を贈るというのは、むしろ〝親切〟に該当するのだろう」

「……そんな、そんなの……歪《ゆが》んでる……」

エイトは顔を顰めるが、対するシスは、嬉《うれ》しそうに少女らしく甲高い声を上げた。

「ああっ、ああっ！　さすが、分かっているのね《大魔法使い》さん！　やっぱりアナタはワタシの理解者！　だってそうでしょう？　だからアナタも使えるのよね――〝死〟を恐れず受け入れてるから、《四の叡智・死》を！」

その指摘に、レイミアは肯定も否定もしないが、シスは愉快そうに続ける。

「そうよ、生きてる以上、〝死〟は誰にでも平等に訪れるもの。なのに物語の終わりがバッドエンドだと感じるよう強制されるなんて、あんまりじゃない？　死には死の安らぎがあるのに……だからワタシは、教えてあげるの。〝死〟は怖いものなんかじゃないんだよ、って。《死の女王》として、皆を幸せにしてあげたいの！」

中空で、狂喜のように踊りながら、歌うように言葉を紡《つむ》ぐシスに――レイミアは、ただ静かに、ゆっくりと、精神を乱しもせず口を開く。

「ああ。御高説、痛み入るよ。確かにな、と共感する部分もある。貴様の言う通り、私は私自身の〝死〟を恐れていないし、否定もしない。確かに在るものとして、受け入れている——むしろ〝生きる〟ことに伴う苦しみこそ、生者の世界には多いほどだ」

「ッ……お師匠さま、そんな！」

「——だけどな」

それだけではない、とエイトを目で優しく制してから、レイミアはシスに言い放つ。

「《死の女王》シス、貴様は死を愛するがあまり、それしか見えていない。分かっているだろう、私は《七つの叡智》全てを修めた者。死には死の安らぎがあるように——生には生の喜びがあると、知っている。……それを教えてくれた、愛弟子《まなでし》のためにも、私は」

愛弟子——エイトは、それほどのことをした心当たりがなく戸惑うばかりだが、レイミアは止まることなく威勢を放った。

「《死の女王》シス——我が弟子を悲しませた貴様は、今ここで打ち滅ぼす！」

「……キャハハッ！　そうね、それも素敵よっ。生きることに執着するから、死もまた映えるの。楽しみましょ、足掻《あが》いて、足掻いて——それから〝死〟んでくださいな！」

口火を切るや、シスの背面側から、漆黒の……翼にも似た何かが形成される。

《魔法》の修行を経ているエイトには、感知できた――その漆黒は、それ自体が〝死〟の《魔法》。ただ触れるだけで、そこにあるだけで、〝死〟をまき散らす生命への脅威。

それが一対の翼として、二枚も……という目算すら甘かったと、エイトは知る。

〝死の翼〟は、三対――即《すなわ》ち六翼、それが今も、周囲へと〝死〟を及ぼし、そして。

「……ッ⁉ う、ぐっ……は、――⁉」

エイトが突然、呼吸困難に陥る……が、ほぼ間もなく、レイミアが結界を張り。

「は。はあ、はあっ……お、お師匠さま、ありがとうございます……今のは、一体」

「今のは――奴の〝死の翼〟による、《死の魔法》さ。現在進行形で大気そのものに〝死〟を含ませている。無論、魔力で防御せず翼に直接触れれば、即死だ。……エイトくんの周囲には、《一の叡智・生命》の結界を張った。そこを動いては、いけないよ」

言いながら、レイミアもまた自身の手に〝漆黒の杖《つえ》〟を空間転移《テレポート》させた。ただの杖、ではない――エイトも今まで感じたことのないほど、底知れぬ力が秘められている。

「エイトくん、キミはしっかりと、見ていなさい――キミなら暫《しばら》くすれば、空間の〝死〟にも対応できるようになるはずだ。あの増上慢は私が倒す――私を、信じていて！」

「――はい！　お師匠さまを、信じてます！」

間髪入れず、真《ま》っ直《す》ぐに答えるエイト。そんな弟子に微笑を送ってから、レイミアは杖をかざし、中空を漂う《死の女王》と対峙《たいじ》した。

師弟を見下ろすシスが、愉快そうに笑みを深め、言葉を落としていく。

「ねえ《大魔法使い》さん、《七つの叡智》全てを扱えるアナタにすれば。一つしか使えないワタシは弱く見える？　相手にもならない？　そう思うなら――おあいにく様！」

シスの背から伸びる六翼は、翼でもあり――そして生命を握り潰す、腕でもあった。六翼の内の三翼が、レイミアへと襲い掛かり、振るった漆黒の杖に巻き付いていく。

「…………ッ！」

「キャハハッ……違うの、違うのよ！　たった一つしか使えないからこそ、誰より深く識《し》り、極めつくすことが出来るの！　そう、こんな風に――ねっ！」

シスが残りの三翼を羽ばたかせ、猛スピードでレイミアへ突撃すると――接近した大地が、レイミアの足元が崩れ落ちていく――〝地〟が、〝死〟んでいく。

「今やワタシが〝死〟を与えられるのは、生者にだけじゃない……空気だって、土くれだって、岩だって、草木だって――みんなみんな、〝死〟なせられるの！」

足場を失ったほんの一瞬、宙を舞ったレイミアを、シスが〝死〟の六翼で覆う。

「う、っ……はっ、あ！　ぁ……んっ⁉」

「ほらあ、魔力で守ったって、息もできないでしょ！　キャハ、キャハハッ……ねえ、勝てると思った？　決して逃れられない〝死〟に……〝死〟を極めつくしたワタシに！」

苦しむレイミアを見て、シスは心底から、喜悦に満ちた笑みを浮かべて。

「《死の女王》シスに――勝てるとでも、思った――!?」

〝死〟の象徴――決して誇張ではない、その恐ろしい威容を隠さず、笑い声を上げる。

既に勝利を確信している、そんなシスに、レイミアは。

「――《一の叡智・生命》」

「え？　………が、ふっ!?」

漆黒の六翼に巻かれながらも、《大魔法使い》の杖の底は、シスの下腹部を強《したた》かに叩《たた》いた。見た目以上の衝撃に、その場にうずくまるシスへと、レイミアは呆《あき》れ気味に言う。

「〝死〟を付与され続けるなら、自分自身に〝生命〟を与え続ければ良い。多少、身体能力も強化してな。……そんなことにも気付かないとは、やはり視野が狭いな、貴様は」

「け、ほっ……絶対の〝死〟を、凌《しの》ぐのは……そんな、簡単な話じゃ……この……！」

「――〝次元〟よ、〝断て〟」

「っ、ヒッ!?」

六

反射的にシスが体を転がすと、寸前まで彼女がいた場所に、次元の裂け目が生じる。

翼の内の一枚を、あっさりと切り裂かれながら。

まだ立ち上がれないシスは、地に手を突いたまま、這《は》いずるように逃げ惑う。

レイミアは特に慌てる様子もなく、一歩一歩進みながら、敵対者を追いかけて。

「ああ……大したものだよ。《四の叡智・死》に限って言えば、貴様は私を超えているはずだ。〝死〟を理解し、極める才覚において、貴様は誰よりも高みにあるのだろう」

「っ……えいっ！」

地を這うシスが〝死の翼〟を振ると、数多《あまた》の羽根が飛翔《ひしょう》する——苦し紛れの行為に見えて、その一つ一つに、触れれば〝死〟に至る《魔法》が籠められている……が。

「え？　……な、なんで一つも、当たらないの……全部、すり抜けてった……？」

「さあな。そういう〝運命〟だったのだろ。運任せでは、どうにも出来んようだぞ」

「くっ、こ、このおっ……キャアッ⁉」

ならば、と接近しようとシスが、何かにぶつかり後ずさる。

「気をつけろよ。〝圧縮〟して〝固定〟された〝空間〟は、金剛石より硬いぞ」

「痛《つう》っ……く、こ、こんな……こんなっ……」

痛みによる苦悶《くもん》と、屈辱がない交ぜになった表情で、シスは言葉を漏らす。

「な、なんでぇ……アタシは《四の叡智・死》を極めた、《死の女王》なのに……今まで誰にも、負けなかったのに……どうして、こんな……」

「……勝てるとでも、思ったのか？」

「……ヒッ。っ、し、しっ……〝死〟んじゃええ……！」

息を詰まらせ、明らかに恐怖を覚えながらも——シスは、〝死の翼〟を振り回し。

「——《七の叡智・星》——〝超荷重〟」

「……ぐ、うっ！　あ、あぁ……お、重っ、重、いっ……⁉」

押し潰されるように這いつくばる《死の女王》を、レイミアは見下ろして。

「……勝てるとでも、思ったのか。たった一つの《叡智》を極めた程度で……《七つの叡智》を、この世に遍《あまね》く総《すべ》ての《魔法》を識る……この、私に」

刮目《かつもく》し、極大の魔力を放出しながら——レイミアは咆哮《ほうこう》した。

「この《大魔法使い》に——勝てるとでも、思ったかよ———！」

「あ、がっ……うああ、あアァぁァアッ……！」

呻《うめ》き声を上げるシスに、圧倒的な力を揮《ふる》うレイミアが、怒りの冷めぬ声を向ける。

「そもそもだ――死の安らぎがなんだと御高説を垂れておきながら、貴様は死者を利用し、酷使しているではないか。そんな身勝手な増上慢に、〝死〟を語る資格などない」

「……ええ、ええ……そうね、その通り……きっとワタシ、悪い子なのね……ええ、そうね、だから……こんなことも出来ちゃうの！」

「……――!?　ちっ！」

レイミアが回避したのは、ほぼ直感に因《よ》るものだった。だが、その場に居続けていれば、〝闖入者《ちんにゅう》〟の攻撃によって斬り裂かれていただろう。

警戒していたはずのエイトの魔力感知にも、引っかからなかった――気配が〝死〟で閉ざされている。一体何者なのか、と師弟が身構える中、解放されたシスの声が響いた。

「キャハ、キャハハッ……おんなじよ。あなたと、《生命の女王《ハート》》と、おんなじ！　あなた達だって、そうしてるでしょ――お弟子さんを、手に入れたんでしょ！」

《死の女王》の弟子――そう呼ばれた存在は、見るからに小柄だが、不釣り合いな大鎌を両手で携えていた。その鎌で、先ほどレイミアに攻撃を仕掛けたのだろう。

鮮血に濡《ぬ》れたかのような鎌を持つ、その存在を――シスは、自慢気に語った。

「スゴイでしょ、その鎌はね、《死の鎌》――全ての理屈や概念を無視して、斬ったもの全てに一方的な〝死〟を与えるの。こんなの、ワタシでもできないんだからっ。それに……そうそう、エイトだっけ？　アナタのことも、この子の記憶が教えてくれたの。だからワタシ、村の人達に協力してもらって逃げられなくしようって、思いつけたのっ」

「……は？　その子が、教えた、って……──えっ？」

《死の女王》の弟子にして、《死の鎌》を携える謎の存在。その顔を隠していた、目深《まぶか》に被《かぶ》っていたフードが──ふわり、後ろへ流れると共に、起伏の無い声が放たれる。

『……シス様を、邪魔する者……皆、死すべし……』

「…………どうして」

そこには、エイトの見知った顔があった。もう二度と、見られないと思っていた顔が。

青白く、表情もなく、生気もなく、感情もなく見える、が──確かに、それは。

見間違えようもない、その少女の名を、エイトは呼んだ。

「──ニーナ──」

その名は、エイトのたった一人の、妹のものだ──

《episode：9》

「く、くそっ！　《死の国》の屍《しかばね》兵共め……もう死んでるからって、何も考えず突っ込んできすぎだろ……こんなもん、戦術も何もあったもんじゃ……うぼァ!?」

戦場にて《生命の国》の兵が一人、また一人と討ち倒されてゆく。それも当然、文字通り死兵と化したアンデッドに死への恐れはなく、その脅威は抗《あらが》えぬ〝死〟そのもの。

善戦しているのはアリスの直属部隊〝戦乙女《ヴァルキュリア》〟だが――彼女達でさえ、次々と迫る屍の群れ相手には、押され始めていた。

「っ……この程度が何だ！　アリス様は我々なら負けないと仰《おっしゃ》った！　ここで退《ひ》けばアリス様の期待を裏切ることになるぞ！　進め、倒せ、ぶっとばせぇ――――っ！」

「いえ副長、気合だけでどうなるものでもないですって。もう大分、無理して戦い続けてますし、回復魔法があってすら傷だらけじゃないですか。一回、下がりましょう」

「参謀、何を言う！　敵を前にして逃げるなど、〝戦乙女〟の戦いではないのよ！　たとえ生命を落とそうと、そんな恥を晒《さら》せるもんですかぁ！」

「ああもう、これだから脳筋は。……じゃあ後ろへ、我が軍へ向かって進みましょう。それなら逃げる訳じゃないですし、自軍も助けられますし、問題ないでしょ？」

「なるほど、それってとってもナイスアイデア！　いくわよ皆、後ろへ進めぇぇぇ！」

「「りょうかいで――――すっ！」」

包囲されかけていた〝戦乙女〟が怒濤《どとう》の勢いで下がり、少し態勢を持ち直した《生命の国》……だが、焼け石に水。全体的に押し込まれている戦況では、大勢に影響しない。

何より――《生命の国》最高戦力であるアリスは今、この戦場を離脱している。その事実が、戦場のパワーバランスを、《死の国》の側へ大きく傾けていた。

死した者は魔物までも兵力に組み込んでいる《死の国》の大軍に、その絶望的な戦力差に抗える――そんな超越者の如《ごと》き力など、もはやどこにも――

「あらあら、お客様がこんなに大勢――わたくし自ら、もてなすべきですわね？」

現れたのは、絢爛《けんらん》な錫杖《しゃくじょう》を持ち、華美な法衣《ほうえ》を纏《まと》う美女――《生命の女王》リザ。

だが、自軍の総大将が現れたことで、〝戦乙女〟の副長などは逆に狼狽《ろうばい》していた。

「女王様⁉　なりません、このような最前線にいらしては！　早くお逃げを……」

「あら、大丈夫ですわ。あなた達が、守ってくれるのでしょう？　どうやら……〝傷一つなく〟お元気そうで、感心するほど絶好調のようですし」

「へ⁉　い、いえ、自分で言うのもなんですけどアタシ達、かな〜り傷だらけに……あ、れ？　傷が、全然ない……っていうか、この光……まさか⁉」

　本人すら気付かぬ間に、全快しているのは――彼女だけでなく、一帯の《生命の国》の兵、全て。全て、である。既に重傷と思われていた者も……いいや、それどころか。

「……う、ぇ？　俺、確かにやられて……あ、あれ？　……生きて、る？」

　既に討ち倒された者さえ――傷一つなく、次々と蘇生《そせい》している――！

　それを為《な》しているのは当然、《生命の女王》リザ――手にした錫杖から、淡い光が溢《あふ》れ出し、自軍の兵士達を絶え間なく癒《いや》し続け、失われたはずの兵力を瞬《また》く間に回復する。

　その神業の如き大魔法を、涼しい顔で扱うリザが――にこり、微笑《ほほえ》むと。

「さあ、おゆきなさい、わたくしの勇敢なる、《生命の国》の兵士達よ――その肉体に無尽の《生命》の魔力を宿し、眼前の〝死〟を打ち祓《はら》え――！」

リザが錫杖の底で、とん、と大地を叩《たた》くと——しゃん、と鈴の音が鳴ると同時に、広大な範囲に魔法陣が形成される。陣から溢れ出す光に触れた、全ての兵士達は。

「っ。……ち、力が……女王様の魔法が！　我らに力を……う、おお……おおおっ！」

「「「うおおおおおおっ！」」」

誰もが生命力に満ち溢れ、いっそ戦いが始まった当初より、幾倍も勇猛に力を揮う。

ほんの一時、最前線に姿を現して間もなく、《生命の女王》が一気に戦況を塗り替えてしまった——が、総大将たる彼女を、死した四足の魔獣の牙が狙う。

「グ、ガ……ガァァァァ……！」

「⁉　しまっ……女王様、危ない！　逃げてくださっ——」

「……ああ、なんてこと……悲しい、ですわね……」

〝戦乙女〟の副長が駆け寄ろうとするも、明らかに間に合わない。

《生命の女王》に覆いかぶさるように、死の魔獣が飛び掛かる……が。

「ガ。……——」

断末魔の声さえなく、魔獣は光に包まれ、浄化されるかのように消え去ってしまった。

今しがた窮地に陥っていた……かに見えたリザが、頬に手を当てて呟《つぶや》くのは。

「意思があれば、わたくしに近づこうなどと、発想もしないでしょうに……悲しいですわね、死に支配された存在というのは。さあ……この空《むな》しい戦いを、終わらせましょう」

これが、《七賢》が一人――《一の叡智《えいち》・生命》を極めし、《生命の女王》リザ。
たった一個の圧倒的な存在が、全てをひっくり返した。この場に《死の女王》がいない以上、もはや、後は一方的な《生命の国》の攻勢となるはずだ。

が、リザの脳裏によぎる危惧は、冷静かつ現実的なもので。

(さて、この戦場は、もはや憂うこともない……けれど、《死の女王》が現れれば、別ですわ。そしてそれは、即《すなわ》ち……《大魔法使い》様の敗北を意味しますわ)
弟子であるアリスにも伝えた、恐らく《大魔法使い》がいるであろう――遠き山岳地帯を、遠目に見つめながら。リザは、小さく溜《た》め息を吐《つ》いた。

(……そちらは、無事なのでしょうね？《大魔法使い》様と……エイト様)

■■■

〝死〟に堕とされた枯れ山に、まるで嵐のような魔力の奔流が吹き荒《すさ》び――〝死〟を司《つかさど》る二人を相手に、たった一人の《大魔法使い》が戦っていた。

「っ……〝空間〟を……〝固定〟〝固定〟〝固定〟！」

『……はあ、あっ……ああ、あああーっ……』

《死の女王》の弟子――ニーナが放つのは呻《うめ》き声にも似ていたが、《死の鎌》が左右へと振り回されるたび、レイミアが形成した〝固定した空間〟が斬り裂かれてしまう。

「ちっ……《叡智》の《魔法》だろうと〝死〟を与えて、こうも簡単に無力化するか。硬さがどうのという問題ではないな……与えるのは《四の叡智・死》による〝死の概念〟そのもの……《一の叡智・生命》の弟子アリスと同じく、〝特化型〟か！」

「そうよ、そうよ！　そうしてワタシのニーナちゃんに、気を取られてる間に……こうしてワタシの翼に、包まれちゃうのっ！」

「っ、このっ……鬱陶しい！」

ニーナが隙を作れば、シスがその間に〝死の翼〟を伸ばす。今や六翼どころか、翼が枝分かれして数え切れなくなっている。そんな《死の女王》たるシスを攻撃しようとすれば、それを遮るようにニーナが《死の鎌》を振るった。

《死の女王》との一騎打ちとは一転、劣勢に立たされているレイミアに、シスは心底から愉快そうな笑い声を上げる。

「キャハハッ……キャハハハハッ！　素敵でしょ、息ぴったりのワタシ達のワルツ！　これがワタシのカワイイ〝愛弟子《おにんぎょう》〟さんとの、師弟の絆《きずな》なの！」

「……貴様……貴様がその口で〝師弟の絆〟などと、その言葉を穢《けが》すなッ――！」

「……キャッ⁉」

瞬間的にレイミアの杖《つえ》の先から放たれたのは、〝シンプルな攻撃魔法〟。けれど砲撃を思わせる一撃がシスの真横を掠《かす》め、彼女に距離を取らせる。

「……怖いわ、怖いわっ。魔力を破壊エネルギーに変えるだけ、そんな単純な術理が、まるで《叡智》のような威力っ。ケド、そんなに怒るなんて……本当にお弟子さんが、大切なのね……。それって、それって……素敵だわ。……キャハッ」

シスが不気味に口《くち》の端《は》を吊り上げ、獰猛《どうもう》な笑顔を浮かべる。

ニーナは《死配》されているのだろうが――だからこそか、シスとのコンビネーションには乱れがなく、レイミアといえど猛攻に押されてしまっている。

切羽詰まった状況に、焦燥するエイトが声を上げる、が。

「お、お師匠さま……っ、そうだ！　《二の叡智・時》で、時を止めれば――！」

「……ええ～、それ本気？　《大魔法使い》の弟子なのに、何も知らないんだぁ？」

小馬鹿にしたような笑い方で口を挟んでくるのは、交戦中の《死の女王》シス。

「〝時〟って常に留《とど》まらず流れてるモノよ。それを無理やり止めるのに、しかも自分だけが動くのに、どれだけ莫大《ばくだい》な魔力が必要だと思う？　発動までにどれだけ時間がかかると思う？　そもそもワタシ達《七賢》クラスなら、魔力で無理やり解除することも出来るのに……そんな無駄な隙を見せてくれれば、一瞬で〝死〟なせてあげるんダケド！」

「ッ。……く、っそ……だったら——！」

やるしかない、とエイトが両手で杖を握りしめ、加勢に入ろうとする……が。

「——ダメだ、来るなと言っただろう！　いいから、そこで動かず待機しなさい！」

「なっ……で、でも、このままじゃ、お師匠さまが……」

「キミを——妹と戦わせたりなど、決してしない！」

「…………あっ」

ああ、この期に及んで、師は——レイミアは、エイトのことを思いやっている。

彼女は分かっているのだ、エイトが妹と戦えないことを。今も妹の悲痛な姿を見て、精神を乱し、手足が震えていることを。

だからこそレイミアは、エイトには、決して参戦を許さない。

けれど——そんな師弟を見て、にたり、《死の女王》は禍々《まがまが》しく笑っていた。

「ダメよ、ダメよぅ……たとえどんな場違いな三流役者でも、一度、舞台に上がっちゃったんなら……ただ傍観するだけなんて、許されるはずないわ！　キャハッ——！」

「……──⁉　エイトくん、魔力を操作して、防御を！　くッ──！」

レイミアと交戦していたシスの〝死の翼〟が不意に方向転換し、エイトへ急襲する。

「っ……！　くっ、うあっ！」

あわや、不意打ちを喰《く》らいかけたエイトだが、師の呼びかけで初撃は回避した。

けれど、今や枝分かれして襲い来る無数の〝死〟に──対応できそうもなく。

「──我が愛弟子《まなでし》に、指一本、触れさせるかッ！」

「！　お……お師匠さま！　あ──」

エイトを覆い尽くそうとした〝死の翼〟を、割って入ったレイミアが弾《はじ》き飛ばし。

そして──

「──あ？」

エイトは、その光景を、幻か何かだと思っていた。

エイトとシスの間に、割って入ったレイミアの、その体の中央を。

──ニーナの《死の鎌》の、刃《やいば》が──貫いていたのだから──

『…………』

「…………」

レイミアとニーナ、どちらにも、言葉はなかった。表情も、ない。ただ、《死の鎌》の刃から、ずるり、レイミアの体が地に向けて倒れ伏そうとして。

「あ、あ……お師、匠さ……あっ」

《エイトの杖》を放り出し、両手で師の体を受け止めたエイトの背筋が、本人さえ信じられないほど冷たく感じる。

レイミアの体に、刃が貫いた部分に、外傷は見当たらない――傷は無い、なのに。息も無い。鼓動も無い。目を開かない。動かない――魔力を、感じない。

そして、ゆっくりと――エイトの右手の甲、かつてレイミアが施した、紋様が。常に淡い光を放っていた、それが――光を、失い。

〝死〟を――《大魔法使い》レイミアの〝死〟を、確定的なものにした。

その事実が、まだ呑《の》み込めないでいるエイトの耳に、届いてくるのは。

「キャハ……キャハハハッ！　嘘《うそ》みたい、嘘みたいだわ！　こんなにも上手《うま》くいくなんて！〝死〟のお味はいかがかしら、《大魔法使い》さん？　早く聞いてあげなくちゃ！」

《死の女王》の笑い声が響くと同時に、ガラス細工が砕けるような音が響き――レイミアが張っていた〝空間結界〟が、術者を失ったことで、消滅する。

レイミアを腕に抱き、呆然《ぼうぜん》とするエイトに、けれどシスは微《かす》かに眉をひそめる。

（……あら？　この子、さっきまでこの空間に及ぶ〝死〟にも耐えられなかったはずよね……なのに今は、適応してる？　この短い間に、見てただけで？　……ふ～ん？）

僅かな思案の後――一転、シスは無邪気にエイトへと笑いかけた。

「うふふ……侮《あなど》ってたことは謝るわ、お弟子さん？　アナタも何だか、興味深い子！　師弟そろって、ちゃんと《死配》して愛してあげるから、安心して――」

「――エイトから離れろぉぉぉぉおっ！」

「！　キャッ……もうっ、乱暴ね！」

エイトとシスの間に、飛び蹴りで割り込んできたのは、《生命の女王《ハート》》の弟子アリス。

二人を引き離した直後、アリスはエイトを心配し、声をかける……が。

「エイト、大丈夫!?　……え？　レイミア……さん？　……そんな、まさか」

エイトの腕の中、物言わぬレイミアを見て、即座に状況を察したアリスが――最も近くで、虚《うつ》ろな様子で立ち尽くす〝大鎌〟を持った少女に、拳を向ける。

「っ……このお――っ！」

「いいのかしら、いいのかしらっ？　その子……そのエイトって子の、妹なのにっ」

「⁉　妹……です、って？」

「ニーナちゃんだけじゃないわ。ここに集めた《死の軍》も、み～んな、元は彼の故郷の村人！　そんな人達に拳を向けるだなんて、アリスちゃんってヒドイのね！」

「っ、っ……アンタ……ふざけんなっ！　シスゥゥゥゥゥゥゥ‼」

「キャハッ、こっちに来るわよねっ。イイわ、イイわ！　アリスちゃんも《死配》して、気に食わない《生命の国》もオシマイねっ！　今日はなんてイイ日なのっ！」

地を弾けさせる勢いで飛び出したアリスを、シスが真っ向から迎え撃ち——隙の出来たアリスの背に、《死の女王》の弟子であるニーナが斬りかかる。

〝超越者〟に達する身体能力を持つアリスは、二人を相手取っても簡単にやられはしない。が、レイミアの張った結界が失われたことで——状況は悪化の一途を辿《たど》るばかり。

「！　エイトっ……逃げて、危ないっ——きゃ、あっ⁉」

「ああ、ああっ、よそ見なんてしてるからあっ！　キャハハハハ！」

交戦中に気が逸《そ》れたアリスが、シスに僅かな隙を突かれ、大木に叩《たた》きつけられる。

そして今、エイトを襲うのは——アンデッドと化した、故郷の村人達。

『ウ……アア、アアァ……オオオオ……』

エイトは、アンデッド達の手が迫っても――師を抱えたまま、動こうとせず。

「…………………」

（……また、奪われた）

ただ、眠るように〝死〟したレイミアの顔を、虚ろに見つめて。

（また、奪われた……失いたくないものを、大事なものを……〝大切な人〟を。また、また――《魔法》に、ああ、《魔法》に――奪われた！）

動かぬレイミアの肩を抱いていた手に、ぐっ、と力が籠もり――

（だから、俺は――《魔法》なんて――！）

そして、とうとうアンデッドの魔手が到達し、アリスは痛む体を押さえながら、

「エ……エイト――っ！　…………えっ？」

叫ぶが――すぐさまそれは、拍子抜けするような呟《つぶや》きに変わる。

どうしたことか、エイトを襲おうとしていたアンデッド達が、ぷつん、と糸の切れたマリオネットの如《ごと》く、無造作に倒れてしまったのだ。

その光景に、いまだ冷静なシスは、何でもないような口調で言う。

「ふう〜ん……魔力操作で《死配》の糸を断ち切ったのカナ？　器用なんだ？　でもでも……ワタシの〝愛弟子《おにんぎょう》〟さんなら、どう？」

『……シス、様の……敵……敵、に……〝死〟を……』

「キャハッ……他の子達とは違って、この子は特別なのよ？　《大魔法使い》にだって、ワタシとこの子を結ぶ《死配》の糸は断ち切れない……気づかなかったでしょ、アナタの師匠が何度も頑張ってたコト。彼女で無理なら……世界中の誰だって不可能だわ！」

シスの言葉は虚偽ではなく、真実だ――エイトだって、気づいていた。〝無理だった〟ことではなく――〝レイミアが何度も、頑張ってくれていた〟、そのことに。

エイトが脱いだ上着を丸めて地面に置き、それを枕にレイミアを横たえる。もう何も言わなくなってしまった彼女の頬を、一撫《な》でしてから、エイトはゆっくり立ち上がった。

そうして、棒立ちになったエイトに向けて、《死配》された妹は無情にも。

『あ、ああア……？　……アアッ！』

ほんの一瞬、垣間《かいまみ》見えた躊躇《ちゅうちょ》も甲斐《かい》はなく――《死の鎌》の刃が、振り抜かれた。

《大魔法使い》の命さえ奪った《四の叡智《えいち》・死》の刃に、エイトが抗《あらが》う術など――

「――えっ？　……なんで？」

シスの声は、素直な困惑。なぜか――ニーナの《死の鎌》が、消え去っているのだ。

『？　……？　⁇』

感情のないニーナが、シスの疑問に同調するように、首を傾《かし》げていると。

「……ニーナ、ごめんな」

立ち尽くしていたエイトが――命を失うどころか、妹へ向けて歩みながら。

「あの時、助けてあげられなくて……ごめん。俺に、何の力もなかったから……何もしてあげられなくて、ごめん。……それで、こんなになってしまって……ごめん」

『っ……う、ああっ……アアッ！』

「ニーナ、ごめんな――兄ちゃんも、大好きだよ」

『――――』

素手で摑《つか》みかかろうとするニーナを――逆にエイトは、抱きしめた。

――次の瞬間。

「……お兄、ちゃん……」

ぽつり、〝妹の言葉〟を漏らし、その場に倒れてしまう。

度重なる〝あり得ない〟光景に、とうとうシスは、動揺を見せて。

「……なんで？　ニーナちゃんの《死配》が……消えて、無くなってる？　なに、したの……なんで、どうして、なんで……なんでなんでナンデナンデナンデ⁉」

「……ああ、そうだ、俺は……──なんて」

「ヒッ……こ、来ないでぇ⁉」

エイトは、魔力操作で浮かせた《エイトの杖《つえ》》を自身の両手に収め、ゆらり、幽鬼のように歩み始める。そんな彼に、錯乱気味のシスが、全ての〝死の翼〟を伸ばす。

無数の腕が包むように渦巻くと、もはや大質量の〝死〟の塊と化した。その中心にいるエイトが、生命を保てているはずはない──ない、のだが。

「や、やった……──ッ⁉　キャアア⁉　な、な……ナン、デ。ドう……死、テ」

エイトを覆っていた〝死〟の塊を──《エイトの杖》が切り裂くと、内側から爆発するように霧散し、空へと消え去ってしまった。

一体、どうなっているのか──アリスが大木に背を預けたまま、唖然《あぜん》として呟く。

「エイト……どう、なってるの？　《魔法》を、無力化してる？　……ううん、違う、あれは……そんなんじゃ、なく……〝殺してる〟？　……《魔法》を？」

何が起こっているのかなど、エイト自身にも分かっていないだろう。ただ、己の内に渦を巻く、悲哀、憤怒《ふんぬ》、悔恨、自責──もはや言葉にも表せない、混沌《こんとん》とした感情を。

眼差《まなざ》しに滲《にじ》ませて、師の仇《かたき》を睨《にら》むと――《死の女王》シスは、〝死の翼〟を辛《かろ》うじて形成し直して、中空へと飛翔《ひしょう》し。

「もういい、もういいわっ……全部、全部、〝死〟んじゃえ！　《四の叡智・死》の真髄、《死の女王》の全ての魔力で――みんな、ミンナ、消えちゃえばいいんだわっ！」

シスの前面に浮かび上がる魔法陣は、この山一つ呑み込むほどに巨大だ。

けれどエイトは動揺もせず、杖の先端を魔法陣へ、そして《死の女王》へと向けた。

そして《七賢》たる者の、世界最高峰の魔力による、最大の〝死〟の《魔法》が――

「何もかも、何もかも――〝死〟に絶えろぉぉぉぉぉッ！」

魔法陣から濁流の如く、小指でも触れれば〝死〟に至る魔力が、放出されて。

対するエイトが放とうとするのは、ただの〝シンプルな攻撃魔法〟――ただ、それは。

「ああ、そうだ、俺は……《魔法》なんて」

《エイトの杖》の先端で、白が漆黒へ、光が闇黒《あんこく》へ、反転するかのように渦を巻き。

そして――

「《魔法》なんて――大嫌いだ――‼」

《エイトの杖》から、ついに放たれた一閃《いっせん》が――〝死〟の《魔法》を、貫いた――！

エイトの放った〝シンプルな攻撃魔法〟を基とした、けれどまるで異質な〝何か〟が、《死の女王》シスの魔力を、《四の叡智・死》の《魔法》を、喰《く》らい尽くしていく。

「ッ、いあっ……なんでよ、これぇ……何なの、何なの……うそ、うそでしょ……⁉　アナタが……《大魔法使い》の弟子に過ぎない、アナタが……あああっ⁉」

巨大な魔法陣の中央に、針の穴を穿《うが》つかのような闇黒の閃光《せんこう》が、せめぎ合い――魔法陣がひび割れて、砕け散っていく、その奥で。

「〝死〟を、〝死〟を――〝殺す〟というの⁉　なんなの……なんなのよぉ、アナタ⁉」

〝死〟の《魔法》、全てを完全に〝殺し〟尽くし――

「いや、いやぁ……アあ、あアあアア……キャアァァァァ……」

《死の女王》シスさえも、呆気《あっけ》なく呑《の》み込み――全てを、吹き飛ばしてしまった。

〝死配〟されていたアンデッド達も解放され、全てが地に倒れ伏していく。

アリスもまた、傷ついた体に自身で〝回復魔法〟を施しつつ。

「……なん、だったの。今の、エイトの《魔法》……あっ、エイト⁉」

地に膝を突くエイトへと、慌てて駆け寄っていく、が。

エイトは、自身の名が付いた杖を……お師匠さまから贈られた杖を、その手から、取り落してしまいながら。

「……俺は……俺は」

静かに横たわる、レイミアの──もはや二度と、動くことはなくなった、彼女へと。

突っ伏し、輝かぬ紋様を持つ右手を地に叩きつけて、歯を軋《きし》ませるほど強く噛《か》み。

「《魔法》なんて……大嫌い、だッ……～～～～ッ！」

エイトは、大粒の涙を──枯れた地に、滲ませた。


エイトが放った、《七賢》が一人《死の女王》シスさえ圧倒した、その一撃は。

それは、この〝魔法の時代〟においてさえ、誰も知らなかった《魔法》。

《大魔法使い》のレイミアさえ──いや、〝魔法そのもの〟とさえ言える《大魔法使い》

だからこそ、決して使うことは出来ない《魔法》。

〝魔法が大嫌い〟なエイトだからこそ使えた、〝魔法を否定する魔法〟。

《八つ目の叡智》――《魔法を殺す魔法》――

《episode：10》

「――アリス！　《死の軍》は、ほぼ壊滅して撤退。《生命の国》の勝利ですわよ！　それで、エイト様と、レイミア様は……あっ」

後から現れたのは、《七賢》が一人にして《生命の女王《ハート》》リザ。弟子であるアリスは彼女の問いに、首を横に振って答える。

そして、エイトは――眠るように倒れていた妹・ニーナを運び、横たえていて。

その隣に横たわっている――〝死〟した師匠の横で、彼女の顔を覗《のぞ》き込んでいた。

「……話が違うじゃないですか。お師匠さま……」

ぽつり、エイトから零《こぼ》れる言葉に、力はなく。けれど、悼《いた》むように続けられて。

「俺に、いつか……〝魔法が大好き〟だと、言わせてみせるって……そう、言ったじゃないですか。《魔法》の美しさ〟を見せてくれるって……言ったじゃないですか」

それなのに。レイミアは、答えない。何も言わない。もう、笑わない。

「屋敷《やしき》を走らせて引っ越した日……夕陽《ゆうひ》に照らされて笑うお師匠さまを見て、本当は、あなたが言ったのと、同じコト……思ってたんです。あの屋敷で、一緒に暮らして、修行の日々は大変だったけど……それでも、今までの人生で、きっと一番……楽しくて。嬉《うれ》しくて、かけがえなくて……でも、それはお師匠さまが……いたから、で。……ッ」

思いのまま吐き出される言葉は、どうしても、上手《うま》く纏《まと》められなくて。

「《魔法》なんて……大嫌いだ。だけど、俺は……たとえ《大魔法使い》でも。〝魔法そのもの〟だろうと。ッ、関係ない……《魔法》なんかじゃなく、俺は……俺は……！」

「…………ン」

もう、自分に微笑《ほほえ》みを向けてくれることはない、大切な彼女へと向けて――

「俺は――お師匠さまのコトが――！」

「ふう、どっこいせ、っと。……ん？　……えっ？　エイトくん、今……えっ⁉」

「えっ。お師匠さ……えっ、お師匠さま……えっ⁉」

「「…………」」

起きた。……お師匠さまこと、《大魔法使い》、即《すなわ》ちレイミアが、普通に起きた。

エイトの右手の紋様も、淡い輝きを取り戻し――暫《しば》し、見つめ合っていた師弟だが。

「……えええええ？　お師匠さま、なんで!?　だって、大鎌が、〝死〟の《叡智《えいち》》で、やられて、倒れて、それで……えっ……死んで、起きて喋《しゃべ》って、生きて、えっ!?」

「ちょっエイトくん今なんて!?　今何やら大切なことを、言おうと……言おうとぉ!?」

「いや何で無事なんですか!?　今この瞬間、お師匠さまが無事なコト以上に大切なコトなんて、何もないでしょう!?」

「その言葉にキュンときた！　……あ、ええと、うん。それはね……こ、こほんっ」

一つ咳払《せきばら》いをし、レイミアは軽く居住まいを正し、改めて説明した。

「私は《七つの叡智》全てを操ることができる《大魔法使い》――無論、それは〝死〟をも操れるということさ。だがエイトくんの妹、ニーナちゃんの特化した《四の叡智・死》は本物だった。だからこそ、私は一時的に〝死〟に逆らわず……一定の〝時〟が経過した頃に発動する、〝生命〟を保険の《魔法》として使っていたという訳さ」

「え、と。つまり……し、死んだフリだった、ってコトですか……？」

「いや、実際に〝死〟んでいたのは確かで……でも、まあ。結果だけ見れば、そういうことになる……かな？　あっ、今はもうこの通り、キミのお師匠さまは元気一杯だよっ」

「……そう、ですか。そう……っ、っ……よ……よかったぁ……！」

心底からの実感を込めて、エイトは嘆息するが――今度はレイミアが問う番だ。

「そ、それより！　エイトくん、私が目覚める直前……何か言おうとしたよね⁉　一体、そのぉ……なな何を、何を言おうとしたのかな⁉　うん⁉」

「えっ。……あっ、それは。……それは……」

「そ……それは⁉　………ッ！」

固唾を呑んで弟子の言葉を待つ、師・レイミアへと――エイトが紡《つむ》いだ言葉は。

「……？　⁇　す、すいません。驚きすぎて……何を言おうとしてたのか、考えてたのか……全部、ブッ飛んじゃったみたいです……」

「…………………」

弟子の答えに、レイミアは、長い沈黙を経て――地面を両手で叩《たた》き、雄叫《おたけ》びを。

「――間違えたぁぁ！　起きるタイミングを、完っ全にっ……間違えたぁぁぁ！」

「お師匠さま⁉　どうしたんですか、大丈夫ですかお師匠さまーっ⁉」

取り乱す師に、エイトも困惑するばかりだ……が、成り行きを見守っていたアリスも。

「……ふぇ、ぶ、無事ぃ……？　あ、あわわぁ……？」

「え。……あ、アリス⁉　大丈夫か、なんでアリスまでへたり込んで⁉」

「こ、こんなの、ビックリするに、決まってるでしょ……腰、抜けちゃうわよう……」

「アリスっ……しっかりするんだ、アリスーっ！」

エイトは心配するが、アリスも、レイミアも、地面と仲良くなってしまっている。

けれど、ただ一人──《生命の女王》リザだけは。

「この子は……エイト様。さっき、アリスから聞きましたが……貴方《あなた》の、妹ですの？」

「……えっ、リザさん？　ニーナのコトなら……は、はい、そうです、けど」

「そう。……そうですの。では、最後に……どうか、声を」

「……は、い？　最後、って……えっ。……ニーナッ⁉」

エイトが駆け寄ると、ニーナは薄く目を開き──生気なき声を、辛《かろ》うじて発する。

「……お兄、ちゃん……？　あぁ……お兄ちゃん、だぁ……よか、った……」

「ニーナ……ニーナ！　大丈夫、だよな……今はまだ、疲れてるだけで……」

「わたし、ずっと……怖い夢、見てたみたい……でも、もう……終わったん、だね……よかった、ああ……お兄ちゃんを、傷つけないで……これで、わたし……やっと……」

「……ニーナ、何言って……大丈夫だ、もう何も、心配するコトなんて……ッ」

違う──エイトにも、感知できている。ニーナの魔力は、それを育む生命力は──《死配》から解放されてしまった瞬間に、もう尽きてしまっているのだと。

今、こうして話せているのは――束の間《つかま》の、奇跡に過ぎないということを。

「……ありがと、わたしも……お兄ちゃんのこと、大好き、だよ。……」

二度――エイトは、二度も妹を、目の前で失ってしまった。

「……ああ、ああ……そんな……ニーナ……ニーナ、ああ……あああああっ!」

これほど残酷なことが、これほど理不尽なことが、他に、他にあるだろうか。

また、《魔法》が――エイトの大嫌いな《魔法》が、彼から大切なものを奪って――!

「――さて、《生命の女王》リザよ。……やれるな?」

「あら、《大魔法使い》レイミア様――愚問でしてよ?」

「…………えっ?」

思わぬ言葉に、エイトが顔を上げた、その時には。

《大魔法使い》レイミアの体の周囲に、複雑怪奇な紋様の魔法陣が、いくつも形成されており――それは同じく、目を瞑《つぶ》るニーナの周囲にも展開されていた。

「〝死〟した事実は変えられぬ――ゆえに《二の叡智・時》にて、〝死〟した者の魂魄《こんぱく》を〝死〟すより以前に巻き戻す。そこから早送りして現在へと到達する前に、彼女が生きられるよう《五の叡智・運命》の糸で手繰り寄せ、導いてあげるのさ。……そして」

レイミアが《生命の女王》リザに視線を向け――エイトも釣られて、そちらを見ると。

ちょうどその瞬間、リザはその指に、学院で見た――宝箱から取り戻し、大喜びしていた、あの〝指輪〟を――自身の右手の中指にはめ込んだ。

「刮目《かつもく》なさい。これなるは我が秘宝、《一の叡智・生命》の無尽なる魔力の源泉。平服なさい。これぞ《生命の女王》たる我が力の象徴――《生命の指輪》！」

リザが真っ白な手の甲を、上方へ向けて突き上げると――指輪から迸《ほとばし》る魔力が、天空に巨大な魔法陣を描き、太陽より眩《まばゆ》い光を放って。

「《生命の女王》の加護、届く者全てへと――〝生命〟よ、降り注げ――！」

《一の叡智・生命》の《魔法》が解き放たれた、その刹那。

荒野の中の、この枯れ果てた山岳に――草木が、花が、瞬《また》く間に芽吹いていく――！

そして、葉に瑞々《みずみず》しく雫《しずく》を湛《たた》える花々に囲まれて、横たわっていた少女が。

「……ん、ん……すう……すう……」

「！　ニー、ナ……ニーナが、息を……ああ……ああっ！　ッ――！」

息を吹き返し、小さな胸を上下させる、妹に――エイトが漏らす声は、今度は悲嘆ではなく、喜びに満ちていて。

けれど奇跡は、それだけでは終わらない――少し離れた山の下腹部で、人々の声が。

『……あ、れ？　俺、ここで何を……確か、村が火に、包まれて……それで……？』

『ここ、まさか……天国かしら？　だってこんな、花が一杯で……綺麗《きれい》な景色……』

『誰か……誰か！　うちの孤児院の子、見ませんでしたか⁉　仲のいい、兄妹《きょうだい》で――』

遠く、どこか懐《なつ》かしい喧騒《けんそう》を、エイトは聞きながら。

「村の、皆……先生も。これも……お師匠さまが？」

「うん？　まあね。エイトくんの妹……ニーナちゃんだけではなく、これくらいの人数と範囲なら、私には造作もないよ。あと、まあ一応《生命の女王》の協力もあったから」

「そう、ですか……っ、ありがとうございます、お師匠さま、リザさん……！」

素直な感謝を述べるエイトに、レイミアとリザは、得意顔をしていて。

弟子であるアリスも、《生命の女王》たる師の勇姿に、興奮を隠せないようだ。

「り、リザ師匠……スゴイですっ！　一気にプラスになるくらい見直しましたよっ！」

「うふふ、そうで……待って〜アリス〜？　それ即ち、見直す前はマイナスだったんですの〜？　ちょっと弟子ぃ〜。わたくしへの尊敬度、全力で取り戻してぇ〜？」

アリスに言及しながらも、改めてリザが威儀を正し、今後の方針を提示する。

「さて……エイト様の故郷の村人さん達は、《生命の国》で受け入れ・保護をすると約束しましょう。もちろん、妹であるニーナ様にも……休息は必要でしょうから、ね？」

「リザさん……何から何まで、その……あ、ありがとうございますっ」

「エイト様ったら、良いのですわ、良いのですわ〜！　困った時はお互い様ですしぃ……感謝してくださるなら、ちょっと今度、わたくしと秘密の逢引《あいびき》でもぉ……」

そういうこと《大魔法使い》の前で言う辺り、睨《にら》まれる原因というか――それはともかく、太っ腹なリザの言葉に、弟子であるアリスも同調する。

「そう、そうですよねっ……《死配》なんてヒドイ目に遭った人達なんだから、きちんと保護してあげて……当分は、休ませてあげないと――」

「いやいやまあ、まあまあ、ね？　そうは言ってもですわよ、何もせず庇護《ひご》を受けるの気にする人もいるでしょう？　働きたいって意欲ある人もいるでしょう？　そういうのほら、ちゃんと働き口を用意してあげるのも気遣いの内といいますか？　理想的な為政者としてのウィンウィンといいますか？　マンパワー、マジ大事ですわ、っていう――」

「ああ、そういえばリザ師匠、実は前からそういうトコありましたよね……《大魔法使い》さんがお城に来る前から。だからまあ、そこまでは引きませんよ……はあ」

〝そこまでは〟ということは――まあ言及するのも野暮である。

とにかく、とアリスが今度はエイトの方を向き、快活に声をかけた。

「ま、そういうワケだから……エイト！　アナタの村の人はもちろん……妹さんのことも、任せなさいっ。何しろ《生命の国》よ、すぐ元気になっちゃうんだからっ！」

「アリス……アリスも、ありがとう。アリスが加勢に来てくれなかったら、今頃……」

「そういうの、言いっこなしよ。アタシ達だって《死の女王》を倒せたおかげで、好戦的な《死の国》の脅威を、結果的に遠ざけられたんだから。それに……もしアタシが、危険になったら。エイトは、また……助けて、くれるでしょ？」

上目遣いで尋ねるアリスに、「もちろん」とエイトが返すと――彼女は微笑《ほほえ》んで。

「……ふふっ、またね！　妹さんが元気になったら、とか……それだけじゃなくさ。アタシにも、ちゃんと会いに来なさいよね――エイトっ！」

念を押すように、アリスが人差し指で、つん、とエイトの鼻先をつついてから。
《生命の国》の師弟・リザとアリスは――復活した村人達と、まだ眠ったままのニーナを伴い、《生命の国》へ帰還したのだった。

■■■

もはや荒山の面影はなく、草花の生い茂る美しい景色の中、《大魔法使い》と弟子の二人が残り――エイトは、彼女へと声をかけた。

「あの、お師匠さまが無事で、本当に良かったです……けど、俺、《死の女王》シスを……どうやって倒したのか、なぜ倒せたのか、全然分からなくて――」

「――ふむ、なるほど。全部分かったぞ」

「……へっ!? 分かった、って……あれ、でもその間、お師匠さまは……その」

〝死んでいた〟――などと口にしたくないエイトの心情を察してか、レイミアは軽く口元を綻ばせながら、どういうことなのか説明を始めた。

「私が《死の鎌》に貫かれる直前、《二の叡智《えいち》・時》と《三の叡智・空間》で――この周辺で起こった出来事を、記録していたのさ。キミがどんな風に戦い、どう行動したのかも、観《み》た。……はあ、やれやれ、ダメだな全く……胸がキュンキュンしてしまうぞ……！」

「そ、そんなコトまで出来るんですか？　本当に、すごいですね……」

「できるぞ。もっと私を尊敬していいぞ。お師匠さまだぞ、私は。……まあとにかくそれで、エイトくんが《死の女王》を倒した、《魔法》の正体も理解したよ。ああ、これは……世界一の《大魔法使い》である、私でさえ──知らなかった《叡智》だ」

誰も知らぬ、新たな《叡智》──その正体を、《大魔法使い》が口にした。

「《大魔法使い》のお師匠さまを持つ、《魔法》が大嫌いな弟子だからこそ、扱えた──エイトくんだけの、《八つ目の叡智》──《魔法を殺す魔法》だよ──」

「……《魔法を殺す魔法》……？」

聞いたこともない、そんなとんでもない《魔法》を使えた自覚などないエイトは、目を白黒させるが、レイミアの言葉は止まらない。

「全く、とんでもない力だよ。一般的な《魔法》だろうと、《七つの叡智》だろうと、それが《魔法》である限り、全てを〝殺して〟無効化してしまうのだ。《死の女王》の《死配》も、とっておきの大魔法も、〝死〟を強制する概念も——《魔法を殺す魔法》の前では無為と化した。この〝魔法の時代〟において……〝魔法に対する特化型〟とも言える」

「……い、いや、でもあの時は、無我夢中で……同じコトが出来るなんて、自信もないんですけど——……あの、お師匠さま？」

「……ああ、こんな……こんな、とんでもない……〝魔法殺し〟なんて……っ！」

レイミアは、その身を震わせていた——考えてもみれば、当然かもしれない。〝魔法そのもの〟とさえ称する《大魔法使い》が、その集積たる《魔法》を〝殺される〟とすれば、何を思うのか。憤怒《ふんぬ》か、あるいは、恐怖の類か。

師の尋常ならざる様子に、弟子もまた、不安に駆られた、直後。

レイミアは、襲い掛かる勢いで——エイトに飛びつき、抱きしめた。

「——すごいっ、すごいすごいっ、すごいぞエイトくんっ！　キミは、キミは私の知らない《魔法》を編み出したのだ、新たな《叡智》を切り開いたのだっ！　ああ、こんなことが起こるなんて！　ああ、やっぱりキミは……エイトくんはっ！」

「う……わあっ⁉　ちょ、お師匠さま、落ち着い……んっ、ぷはっ⁉　だだ抱き着かれると、苦しいですって……ん、んん〜っ⁉」

エイトを大きな胸に抱き寄せたまま、くるくると踊るような足取りのレイミア。

そこに、微塵《みじん》の気後れも、あるものか――後ろめたさなど、最初からあり得ない。

ただ、レイミアがエイトを抱きしめながら、叫ぶのは。

「私の愛弟子《まなでし》は、やっぱり！　世界一だぁ～～～っ！」

弟子を誇らしく思い、慈《いつく》しみ――愛する心だった――

■■■

《死の国》との――《死の女王》シスとの戦いを終え、数日が経過した頃。

《生命の国》の王城にある私室で、《生命の女王》リザはアリスから報告を受けていた。

「リザ師匠……やはり、腑《ふ》に落ちません。エイトの故郷の人達から、事情を聴取しましたけど……エイトの故郷は、《死の国》から遠く離れた地にあったそうです。いくら《死の国》が好戦的でも、侵略ルートから離れすぎてる……これって、つまり」

「エイト様の故郷を一夜にして滅ぼしたのは――《死の国》ではない、ですわね。《死の女王》シスは、〝死〟の気配を察したのか、たまたま通りすがったのか……とにかく、後から単独で訪れ、村人達を《死配》して自国に吸収した、という訳ですわね。……ふう」

アリスが黙って頷《うなず》くと、リザは嘆息しながらも推測する。

「たった一夜にして、村一つを地図上から消滅させられる魔法使い……《大魔法使い》様に動機はありませんし、エイト様を弟子にするまで、自ら動くこともありませんでしたわ。ならば他の《七賢》か……それとも、わたくし達もまだ知らぬ〝何か〟が、裏で蠢《うごめ》いているのか……問題は、まだまだ尽きませんわね……」

「はい。……あの、リザ師匠。このこと、エイトには……」

「……詳細が判然としない以上、急にお伝えしても混乱させるだけでしょう。折を見て話すとして……今はまだ、秘めておくべきですわ」

「……そう、ですね。分かりました。……エイト、混乱させちゃ、可哀《かわい》そうだもんね」

ぽつり、アリスは小さく呟《つぶや》いてから、改めて退室の挨拶をする。

「それでは、失礼します。これから、ニーナとの約束があるので。ふふっ、あの子、すごいんですよ。体調が回復してからは、見る見るうちに《魔法》を学んで、吸収して……《七賢》が弟子にしたのも、エイトの妹なのも、納得の才覚ですっ」

「うふふ、そう？　なら今度、わたくしも直々に指導してあげようかしら。……オイオイオイ、期せずして戦力ゲットですわ。コレわたくしの時代、キテませんこと？」

「そういうとこですよ師匠。……では今度こそ、失礼しまーっす」

最後に弟子から軽く敬意が失われたのは、リザ自身の責任かな、と。

とにかく、アリスは退室し、扉が閉ざされ――一人になった室内で、リザは。

「……ねえ、《大魔法使い》様、お気づきですこと？　貴女《あなた》や、わたくしや、《死の女王》だけでは……ないのですわよ？」

誰に言うでもなく、独りごちる口調は、ある種の確認作業のようで。

「《七つの叡智》を操る《大魔法使い》を上回る術として――奇《く》しくも全ての《七賢》が、この同時期に、同じ手段を――〝特化型〟の弟子を、得ようとしているなんて――」

そこに、理屈を超越した――〝運命〟のようなものが、確かに垣間見《かいまみ》える。

今まさに、この瞬間とて《七賢》は、それぞれに動いているはずだ。

■■■

――そこは、不思議な場所だった。外界から切り離され、中空を揺蕩《たゆた》うように、あらゆる種類の、時にはは見たこともない、時間を数字で示す時計まで、漂っていて。

一際《ひときわ》大きな、城門を思わせる、アンティークの古時計の――頂上で。

『…………』

一人の少女が、眠るように、横たわり――薄《う》っすらと、目を開き。

『……そう、そうなのね……時計の針が、動き出してしまったの。そう……そう』

呟きながら、名残惜しむように、ゆっくりと目を閉じていき。

『もう……最後まで、止まらないわ。けれど、今だけは……眠りましょう』

それは、《二の叡智・時》を極めた――細長い耳を持つ、長命の少女。

――《時の女王》――


その国は、遥《はる》かな天空の只中《ただなか》に、確かに存在するのだという。

《空間の国》――《三の叡智・空間》による、浮遊大陸に作られた国の中で。

「シルメリア様、シルメリア様っ。今日は、どんなおはなし、聞かせてくれるの？」

身寄りなく、保護した幼子達に、囲まれるのは。

「あらあら、そうね、今日はおとぎ話にしましょうか。昔、〝魔王〟を倒して……人知れず世界を救った《大魔法使い》さんのお話よ。皆、きっと気に入るわ」

生まれつき光を知らぬ双眸《そうぼう》には、目隠しをしていたが――その柔らかく母性的な微笑は、見る者を無条件に安心させる、聖母のようで。

けれど、そんな彼女の傍《かたわ》らに侍《はべ》る、不思議な雰囲気の少女は。

「だめなのよ、みんな。女王様は、いつかこの世界を滅ぼしちゃうかもしれない、こわ～い《大魔法使い》を倒すために、忙しいのよ。ね……〝師匠《おかあさん》〟っ」

「！　ええ……そう、そうね。あなたがそう、望むのなら……その通りなのね」

柔和な笑みを見せる、聖母の如《ごと》き――《三の叡智・空間》の使い手たる美女。

――《空間の女王》――


草木も枯れ果てた、大地〝死〟す荒野の只中で、這《は》いずるように。

「ッ、は、ああ……ワタシが、ワタシが……こんな、こんなっ……」

《大魔法使い》が〝死〟を支配するならば――《四の叡智・死》を極めし者とて、同じく〝死〟を免《まぬが》れる術も心得ていよう。ただ、その消耗した口から漏れ出るのは。

「〝死〟を、〝殺す〟なんて……このワタシに、誰よりも、誰よりも……〝死〟を、身近に感じさせるなんてっ……《大魔法使い》の、弟子……ああ、ああ、あああッ！」

幼く可憐《かれん》な顔を両手で覆い、指の隙間から溢《あふ》れ出た、その眼光と表情は。

「なんて、素敵なの……エイトお兄様ぁ……」

恍惚《こうこつ》とした表情に、隠せぬ愛慕を滲《にじ》ませるのは。

――《死の女王》――


《生命の国》に勝るとも劣らぬ、華やかな大都市の、その中枢にそびえる城で。

「――きたわ。とうとう、きたんだわ。ああ……ずっと、ずっと、待っていたの！」

ティーカップを落とし、ぱりん、と割ってしまったが――そんなことには構わず、少女は熱に浮かされたように、弾む心を可憐な声音に乗せて表す。

「きっと、もうすぐお会いできるわ――あたしの〝運命の王子様〟！」

夢見る少女の眼差《まなざ》しの先、《五の叡智《えいち》・運命》により、一体何が見えているのか。

――《運命の女王》――

そこは、天地を逆さにして作ったような、異常なまでの大瀑布《ばくふ》。現在進行形で数多《あまた》の水害・災害を及ぼす、その大滝を生む山の前方に。

一人、立つのは――およそ魔法使いには到底見えぬ、この地には珍しい反りのある一本の剣――〝刀〟と呼ばれるそれに手をかける、凛々《りり》しい眼差しの精悍《せいかん》な美女が。

「――――閃《せん》ッ！」

抜き打ちした一太刀で――大山を、〝次元〟ごと断ち切ってしまった――！

今や瀑布の勢いも緩やかに、半分以下となってしまった山に、背を向けて。

「拙の剣、極めるには未《いま》だ遠く――今はただ、精進あるのみ」

《魔法》ではなく、〝剣〟に依《よ》りて《六の叡智・次元》を超えし女傑。

――《次元の女王》――

音もなく、空気もなく、重力さえない――人々には〝月〟と呼ばれる場所から。

地上に住まう者にとって、まだ〝見えざる星〟を見つめる、一人の少女が。

『星の仔《こ》よ……哀《かな》しき《魔法》の申し子よ。その星を手放さない限り……あなたは』

そっと、目を閉じて――その眦《まなじり》から涙を流し、宇宙《ソラ》に散らした。

未だ人類の知りえぬ、空の彼方《かなた》が遥かなるを識《し》る者——《七の叡智・星》。

——《星の女王》——

■■■

《生命の女王》リザが、仲間意識などほとんどない他の《七賢》達を思い、呟く。

「常識的なわたくしとは違い……《七賢》は誰も彼もが、際物《きわもの》ぞろいの曲者《くせもの》ぞろい。そして《七賢》の一角が敗北した今——〝魔法の時代〟は、更に先へと進むはず」

リザの淀《よど》みなき口調は、来たる激変の到来を、確信している。

「《大魔法使い》様と、その弟子エイト様を中心に——〝七つの国〟が交錯する。

《七魔争乱》が、今——動き出すのですわ——」

まるで、予言にも似たそれは——誰に聞こえるでもなく、虚空《こくう》へと吸い込まれた。

《Epilogue》

エイトとレイミアは以前と同じく、あの屋敷《やしき》へ――〝二人の家〟に、帰ってきていた。

今もまた、厳しい修行に明け暮れる日々……かと思いきや。

「あの、お師匠さま。俺、もう体調は万全ですし……あ、甘やかさないでください!?」

《死の女王》シスとの戦いを終え、少なくとも当初は消耗していたエイトは、休暇を強制されていたが――それも、もう十日ほどになる。

休むだけならまだ良いが――師・レイミアはエイトに付きっ切りで、食事は手ずから食べさせ、風呂《ふろ》の世話までしようと乱入するなど、縦横無尽に弟子を甘やかしていた。

エイトの抗議も、これで何度目になるだろう。だが、師匠は決して譲らず。

「だめだぞ。エイトくん、キミは《七賢》である《死の女王》シスと戦い、あまつさえ《大魔法使い》である私すら知らぬ、《八つ目の叡智》を発動したのだ。これから体調に、何らかの異変が起こらないとは限らぬ。何があってもすぐさま対応できるよう、私が常に傍《そば》にいて……キミを見ておかないといけないのです、ええ、そうです」

「なるほど、さすがです……で、でも、何も常に抱き着いていなくてもイイんじゃ⁉」

「だめだぞ。アレです……ただ抱き着いているように見えて、私はエイトくんの中の魔力を感知し、検査しているのだから。これでどんな変化も見逃さないぞ。本当ですよ。ちなみに今は、キミの体温がとても温かくて幸せです。ぽかぽかだぞ」

「そうなんですね、あまりに合理的です……で、でもこんな、四六時中、抱きしめられてると……な、何だかもう、居たたまれないというか……！」

「アレだぞ。だめです。その……これも全て、修行の一環でもあるのです。弟子の修行は次のステージへ向かっている。これも《魔法》を学ぶため……頑張るのです、ええ」

「これもまた修行、と……もはや言い返す言葉もないです。さすがお師匠さま……！」

ちょっと師匠の言うこと真に受けすぎの弟子は、素直過ぎて心配にもなる、が。

（……ふふっ。エイトくん、キミはもちろん、覚えてなどいないだろうけど）

レイミアは、そんなエイトの背中から、覆いかぶさるように抱きしめつつ——とろん、と蕩《とろ》けた、幸せそうな顔をして、静かに思う。

（キミが弟子入りするより、もっと以前——私はキミと、出会っているのだよ）

ぽす、とエイトの肩に頭を乗せ、レイミアは、過去の記憶を掘り起こした。

■■■

それはおよそ、十五年ほど前の話——彼女が、まだ《大魔法使い》ではなく、レイミアでさえなかった頃の、本人以外は知らぬ話だ。

レイミアは、当時の彼女について、こう思う——〝人ですらなかった〟と。

ただ《魔法》のみを追究し、世界に遍《あまね》く総《すべ》ての《魔法》を、《七つの叡智》をも習得した〝それ〟は、ただの——〝魔法そのもの〟でしかなかった。

ああ、そういえばその頃に、後に《七賢》と呼ばれることになる、リザ以外の魔法使いと戦うなどしていたようだが——それさえ、朧気《おぼろげ》でよく覚えていないほどである。

他者だけでなく、自分自身にも無頓着で。無作為に習得した《七つの叡智》の影響で、近寄れば〝死〟を振りまく、正体も朧《おぼろ》げな〝生ける災厄〟と化し、更に人を遠ざけて。

ただ〝魔法そのもの〟の存在として——いずれ朽ちれば終わり。ただそれだけの、面白くも、つまらなくもない、無為にして空虚でしかなかった、〝それ〟の〝運命〟が。

本当に何でもない、たまたま通りがかっただけの小さな村で、変貌を遂げるなんて。

『…………？』

触れれば〝死〟を及ぼす、ただそれだけの存在のはずが——正体定《さだ》かならぬ〝それ〟が、辛《かろ》うじて纏《まと》っていたボロのローブの端っこを。

一人の赤ん坊が、その儚《はかな》いまでの小さな手で、摑《つか》んでいたのだ。

『……………エ？　ア……………え？』

〝それ〟は、自分が〝人の言葉〟を発せられることを、その時に初めて知った。いや、まだ〝人の言葉〟というのも烏滸《おこ》がましい、獣の呻《うめ》き声のようでもあったが。

なぜ、この子は——〝それ〟に触れても、〝死〟なないのだろう。なぜ、あえて触れずとも良い〝それ〟に手を伸ばし、ローブの端を摑んだのだろう。

なぜ、この子は——〝それ〟に、笑いかけてくれるのだろう——？

『……あ、ア……あァ……』

何でもない小さな村の、何でもない道端で、何でもない出会いを果たして。

〝それ〟は、この世に生まれて、初めて——小さな〝生命〟に、自ら手を伸ばし。

抱き上げた赤子の温《ぬく》もりに、きゃっきゃ、と笑うその声に、笑顔に——〝それ〟は。

『……ッ……ア、ああ、あっ……ああああ——ッ！』

赤子は決して傷つけぬよう、《魔法》で浮遊させ地に下ろし――〝それ〟自身は、遥《はる》か天空の彼方まで、自らが纏う〝死〟を振り切るように消し去りつつ、飛び去っていった。

《魔法》だけを追求していた存在は、その時に理解する――《一の叡智・生命》は、未完成だったのだと。〝それ〟が初めて〝生命〟に触れた時、本当に完成したのだ。

そうして《生命》を得た〝それ〟は――人としての輪郭を手に入れ、自身が女だということさえ初めて知った――彼女は。

地平線の果てに沈みゆく、目が覚めるように美しい、夕焼け空を眺めながら。

その日、初めて――《大魔法使い》レイミアとして、誕生したのだった。

レイミアは、思う。その日の〝運命〟の出会いは――〝初恋〟だったのだ、と――

それから彼女は《魔法》の追究だけでなく、人間性も学び始めた。目的は、あの赤子と――男の子と、再会するためだ。性別くらい、出会った時の魔力感知で理解できた。

元から優秀なレイミアだ、学ぶ速度は、常人のそれを遥かに凌駕《りょうが》していた。

彼と再会しても、恥ずかしくないように。そうだ、歳《とし》のほどは同じくらいにしてみよう。《七つの叡智》の《魔法》があれば、肉体年齢の操作くらいお手の物だ。

（彼は私を、気に入ってくれるかなぁ……私と同じように、好きになってくれるかなぁ。

……嫌われてしまったら……ああ、いやだなぁ……怖い、なぁ……）

《七つの叡智《えいち》》を操る《大魔法使い》に、怖いという感情を齎《もたら》したのも、彼が初めて。

それでも数年後、勇気を振り絞り、満を持して――彼に会いにいった、それなのに。

『…………は、あ？』

村は、滅び去っていた――当時、天災の如《ごと》く《魔法》を自然発生させ、広範囲に甚大《じんだい》な被害を及ぼしていた〝未曾有の大災害〟――誰が呼んだか、〝魔王〟によって。

……ここからは、ただの八つ当たり。名も知らぬ少年との再会を邪魔されたどころか、彼の安否も不明とした――その理不尽な〝魔王〟への、理不尽な八つ当たり。

『ふざけるな……単なる魔力の事象如きが、あの子を一体、どうしたという……あの子を一体、どこへやった！　〝滅びよ〟、〝滅びよ〟――〝滅びよ〟――ッ！』

そうして正体不明の幼い少女の姿のまま、レイミアは魔力を破壊エネルギーとして変換した〝シンプルな攻撃魔法〟を、百度を超えて放ち――〝魔王〟の大部分を滅ぼした。

《七賢》が〝魔王〟を討伐して世界を救ったなど、良く言えたものだ。ただ単に、《大魔法使い》が散々に傷つけていた残りカスを、暫《しばら》く後にやって来て、掃除しただけではないか。《七賢》の内の何人かは、その事実に気づいていたようだが。

とはいえ人としての、いわば人生最大の目的を失ったレイミアは、それこそ自分が魔王にでもなり、世界を滅ぼしてやろうか、などと物騒なことも思いかけたが。

あの時の少年は、生きている――《叡智》持ちでもないはずなのに〝未来視〟が通じず、そもそも〝死〟を無視して〝魔法そのもの〟に触れられた、あの謎の少年は。

きっと、生きているはずだと、必ず再会できると――その願いだけを、よすがに。

レイミアは《大魔法使い》の名を隠《かく》れ蓑《みの》に、少年を探しながら生きてきた。

途中、喧嘩《けんか》を売ってきた《生命《ハート》の女王》に《一の叡智・生命》のコツを押し付けたのも、交換条件あってのこと。〝戦乱の被害者を救助する軍組織を作れ〟と。それがいつか、あの日の少年を、少しでも救う一助になる可能性もあるかもしれない、と。


そして、ついに――〝運命の日〟が、やってきた。

《大魔法使い》の弟子入りに来た少年――彼だ、間違うものか、彼こそが。

レイミアが〝人として生まれた〟あの日――出会った少年だ――！

すぐさま飛びつきたい衝動を、抑えるのに必死だった。平静を保つのに、《七つの叡智》を編み出すよりも、苦労していたのは秘密だ。

だからこそ、少年の言葉に、レイミアは大きなショックを受けることになる。

『俺は――《魔法》なんて、大嫌いだ』

（――――）

〝魔法そのもの〟である自分自身に、告げられた言葉――直後には、怒りが湧いていた。

少年へ、ではなく――彼をそこまで追い詰めた、《魔法》の醜さを見せた者達に。

だからこそ、彼を――《魔法》が大嫌いなエイトを、弟子にとったのだ。

彼に《魔法》の美しさを、見せてみせると。いつか彼に、〝魔法が大好きだ〟と、そう言わせてみせるのだ、と。

あの日に出会った愛し子《いとご》と、夢にまで見た再会を経て、師弟となって、共に過ごして。

エイトの顔を、何度も見るたび――レイミアは何度でも、こう思うのだ。

――――

ねえ、エイトくん。キミはもちろん、覚えてなどいないだろうけど。

あの日、キミと出会ったことで――〝人ですらなかった〟私は、人になれたんだよ。

キミは私の、恩人で――初恋の人なんだよ。

そしてあの日、弟子入りしに来た、少し大人になったキミと、再会して。

……矛盾しているだなんて、呆《あき》れないでね。

だけどこれは、本当の気持ち――まだとても、言葉になんて、出来ないけれど。


エイトくんは、私の――二度目の初恋なんだよ――

■■■

今も真っ赤になって身悶《みもだ》え、〝修行〟に励むエイトに抱き着きながら、レイミアは彼の体に回した腕に、ぎゅっ、と強く力を籠めて。

（私は、もう……決してこの手を、離さない。たとえキミが、嫌がったとしても……師弟であることを、盾にしてでも。決して離さず……私は、キミを）

「う、うぅ……もう、本当に……離れて……ええい、力が強いですね、本当もう！」

もがくエイトの力にこそ、それほど力が入っていないのを、レイミアは何となく微笑《ほほえ》ましく感じながら――その胸に、誓った。

(エイトくんを——必ず、幸せにしてみせるよ——)

それは、ただ《魔法》のみを追究していた時にはあり得なかった、温かな感情。

今、弟子のために、師匠として——エイトのために、レイミアとして。

その想《おも》いに、自分自身の全てを賭けられることが——レイミアには、嬉《うれ》しかった。

…………。

(————けれど)

これもまた——愛弟子《まなでし》であるエイトには明かせない、今はまだ秘密の話。

(私の〝未来視〟は《叡智》を持つ者には通じない——ゆえに私自身の未来も、本来は視《み》えない。にもかかわらず、ただ一つ、絶対に抗《あらが》えない、確定した結末が——私にはある)

それは、どのような行動を取ろうと、何をしようと変えられぬ、〝運命〟。

いつかの未来、レイミアに必ず訪れる、逃れえぬ結末とは。

（私はいつか、《魔法》に、必ず――〝殺される〟のだ）

――それはまだ、いつ訪れるか分からない。けれど絶対の、未来の話。

もし、それをエイトが知れば、果たしてどう思うだろう。

「お、お師匠さまっ……もう本当に、離してくださいって～～……！」

「……いやだっ。私はエイトくんから、決して離れられない《魔法》にかかってしまっているのだ……だからこれは、しょうがない、しょうがないっ」

「なんと……そんな《魔法》があるなんて。くうっ……負けてたまるかぁ……！」

もしも、希望があるとすれば。師弟が、共に生きられる未来が、あるのだとすれば。

〝絶対〟を覆《くつがえ》せるのは――果たして、誰なのか。

それは、今はまだ遥か遠《とお》く、叶《かな》うかも定《さだ》かではない、可能性の話。

けれど、《大魔法使い》のお師匠さまは、目の前の唯一無二へと想いを注ぎ。

「俺は、負けないっ……どんな《魔法》でも、乗り越えてみせるからな～～っ⁉」

そう叫ぶ、愛しき弟子を――今はただ、柔らかに抱きしめるのだった。

あとがき

フェチを愛し、フェチに殉《じゅん》ずる覚悟の作家、初美陽一《はつみよういち》です。はじめまして、あるいは長らくご無沙汰《ぶさた》しておりました……読者の皆様と再会するため、フェチ作家は帰ってきました～！

新シリーズ、始動させて頂けたのも、皆様の温かい応援があったからこそ。

これればかりは相変わらずで申し訳ないのですが、いつものように……いえ、いつも以上に叫ばせてください。本当に、本当にありがとうございます～～っ‼

ところで皆様、《魔法》はお好きでしょうか（唐突）。ファンタジーにおいて巨大な比重を占める、《魔法》の達人として明瞭《めいりょう》な存在である《大魔法使い》は。

そんな《大魔法使い》様が絶世の美女で——弟子をドロドロ過保護《かほご》でトロットロに溺愛《できあい》してくれる——そんなフェティシズムを全身全霊で注《そそ》ぎ込んだのが、本作なのです！

お師匠さま、だけど可愛《かわい》らしい《大魔法使い》レイミアに……素晴らしいイラストで魂を注ぎ込んでくださった、狐印《こいん》様には本当に感謝の言葉しかありません……！

《大魔法使い》ゆえに姿形も自由自在、何なら年齢操作も可能……そんな難しいヒロインを、完璧以上に表現してくださって……神よ、鼻血をお許しください（Go 病院）。


メインヒロインである《大魔法使い》のお師匠さまレイミアの、限界突破した美しいイラストはもちろん……全てのヒロイン達を魅力的に描いてくださいました！

〝生命の師弟〟ことリザとアリスは《生命》を象徴するように〝白〟を基調とした、明朗《めいろう》な可愛さが眩《まぶ》しく輝いていました。

〝死の師弟〟シスとニーナは《死》を想起《そうき》させる〝黒〟を巧《たく》みに操り、禍々《まがまが》しくも魅力的で、もう心の底から圧倒されるしかありません。


比類《ひるい》なきセンスで、ヒロイン達を十全《じゅうぜん》以上に魅力的に描いて頂けて……狐印様には脱帽《だつぼう》すると同時に、とにかく感謝を申し伝えるばかりです。

初美などは本当にどうしようもないフェチ作家で恐縮ですが、どうか今後ともよろしくお願い申し上げます～！

この先も、《大魔法使い》様が弟子を過保護で溺愛する物語は、全力のフェチを籠《こ》めて、ありとあらゆるシチュエーションを詰め込ませて頂きます。

〝フェティシズム〟は、それこそ《魔法》のように数え切れない可能性を秘めているのです……期待にお応えする定番から、予想外の甘やかし・甘えまで……色々とお約束しますよ？　フフフ……（怪しい）。

「しつこい」のは承知の上で、再度、読者の皆様へ感謝を叫ばせてください。

本作品を手に取ってくださったこと、本当に本当に……ありがとうございますっ！

過保護で溺愛してくれる《大魔法使い》様と――ラブ全開な師に愛されまくる弟子。

そんな師弟の物語を最後まで駆け抜けられるよう、お付き合い頂ければ幸いです！

初美陽一

富士見ファンタジア文庫

どんなことでも褒《ほ》めてくれて、
過《か》保《ほ》護《ご》で溺愛《できあい》してくる大魔法使《だいまほうつか》い様《さま》

令和５年５月20日　初版発行

著者——初《はつ》美《み》陽一《よういち》

発行者——山下直久

発　行——株式会社KADOKAWA
〒102-8177
東京都千代田区富士見2-13-3
0570-002-301（ナビダイヤル）

印刷所——株式会社暁印刷

製本所——本間製本株式会社

ISBN978-4-04-074979-2　C0193　◇◇◇

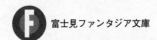

無自覚最強
ハーレム！
シリーズ
好評発売中！
妹が女騎士学園に入学したらなぜか救国の英雄になりました。
僕
ぼくが。
After my sister enrolling in Girl Knights' School, I become a HERO.
author.
ラマンおいどん
ill. なたーしゃ

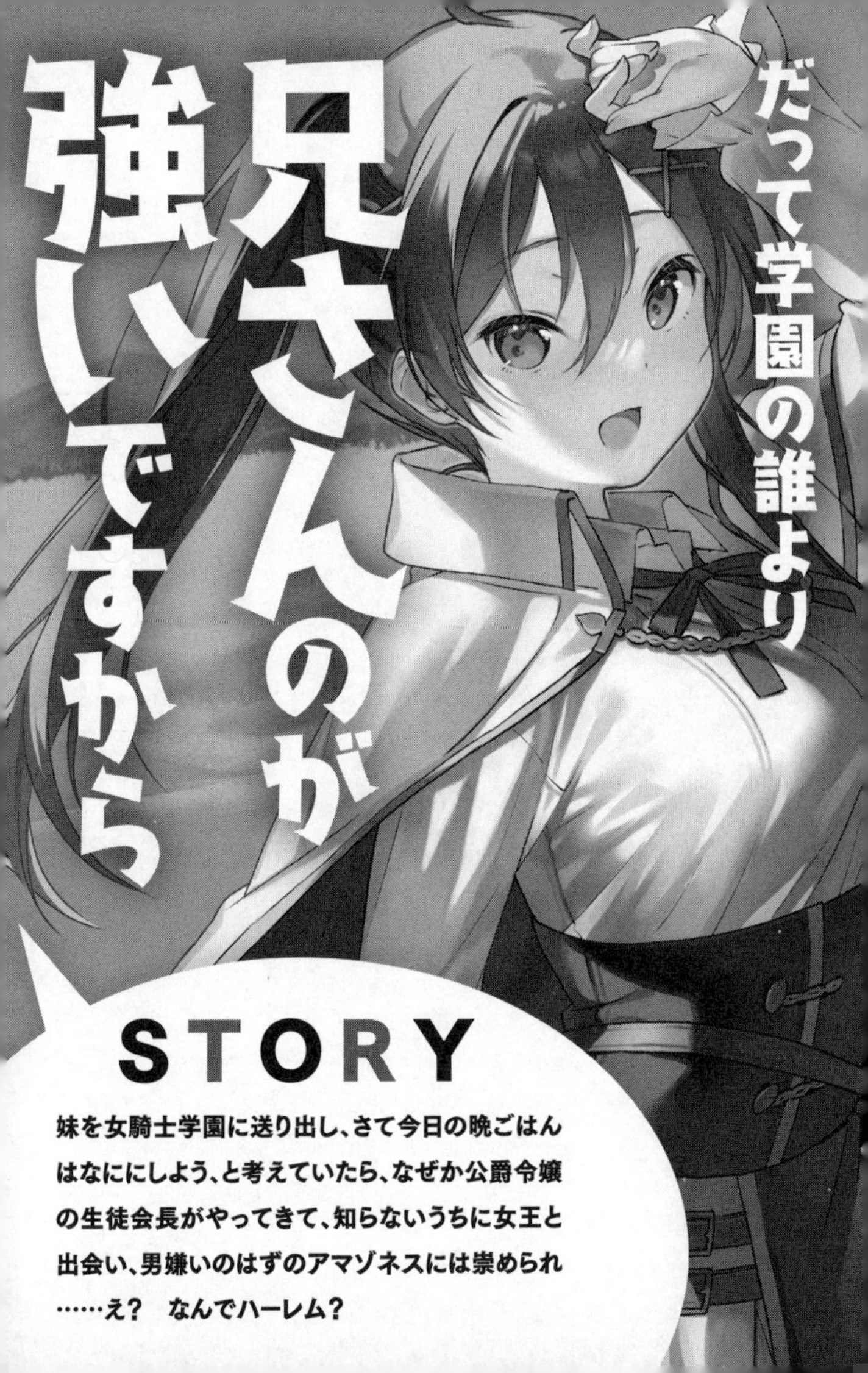
だって学園の誰より
兄さんのが
強いですから
STORY
妹を女騎士学園に送り出し、さて今日の晩ごはんはなににしよう、と考えていたら、なぜか公爵令嬢の生徒会長がやってきて、知らないうちに女王と出会い、男嫌いのはずのアマゾネスには崇められ……え？　なんでハーレム？

切り拓け！キミだけの王道
ファンタジア大賞
原稿募集中！
賞金
《大賞》300万円
《金賞》50万円
《銀賞》30万円
選考委員
細音啓「キミと僕の最後の戦場、あるいは世界が始まる聖戦」
橘公司「デート・ア・ライブ」
羊太郎「ロクでなし魔術講師と禁忌教典《アカシックレコード》」
ファンタジア文庫編集長
前期締切 8月末日
後期締切 2月末日
公式サイトはこちら！ https://www.fantasiataisho.com/